Iris Fox

Just one dance – Lea & Aidan

Die Autorin

Iris Fox, 1982 in Elmshorn geboren, lebt heute mit ihrer Familie in Syke in der Nähe von Bremen. Nach ihrem Schulabschluss absolvierte sie eine Ausbildung zur medizinischen Fachangestellten. Viele Jahre blieb sie dem medizinischen Bereich treu, bis sie nach ihrer Elternzeit in eine Einrichtung für körperlich und geistig beeinträchtigte Menschen wechselte. Obwohl seit jeher unzählige Geschichten in ihrem Kopf herumschwirren, widmet sie sich erst seit 2014 mit viel Herz und Leidenschaft aktiv dem Schreiben von Romanen.

Das Buch

Wenn Welten aufeinanderprallen: Der Urknall der ersten großen Liebe
Lea und Aidan könnten unterschiedlicher nicht sein. Lea pendelt zwischen dem Ballettunterricht, dem Aushilfsjob und dem alkoholabhängigen Vater in ihrer kleinen Wohnung. Aidan fährt seinen Ford Granada von Party zu Party und seine ärgste Sorge ist eigentlich nur, wie er die nächste Bettgeschichte klarmachen kann. Lea ist eine Außenseiterin, die heimlich für Aidan, den Player und Bad Boy schlechthin, schwärmt. Und doch scheint das Schicksal einen anderen Plan für sie zu haben. Denn nachdem er ihr eines Abends in einer gefährlichen Situation ungeahnt zur Hilfe eilt, ist nichts mehr wie vorher. Die Funken sprühen gewaltig. Aber hat ihre zarte Liebe überhaupt eine Chance?

Von Iris Fox sind bei Forever erschienen:
Love Happens – Zwei sind einer zu viel
Drei Tage Glück
Just one dance – Lea & Aidan

Iris Fox

Just one dance – Lea & Aidan

Roman

FOREVER

MIX
Papier aus verantwortungsvollen Quellen
FSC® C083411

Originalausgabe bei Forever
Forever ist ein Digitalverlag
der Ullstein Buchverlage GmbH, Berlin Januar 2018

Umschlaggestaltung: zero-media.net, München
Titelabbildung: © FinePic®
Autorenfoto: © privat
Satz: Pinkuin Satz und Datentechnik, Berlin
Druck- und Bindearbeiten: CPI books GmbH, Leck
ISBN 978-3-95818-238-7

Für Asja, denn sie liebt Bad Boys.

Kapitel 1

Lea

»Na? Wohin denn so eilig? Bleib doch und leiste uns Gesellschaft. Du siehst ganz süß aus.« Bedrohlich dringt die Stimme des Mannes durch die Abendluft. Gerade als ich auf meinem Fahrrad an den drei finsteren Typen vorbeifahren will, hält einer von ihnen den Gepäckträger meines Fahrrads fest. Während ich die Füße von den Pedalen nehme, um nicht umzufallen, blicken meine Augen scheu vom einen zum anderen.

»He, was soll das? Lass gefälligst los«, rufe ich. Ich versuche die Lage zu erfassen, indem ich einen Blick über meine Schulter hinweg riskiere. Außer mir und den drei Männern ist niemand zu sehen. Der Parkplatz vor dem im Dunkeln stehenden Hamburger Volksparkstadion ist menschenleer. Es parken nur ein paar verlassene Autos ganz hinten am Waldrand.

Sicherlich nicht mehr ganz nüchtern mustern mich die drei. Wie ein Rudel Wölfe fixieren sie mich. Ganz offensichtlich bin ich gerade zu ihrer Beute geworden. Der zweite der drei Männer entreißt mir meinen Rucksack, während der dritte im Bunde mich grob vom Fahrrad herunterdrängelt. Seine grapschenden Hände befummeln meinen Hintern. Für einen Augenblick verspüre ich den Drang, einfach fortzulaufen. Weg von diesen düsteren Kerlen. Doch ich entscheide mich dagegen. Es mag Dummheit sein, die mich zurückhält, doch ich kann hier nicht weg. Nicht ohne meinen Rucksack! Oder besser gesagt, ohne dessen Inhalt.

Der Kerl, der mich angehalten hat, lässt mein Fahrrad achtlos zu Boden fallen und kommt auf mich zu. Seine Augen funkeln.

»Was macht denn so ein Ding wie du hier ganz alleine draußen? Um diese Uhrzeit? Mann, gut, dass wir jetzt da sind. Nun können wir auf dich aufpassen!« Die Gefahr, die von ihm ausgeht, kann ich ganz deutlich spüren. Seine Worte klingen wie eine Drohung. Nur zu gut weiß ich, dass sie auch als solche gedacht sind.

»Geht dich gar nichts an, was ich hier mache. Und jetzt lasst mich in Ruhe«, presse ich zwischen meinen Zähnen hervor. Mit hungrigem Blick drängt er sich ganz nah an mich heran. So nah, dass ich spüren kann, wie sehr ihn das hier erregt, während in mir der Würgereiz hochkommt. Wieder fühle ich die Finger des anderen, die sich schmerzhaft an meinem Po festkrallen. Mit seiner anderen Hand hält er mich nun unnachgiebig im Hebelgriff gefangen. Ich versuche beide von mir abzuschütteln, doch es ist sinnlos.

Der Bursche, der meinen Rucksack geklaut hat, schleudert diesen in hohem Bogen abseits ins Gras. Der Kerl kann gut werfen. Geschätzte fünfzehn Meter von mir und der Straße entfernt fällt der Rucksack zu Boden.

»Ups. Hab ihn doch glatt aus Versehen fallen lassen. Komm und hol ihn dir wieder!« Die obszönen Berührungen hören auf. Ihre Hände lassen mich los. Sie warten auf eine Reaktion von mir. Das Lachen der drei Männer schmerzt in meinen Ohren. Schnell begreife ich, was sie vorhaben. Sie wollen mich von der Straße weglocken. Der Drang, einfach wegzulaufen, wächst wieder in mir, doch ich brauche diesen Rucksack! Verdammt! In Panik ausbrechend jage ich entschlossen darauf zu. Der Rasen unter meinen Fußsohlen knistert unter frostigem Schnee. Eisiger Wind fegt mir ins Gesicht. Im Prinzip haben die drei Fieslinge genau auf diese Reaktion gewartet. Von meinem Handeln angestachelt, rennen alle drei Männer hinter mir her. Ich kann zwar noch den Henkel des Rucksacks greifen, doch an Flucht ist nicht zu denken. Fest packt mich einer am Kragen, so dass mir die Jacke den Hals abschnürt und mir für einen kurzen Moment die Luft wegbleibt, und reißt mich herum. Erneut wird mir der Rucksack entzogen.

»Gib ihn wieder her«, fordere ich tapfer, auch wenn ich wenig Hoffnung habe, dass hier irgendjemand auf mich hören wird.

»Du bist aber ganz schön unhöflich. Kann das sein? Einfach abhauen. Das macht man aber nicht.« Bedrohlich dicht steht er wieder vor mir. Auf seinen immer noch vorhandenen Ständer scheint er direkt stolz zu sein, so sehr präsentiert er mir und seinen Kumpels die Beule in seiner Hose. Der Dritte im Bunde hält mich jetzt ebenfalls wieder fest gepackt. Das muss der Grapscher von eben sein. Abermals fühle ich seine ekligen Finger, die fordernd und hart mein Hinterteil packen. Die Gefahr durch die drei Männer lässt mein Herz aus dem Takt geraten. Mein hektischer Atem stößt in der klirrenden Kälte eine kleine Wolke nach der anderen aus.

»Was soll das? Lasst mich gefälligst los!«, versuche ich mich erneut zu wehren.

Da höre ich Schritte. Genau wie die anderen, die mich weiter hartnäckig im Griff halten, während sie mich befummeln, blicke ich in die Richtung, aus der das Geräusch kommt. Eine dunkle Gestalt hält über den Rasen auf uns zu.

»Hier gibt es nichts zu sehen! Hau ab!«, höre ich den Kerl vor mir drohend rufen.

Davon wenig beeindruckt kommt der Fremde uns weiter langsam entgegen. Locker und lässig, als wäre er auf einem Strandspaziergang.

Mit weit aufgerissenen Augen starre ich auf das Messer, das der Grapscher aus seiner Hosentasche hervorzieht. Das Atmen fällt mir immer schwerer. Ich habe eine Scheißangst!

Mit etwas Abstand hält der Eindringling vor uns. Der Anführer der kleinen Truppe, der mit der Beule in der Hose, richtet erneut das Wort an ihn:

»Mann, Alter. Was willst du? Mach ’n Abgang. Das geht dich nichts an hier.« Es wirkt, als würden sich die Männer kennen.

»Shit, Digger. Was treibt ihr da? Was wollt ihr mit dem Mädchen, Mann?!«

Sofort erkenne ich seine Stimme, und obwohl ich nicht gedacht hätte, dass dies im Bereich des Möglichen sei, schlägt mein Herz noch einmal doppelt so schnell. Ein Herzinfarkt oder eine Ohnmacht wären jetzt tatsächlich denkbar. Die Wolken am Himmel verziehen sich und der Schein des Mondes fällt auf die dunkle Gestalt vor uns. Er ist es tatsächlich. Doch machen wir uns nichts vor: Er erkennt mich ganz sicher nicht. Nie zuvor hat er mich wahrgenommen. Egal, wie dicht er an mir vorübergegangen ist. Egal, wie sehr ich es mir gewünscht habe. Doch nun steht er vielleicht eineinhalb Meter von mir entfernt und schaut mich mit durchdringendem Blick an.

»Na, was wohl? Ein bisschen Spaß haben. Tu ma’ jetzt nicht so, als wärst du ’n Heiliger oder so was!«, höre ich den Kerl antworten. Sein grollender Tonfall lässt darauf schließen, wie sauer er über die Unterbrechung ist.

»Klar, Mann. Bin ich ganz bestimmt nicht. Aber was soll das hier werden? Habt ihr’s so nötig?« Für einen Augenblick sieht es so aus, als hätte mir der Himmel in letzter Sekunde einen Retter geschickt. Doch die drei kriegen sich kaum wieder ein vor Lachen.

»Alter! Jetzt mach endlich ’nen Abflug, sonst werd ich ungemütlich. Verstanden? Du Pussy!«

Das eben noch so heitere Gelächter erlischt abrupt. Der Typ mit dem Messer macht einen Satz nach vorne und lässt seine Waffe drohend hervorschnellen. Zu allem entschlossen baut er sich vor mir auf und versperrt mir die Sicht. Sie haben nicht die Absicht, mich davonkommen zu lassen. Als Zeichen der Ergebung sehe ich zwei erhobene Hände über die Schultern meines Peinigers hinweg zum Himmel gerichtet. Das Knacken der frostigen Grashalme lässt darauf schließen, dass sich mein vermeintlicher Held ein, zwei Schritte von uns entfernt. Bei drei gegen einen hat er halt keine Chance.

»Okay, okay«, höre ich ihn sagen. »Hab schon verstanden. Nicht meine Angelegenheit!«

Während sich die drei Männer sichtlich entspannen, fange ich an, unkontrolliert zu zittern. Mir wird klar, was das für mich bedeutet. Verschwommenen Blickes schaue ich panisch um mich. Kalte Schweißperlen laufen mir über die Stirn. Ich will schreien, doch kein Pieps dringt aus meiner Kehle, die so trocken ist, dass ich kaum schlucken kann. Durch mein wildes Umherwinden richtet sich die Aufmerksamkeit der Typen wieder auf mich. Mit ansehen zu müssen, wie sehr die Scheißkerle sich an meiner darbietenden Pein aufgeilen, ist unerträglich.

Der Mensch, der mir bis gerade eben noch zur Hilfe kommen wollte, meldet sich wieder zu Wort.

»Wen habt ihr euch da eigentlich gekrallt, Jungs?« Ganz beiläufig klingt sein Tonfall, als ginge es hier nicht um mich, sondern um irgendeine x-beliebige Banalität. Ohne um Erlaubnis zu fragen greift er nach meinem Rucksack, der ihm anstandslos ausgehändigt wird. Das Rudel Wölfe hat keine Probleme damit, dass sich der Neue ihrer Runde anschließt.

»Was ist da drin?« Fragend blickt er in die Runde. Ahnungslos schütteln alle den Kopf. Seine Augen ruhen auf mir. Bereitwillig macht der Grapscher einen Schritt zur Seite und lässt das Messer sinken, damit er näher an mich herantreten kann.

»Sieh doch rein, dann weißt du es!«, bringe ich zwar zittrig, aber vor Trotz strotzend über die Lippen. Enttäuscht bin ich. Enttäuscht darüber, wie wenig ihm mein Schicksal wert ist. Ich funkele ihn giftig an. Sich einen weiteren Schritt nähernd mustert er mich andächtig von oben bis unten. Er lässt sich dafür unsagbar viel Zeit. Mir wird richtig übel. Der Drang, mich zu übergeben, nimmt immer mehr zu. Sein Blick durchbohrt mich, fährt mir bis in die Haarspitzen. Mir wird bewusst, wie eindringlich er mich gerade ansieht. Genau das habe ich mir immer gewünscht – dass er mich endlich wahrnimmt. Aber muss es ausgerechnet in so einer beschissenen Situation wie dieser hier sein? Gott verdammt!

Die drei Männer hingegen genießen das Schauspiel, das sich ihnen bietet. Gespannt warten sie, was als Nächstes passiert. Aus dem Augenwinkel heraus sehe ich, wie der Typ mit dem Ständer bereits dabei ist, sich selbst anzufassen. Urgh! Ist das widerlich. Bei den anderen beiden kann es nur noch eine Frage der Zeit sein. Ihre Gesichtsausdrücke zeigen dies ganz eindeutig.

Um meine Aufmerksamkeit wieder auf sich zu lenken, drückt mir mein Gegenüber den Rucksack grob in die Hände. Seine Finger krallen sich in meine Jacke und ziehen mich forsch ganz nah an sich heran. Bevor ich darauf reagieren kann, umfasst er grob mein Kinn und hebt es gen Himmel. Mich weiter begutachtend dreht er mein Gesicht im Mondschein hin und her. Seine funkelnden graublauen Augen ziehen mich in den Bann.

»Mmh«, höre ich seine wohlig klingende Reibeisenstimme so nah, dass ich es kaum glauben mag. »Nicht schlecht.« Wie auf ein Stück Vieh schaut er auf mich nieder. Ich bin absolut erniedrigt. Während er meine Lippen mit seinen Augen fixiert, öffnet sich sein Mund ganz leicht.

In nächsten Moment schnellt seine Faust mit einem harten, dumpfen Schlag in das Gesicht des Typen, der gerade dabei ist, sich einen runterzuholen. Stöhnend geht der zu Boden. Noch ehe ich begreife, was hier passiert, zieht er mich flink an der Jacke mit sich und schubst mich über den Rasen.

»LAUF«, schreit er aus tiefster Kehle. Meine Beine setzen zum Sprint an. Ich sehe, wie mein Retter in der Not dem Grapscher das Messer aus der Hand tritt und ihn anschließend schwungvoll in die Magengrube boxt. Auch der geht zu Boden und krümmt sich vor Schmerzen. Ein Aufschrei geht durch die Luft, der einem durch die Glieder fährt. Pures Adrenalin schießt durch meinen Körper. So schnell ich kann, renne ich um mein Leben, während mein Befreier sich mir anschließt und wir zusammen in einem

Affentempo über den Rasen davonlaufen. Ohne auf irgendetwas zu achten, rennen wir über die Straße. Ich spüre die Verfolger bereits im Nacken. Auch ohne mich umsehen zu müssen, weiß ich, dass sie da sind. Blindlings rennen wir in das Dunkel der Bäume auf der anderen Seite hinein. Für einen kurzen Augenblick riskiere ich einen Blick über meine Schulter, während wir wie besessen zwischen den Bäumen davonhasten.

»Das schaffen wir nie!«, schreie ich aus vollster Verzweiflung heraus. Alle drei Männer sind uns bereits dicht auf den Fersen und sie sind wütend. Wirklich wütend! Ich will mir gar nicht ausmalen, was geschieht, wenn ich ihnen erneut in die Fänge gerate.

»Sieh zu, dass du am Friedhof vorbeikommst. Dann lauf rechts den Weg entlang. Etwas weiter kommt ein kleines Forsthaus. Warte dort!« Ohne eine Antwort von mir abzuwarten, dreht er ab. Mit erhobenen Armen wird er langsamer und hält auf die drei Bastarde zu, die sofort fanatisch auf ihn einschlagen. Hemmungslos treten sie zu. Es interessiert sie nicht, dass er bereits am Boden liegt. In mir verspüre ich den Wunsch, ihm beizustehen, doch was könnte ich schon ausrichten? Panisch beschleunige ich also mein Tempo noch und versuche so gut es geht seinen Anweisungen zu folgen.

Durch den Frost, der seit Tagen herrscht, ist der Boden glatt und rutschig. Mein Blick schweift empor in die gewaltigen, leicht rauschenden Baumkronen. Gespenstisch dunkel bauen sich die blättrigen Riesen des Waldes vor mir auf. Zwischen ihnen liegt nichts als Finsternis. Trotzdem zwinge ich mich, weiter zwischen ihnen hindurchzulaufen. Unbeholfen stolpere ich dabei hastig über den unebenen Boden. Mehrere Baumwurzeln bringen mich beinahe zu Fall, doch ich laufe tapfer weiter, bis ich auf eine Lichtung komme.

Für einen Moment halte ich inne. Der Mond spendet mir sein schauriges Licht, so dass ich die Umrisse vereinzelter Gräber hinter dem stählernen Zaun erkennen kann. Der Friedhof. Wie ruhig es an diesem Ort ist. Nur mein eigener hektischer Atem und mein pochendes Herz in der Brust sind zu hören. Beängstigt schleiche ich mich den Zaun entlang. Ich weiß, es ist im Prinzip unnötig, leise zu sein. Trotzdem habe ich das Gefühl, bei dem kleinsten Geräusch, das meine Fußsohlen auf dem Boden verursachen könnten, die Toten zu stören und sie zu verärgern. Hinter dem Zaun führt ein Weg entlang. Genau so, wie er es mir prophezeit hat. Am Ende dieses Weges kann ich die Konturen eines Gebäudes erahnen. So schnell ich kann, renne ich auf diese Hütte zu. Wieder pfeift mir der Wind kalt um die Ohren und meine Finger pochen vor Kälte. Meine viel zu dünne Jacke kann mir einfach nicht den nötigen Schutz vor der eisigen Kälte bieten. Mit tränenden Augen und brennender Kehle bleibe ich vor dem kleinen Häuschen stehen. Ich trete unter das Vordach und lausche in die Finsternis hinaus. So dicht ich kann kauere ich mich an die eiskalte Holzwand.

Kapitel 2

Aidan

Als ich den arschglatten Weg entlanggehe, kann ich immer noch kaum glauben, in was für eine beschissene Situation ich da hineingeraten bin. Nichts ahnend saß ich vorhin genüsslich eine Zigarette qualmend in meinem alten Ford Granada. Ich hatte noch etwas Zeit bis zu meiner Verabredung. Die, nebenbei gesagt, jetzt wohl ohne mich stattfinden wird.

Das Taschentuch, das ich mir unter die Nase halte, ist bereits hoffnungslos mit Blut durchtränkt. Achtlos werfe ich es hinter mich und ziehe geräuschvoll die Nase hoch. Dabei halte ich weiter mit festen Schritten auf den finsteren Schuppen zu, vor dem ich das Mädchen anzutreffen hoffe. Meine Fäuste warten nur darauf, auf irgendetwas einzuschlagen, so gefrustet bin ich. Normalerweise lasse ich mich nämlich nicht einfach so verprügeln. Habe ich so etwas nötig? Nein! Ganz sicher nicht! Ich ärgere mich über mich selbst, es trotzdem gemacht zu haben.

Als ich bei der Hütte ankomme, sehe ich die Umrisse des Mädchens, das neben der Holzwand kauert. Oh Mann. Forsch trete ich an sie heran und presse sie an ihren Schultern hart gegen die Holzwand. Sie kann ruhig wissen, wie gewaltig mir ihre Dusseligkeit stinkt. Mein Atem geht schwer, so aufgewühlt bin ich.

»SAG MAL, BIST DU TOTAL IRRE ODER WAS?!«, brülle ich ihr mitten ins Gesicht. »Du hättest abhauen sollen, als noch Zeit dafür war. Du bist so dumm, dass es weh tut. Mann!«, schimpfe ich weiter, denn ich bin noch nicht fertig mit ihr. Stumm wie ein Fisch erträgt sie meine Laune. Still verharrt ihr Körper weiter in der Position, in der ich ihn an der Wand festgenagelt halte. »Dafür könnte ich dir den Arsch grün und blau prügeln. Ehrlich wahr«, ende ich schließlich. Ganz eingeschüchtert steht sie dicht vor mir und wagt kaum zu atmen. Doch wenn sie atmet, tut sie dies auf eine unerklärliche Art und Weise, die mich erschauern lässt. Genervt lasse ich sie los und schlage mit der Faust kurz aber heftig auf den hölzernen Fensterladen direkt neben ihr ein, der sich mir netterweise anzubieten scheint. Das Mädchen sinkt wieder in ihre geduckte Haltung zurück. Voller Inbrunst brülle ich in die Nacht hinaus.

»AAAHHHHRRRR!!!« Gott, tut das gut. Mein in Wallung geratenes Blut beruhigt sich wieder. Mir ist bewusst, die Angelegenheit für sie mit meinem Aufschrei nicht angenehmer gestaltet zu haben. Doch was soll's. Im Grunde geht sie mich doch gar nichts an. Wenn es nur nicht so scheiße kalt wäre. Während ich mich mit meinem Körpergewicht immer wieder gegen die Holztür dieser alten Kate werfe, höre ich ihre verängstigte Stimme:

»Sind sie dir gefolgt?« Ihre Stimme lässt augenblicklich mein Herz erweichen. Wie zum Teufel sie das macht, ist mir ein Rätsel. Ich bin von mir selbst überrascht, als ich ihr in einem für mich ungewohnt ruhigen Ton antworte.

»Nein. Ich glaube nicht. Wir sollten aber trotzdem eine Weile warten, bis wir zum Parkplatz zurückgehen. Nur zur Sicherheit, falls sie doch noch auf uns warten.«

Diese verfickte Tür will einfach nicht nachgeben. Frustriert greife ich in meine Manteltasche und ziehe mein iPhone heraus. Ich versuche, mit dem kleinen Lichtstrahl der Taschenlampe in das Schloss der Tür zu leuchten. Ein stinknormales Türschloss. So weit schon mal gut. Mein Blick schweift rüber zu ihr. Wortlos gehe ich auf sie zu und leuchte ihr ins Haar. Grob fahren meine Hände hindurch, bis ich endlich zwei Haarnadeln fühle und schließlich aus ihren Haaren ziehe. Während ich mein Handy zwischen meinen Beinen geklemmt halte, beiße ich die Enden der Nadeln ab und biege sie mir zurecht. Ich bin noch mittendrin, da hören wir in weiter Ferne Stimmen. Augenblicklich ziehe ich das Mädchen dicht an mich heran, so dass wir eng aneinandergepresst auf dem Boden vor der Tür kauern. Ich drücke ihr mein iPhone in die Hand.

»Hör zu. Wir sollten so schnell wie möglich da rein. Da drin sind wir erst mal sicher. Leuchte direkt in das Schloss und versuche dabei, das Licht zu verdecken, damit es von Weitem nicht zu sehen ist.« Mit zittrigen Fingern nimmt sie mein iPhone, atmet tief durch und reißt sich tatsächlich zusammen. Obwohl ich natürlich merke, wie fertig die Kleine ist. So schnell ich kann, beginne ich damit, die Pins in die gewünschte Position zu drücken, damit der Zylinder nachgeben kann. Ich bin deutlich beeindruckt, wie souverän sie angesichts unserer Situation die ganze Zeit über bleibt. Sie ist mit Sicherheit genauso wenig darauf aus, den Kerlen heute Nacht noch einmal zu begegnen wie ich. Die Pins knacken einer nach dem anderen und der Zylinder lässt sich drehen. Die Stimmen der Typen kommen immer näher. So wie es sich anhört, sind die echt sauer darüber, dass ich ihnen die Tour vermasselt habe. Während ich flink die Tür öffne und das Mädchen unsanft hineinschubse, huscht mir ein hämisches Grinsen über die Lippen. Die drei um einen schnellen, perversen Fick gebracht zu haben, war es dann doch allemal wert, denke ich, während ich die Tür von innen wieder verschließe.

Lea

Gott sei Dank! Wir sind drin. Absolute Finsternis umhüllt uns. Mein ganzer Körper ist zum Bersten gespannt und wird vermutlich jeden Augenblick den Dienst versagen. Möglicherweise stehe ich wegen der beinahe dreifachen Vergewaltigung kurz vor einem hysterischen Anfall. Vielleicht aber auch, weil ich in der absoluten Dunkelheit, die diesen Raum beherrscht, für die nächste Zeit gefangen bin. Die herannahenden Stimmen der drei Scheißkerle da draußen geben mir den Rest. Obwohl ich mich wirklich ganz fürchterlich versuche zusammenzureißen, kann ich nicht verhindern, dass meine Atmung immer hektischer wird. Eine Woge der Verzweiflung durchfährt meinen Magen und setzt sich schließlich in meinem Brustkorb fest. In meinem Kopf beginnt es zu brummen. Oh, großer Gott! Keuchend versuche ich mich selbst zu beruhigen, doch davon wird es nur noch schlimmer. Das Brummen wird lauter und meine Atmung gerät außer Kontrolle. Unter mir tut sich der Boden auf. Ich habe das Gefühl, ins Unendliche zu fallen. Es ist nur noch eine Frage der Zeit, bis ich aufschreien muss. Leises Wimmern dringt bereits durch meine Kehle und sucht sich seinen Weg nach draußen. Panisch blicke ich nach allen Seiten, doch da ist nur Schwärze. Meine Hände versuchen etwas zu ertasten, etwas zu ergreifen, an dem ich mich festhalten kann. Aber da ist nur Leere. Wie aus dem Nichts spüre ich zwei Hände, die mein Gesicht packen, ehe ich mich an eine rettende Schulter gelehnt wiederfinde.

»Schschscht. Ist gut. Ist doch gut. Versuch ruhig zu bleiben. Die wissen nicht, dass wir hier sind.« Seine rauchige Stimme lässt meinen Pulsschlag tatsächlich ruhiger werden. Das von mir so gefürchtete Brummen fliegt langsam wieder davon. Von der rohen Gewalt seiner Hände, mit der er mich vor ein paar Augenblicken noch draußen an die Hauswand genagelt hat, ist nichts mehr zu spüren. Sanft legen sich diese starken Arme jetzt tröstend um mich. Wie ein kleines Kind drücke ich mein Gesicht fest an seinen warmen Wollmantel. Ob er weiß, welch herrliche Wärme sein Körper gerade für mich ausstrahlt? Mich im jetzigen Zustand im Arm zu halten, muss sich wie ein Eisklotz anfühlen. Als könnte er meine Gedanken erraten, fährt seine Hand unter mein Gesicht und öffnet den obersten Knopf seines Wollmantels. Flüsterleise floppt ein Knopf nach dem anderen aus der

Knopfleiste. Ich fühle die angenehme Wärme, die mich in Empfang nimmt, als er mich mit seinem Mantel umhüllt. Berauscht von seinem herrlichen Duft, der mir entgegenfliegt, lehne ich mich dankbar an seine Brust. Sein Kinn an meinem Kopf spürend, wage ich nicht mich zu bewegen. Ich habe keine Ahnung, wohin mit meinen Händen, die ich verkrampft vor meiner Brust verschränkt halte.

Die Stimmen draußen vor der Tür kommen näher. Sie können nicht mehr weit sein. Geistesgegenwärtig zieht er mich ein Stück mit sich und presst sich mitsamt meines Körpers eng hinter einen Schrank, so dass wir von der Tür aus nicht zu sehen sind. Meine kalten Finger krallen sich dicht neben meinem Gesicht in den Kragen seines Pullovers. Zischende Laute dringen von außen zu uns heran. Je näher sie der Hütte kommen, desto flacher versuche ich zu atmen. Ein Kauz schreit auf und ich kann nicht verhindern, vor Schreck zusammenzuzucken. Augenblicklich legt sich seine rechte Hand auf meinen Hinterkopf.

»Schschscht. Bleib ruhig. Ist alles gut«, flüstert er in mein Ohr. Sein Atem streift über meine Haut, so dass es mir durch Mark und Bein geht. Ganz sanft fährt seine Hand mein Ohr entlang. Seine Finger vergraben sich tief in meinem Haar und berühren mich im Nacken. Wäre ich eine Katze – und würde vor der Tür nicht eine bestialische Meute auf uns lauern – würde ich anfangen zu schnurren. Ich schwör's. Die Berührung seiner Fingerkuppen driftet durch mich hindurch und treibt meinen Herzschlag höher als ich eigentlich ertragen kann. Ganz langsam hebe ich meinen Kopf ein wenig von seiner Brust. Horche in die Stille hinaus. Die Männer sind nicht mehr zu hören. Ich will schon etwas sagen, da fährt mir seine linke Hand über den Mund und befielt mir, weiter still zu sein. Ich gehorche. Keinen Mucks gebe ich von mir. In meiner Verzweiflung versuche ich innerlich das Vaterunser herunterzurattern. Durch meine dünne Winterjacke und seinen Pullover hindurch fühle ich den Pulsschlag seines Herzens. Oder ist es mein Herz?

Ohne Vorankündigung ruckelt es lautstark an der Tür. Weitere beherzte Schläge und Tritte dagegen folgen. Mein Herz hat definitiv zwei Takte ausgesetzt. Daran glaube ich ganz fest!

»Die sind hier langgekommen. Da sind ganz eindeutig frische Fußspuren.« Einer der Männer steht direkt hinter der Tür.

»Ja, und? Ist doch scheißegal, ob da Fußspuren sind oder nicht. Die sind nicht mehr hier. Siehst doch selbst, dass die Tür verrammelt ist«, hören wir einen der anderen. Mit einem lauten Scheppern springt die Tür beim nächsten Tritt aus ihren Angeln.

Stille.

Ich werde noch fester gegen die Schrankwand gepresst, die schützend zwischen uns und den drei Mistkerlen aufragt. Ich höre Schritte auf dem Holzboden der Kate. Die kraulenden Fingerkuppen in meinem Nacken helfen mir dabei, nicht komplett den Verstand zu verlieren.

Es kommt mir wie eine Ewigkeit vor, in der die drei dort an der Tür herumlungern. Wahrscheinlich sind es eher nur ein paar Sekunden, bis sie sich wieder von der Hütte entfernen. Meiner Kehle entfährt ein tiefer, stummer Seufzer, dem ein noch tieferer Atemzug folgt. Mein Körper braucht frischen Sauerstoff.

Keine Ahnung, wie es dazu kommen konnte, doch mit einem Mal wird mir bewusst, was ich unter meinen Händen fühle. Ohne dass ich etwas davon mitbekommen habe, müssen meine Hände sich selbständig gemacht haben und sind auf seiner Hüfte zu beiden Seiten zum Liegen gekommen. Ihm selbst scheint es ebenfalls gerade aufzufallen. Sein Körper zuckt nervös und spannt sich unter der Berührung meiner Hände an. Wäre es doch nur nicht so verdammt dunkel hier drinnen. Wie gerne hätte ich jetzt einen kurzen Blick in seine Augen gewagt. Es ist mir unmöglich einzuschätzen, ob meine Hände dort liegen bleiben dürfen oder ob ich sie besser wieder zurückziehen sollte. Jetzt, da die Gefahr von außen gebannt scheint. Denn seine herrische Art von vorhin habe ich trotz alledem, was hier gerade abgeht, noch nicht vergessen. Und ich bin nicht scharf darauf, noch einmal gegen eine Holzwand geknallt zu werden. Ich mag mich vielleicht eben verhört haben, doch es war mir so, als käme ein tiefer, unterdrückter Seufzer aus seiner Kehle. Außerdem müssen es mittlerweile mehr als fünf Fingerkuppen sein, die mir durch den Nacken fahren und mich berühren, wie es noch kein Mensch zuvor getan hat.

Schlagartig wird mir eines bewusst: Ich mag seine Nähe. Ich mag es, seinen Körper unter meinen Händen zu spüren. Ich mag es sehr, wie seine Finger mir durch die Haare fahren. Aber am allermeisten mag ich dieses wohlige Gefühl in meinem Unterleib, das mich meinen Körper wie von selbst etwas mehr an ihn schmiegen lässt. Im Prinzip ist es egal, ob ich meine Lider schließe oder nicht. Die Dunkelheit ist immer die gleiche. Trotzdem schließe ich für einen Augenblick tief durchatmend meine Augen und lehne meine Stirn gegen seine Brust. Über die körperliche Nähe zu ihm, die so intensiv ist, sollte ich besser nicht nachdenken. Das könnte sonst erneut zitternde Knie auslösen.

Aidan

Sie sind weg. Das spüre ich. Doch das ist längst nicht alles, was ich spüren kann. Das Ganze hier gerät vollkommen aus dem Ruder und das stinkt mir echt gewaltig. Ich bin derjenige, der bestimmt. Ich bin derjenige, der sagt wo es langgeht. Und ich bin derjenige, der Tempo, Ort, Zeitpunkt und wie entscheidet. Also: Warum zum Teufel soll das heute anders sein? Ich könnte meinem Schwanz eine scheuern. Ihn hat niemand nach seiner Meinung gefragt.

Seitdem ich sie unter meinen Mantel habe schlüpfen lassen, drängt mir mein Ständer schmerzhaft gegen die Hose. Shit! Zuerst habe ich noch versucht, meine Erregung vor ihr zu verbergen. Dass sie vor Schreck und Prüderie einen Aufschrei von sich gibt, war das Letzte, was ich riskieren wollte, solange die Kerle da draußen noch immer auf der Suche nach ihr waren.

Je länger sie nun in meinen Armen liegt und je weiter die drohende Gefahr da draußen sich wieder entfernt, desto mehr komme ich zu dem Schluss, dass sie sich gerade genauso wohl fühlt wie ich. Ihre Hände auf meinen Hüften fiebern doch nur danach, meinen Körper weiter erforschen zu dürfen. Ihrem stockenden Atem nach zu urteilen, kann sie das kaum noch erwarten. Alles was ich tun müsste, wäre, ihr die Erlaubnis dafür zu erteilen. Mein mittlerweile beachtlich angeschwollener Schwanz würde nur zu gerne einmal mit ihrem Becken Bekanntschaft machen, welches sie gerade eben, vielleicht unbeabsichtigt, – ja, ich gebe zu, dass das nicht auszuschließen ist – gegen ihn geschoben hat. Vielleicht ist sie aber auch nur wirklich sehr gut darin, die Unschuldige zu spielen. Ehrlich gesagt ist mir das im Moment aber auch scheißegal. Mit meiner Hand umfasse ich entschlossen ihr Kinn und hebe ihr Gesicht zu mir empor. Genau so, wie ich es vorhin bereits einmal getan habe. Reflexartig spannt sich ihr Körper unter meiner Handlung an und presst sich nun vollends gegen meine Lendengegend. Natürlich ist es genau die Reaktion, die ich von ihr erwartet habe. Mit einem Rausch der Befriedigung spüre ich, wie sich ihre Fingerspitzen in meine Hüfte krallen. Oh Mann! Die Kleine hat Temperament. Nur leider weiß sie wohl so gar nichts damit anzufangen. Während meine Rechte ihr Gesicht weiter fest gepackt hält, fahre ich mit meiner Linken zu ihrer Hand, die nach wie vor krampfhaft auf meiner Hüfte liegt. Entschieden löse ich ihren Griff und lasse sie meinen Oberkörper entlangfahren. Ihr Körper erschauert erbarmungslos. Vor Erregung beginne ich beinahe zu taumeln. Ich will sie unbedingt. Am besten gleich jetzt. Am liebsten sofort. Hier, auf der Stelle.

Der schwere Duft von Kupfer steigt mir beißend in die Nase. Im nächsten Augenblick fühle ich ein warmes Rinnsal, das an meinen Lippen entlangläuft und süßlich schmeckt. FUCK! Das kleine Rinnsal entwickelt sich schnell zu einem größeren und beginnt, alles vollzutropfen.

»Blutest du?«, höre ich sie flüstern.

»Ja, verdammt«, antworte ich ihr. Egal, wie sehr ich jetzt mit meinen Händen ihren unglaublichen Körper, den sie gekonnt unter ihrer armseligen Kleidung versteckt, erforschen möchte, ich muss von ihr ablassen und mich meiner blutenden Nase widmen. Ich bekomme kaum noch Luft und verschlucke mich heftig, versuche mir aber nichts anmerken zu lassen. Langsam lasse ich mich in die Hocke sinken und lehne meinen Rücken an die Außenwand. Ich kann nicht verhindern, dass die Kleine meinem Beispiel folgt und mit tastenden Händen versucht, das ganze Ausmaß meines Problems zu erfassen.

Sie fängt an, in ihrem Rucksack herumzufummeln. Das Zischen einer sich öffnenden Sprudelflasche ist zu hören. Obwohl sie direkt neben mir zu hocken scheint, bekomme ich verdammt wenig davon mit, was sie gerade veranstaltet. Dann, ohne jede Vorwarnung, – erst ganz sachte, im nächsten Moment jedoch deutlich forscher – drückt sie mit ihrer Hand meinen Kopf nach vorne.

»Hey! Was soll das? Meine Nase blutet. Schon vergessen?«, gifte ich sie an. Trotzdem lässt der Druck ihrer Hand auf meinem Hals nicht nach. Ein eiskaltes, tropfendes Handtuch klatscht mir in den Nacken. Ich zucke zusammen und fahre sie von der Seite her an, während ich mir energisch den triefenden Lappen vom Rücken ziehe. »Heilige Scheiße! Willst du mich umbringen? Es ist arschkalt hier! Also nimm gefälligst den Lappen von mir!« Erwarte ich, dass sie tut, was ich ihr sage? Natürlich tue ich das. Schließlich ist das doch genau ihr Ding. Umso überraschter bin ich, als ihre flinken Hände entschieden den Lappen wieder in meinen Nacken klatschen lassen. Wieder drückt sie meinen Kopf, mit dem Gesicht zum Boden gerichtet, nach vorne. Bevor ich mich erneut zur Wehr setzen kann, gibt sie kontra.

»Du musst das Blut abfließen lassen, sonst läuft es direkt in deinen Magen und du musst dich später übergeben. Was das Blut anrichten könnte, würde es in deine Lunge laufen, davon wollen wir lieber erst gar nicht reden. Die Kälte im Nacken sorgt dafür, dass sich deine Blutgefäße zusammenziehen. In ein paar Minuten sollte es vorbei sein. Also: Reiß dich zusammen! So stark wie deine Nase blutet, ist damit nicht zu spaßen.«

Ich stutze. Zum ersten Mal heute Abend bin ich froh über die Dunkelheit, die uns umgibt. So bleibt ihr wenigstens mein dämlicher Gesichtsausdruck verborgen. Wo kommt denn urplötzlich dieser herrische Ton her? Da es von jeher nicht in meiner Natur liegt, zu tun, was andere Menschen von mir verlangen, bleibt mir hier nur eine einzige Möglichkeit zu reagieren. Ich lege wortlos meinen Kopf nach vorne, ertrage die beißende Kälte in meinem Nacken, die höllisch zwickt, und lasse, wie befohlen, das Blut abfließen. Genau so, wie sie es entschieden hat. Und immer noch habe ich einen Ständer, der nach wie vor gerne mit ihr Bekanntschaft machen würde.

* * *

Das Bluten scheint langsam aufzuhören.

»Ist dir überhaupt klar, was die drei mit dir vorhatten?«, muss ich einfach fragen. In meinen Augen hat sie sich vorhin einfach zu dämlich verhalten. Ich sehe keinen Grund mehr, weiter zu flüstern. Schließlich sind die Kerle seit einer Ewigkeit verschwunden. »Ficken wollten die dich«, sage ich einfach. Gerade heraus. So bin ich eben. Ich nenne die Dinge beim Namen. Das ist schon immer so gewesen. Anstatt mir zu antworten, erlöst sie mich stumm von dem immer noch nasskalten Tuch in meinem Nacken. »Was ist eigentlich in deinem Rucksack drin?«, will ich wissen. Obwohl ich eine geraume Zeit abwarte, bekomme ich keine Antwort. Auch gut. »Ich bin Aidan«, versuche ich es halt anders.

»Ich weiß«, kriege ich unerwartet zu hören.

»Ach, echt? Woher?«

»Wir gehen auf dieselbe Schule.«

»Ehrlich, Mann?« Erstaunt hole ich mein iPhone wieder hervor und leuchte ihr ohne Vorwarnung mitten ins Gesicht. Augenblicklich zuckt sie weg und kneift ihre Augen erst fest zusammen.

Dann, mitten in dieser Finsternis, in der wir schon viel zu lange hocken, öffnet sich ein helles Fenster, durch das sie mich mit scheuen Augen anblickt. Innerlich erstarrt bleibt mir meine große Klappe offen stehen. Ihre Augen nun direkt so groß und leuchtend im Schein meines iPhones zu betrachten, darauf bin ich nicht vorbereitet. Ich muss zugeben, ihr Blick berührt mich. Ich habe aber keinen Bock darauf, mir weiter von ihr tief in die Seele schauen zu lassen oder was auch immer sie mit ihrem Blick bei mir bezwecken will. Und mir fällt sehr wohl auf, dass ihre Hand noch immer die meine hält, also entziehe ich sie ihr mit einer Entschlossenheit, die sie zu überraschen scheint.

»Nein. Nein. Ganz sicher. Hab dich nie vorher gesehen«, löse ich die Situation für mich am geschicktesten auf. Ihre Perplexität auf meine Worte nutze ich aus, um ihr im nächsten Augenblick den Rucksack zu entreißen. Ehe sie begreift, wie ihr geschieht, bin ich schon dabei, den Reißverschluss zu öffnen.

»Nicht!«, höre ich ihre verzweifelte Stimme aufflackern. »Gib ihn her.« Sie versucht zwar noch, ihn wieder an sich zu reißen, doch als sie mein dämliches Grinsen im flatternden Lichtschein sieht, gibt sie auf. Dank meines Handys haben wir hier endlich ein bisschen Helligkeit im Raum und können uns zumindest ansatzweise ansehen. »Großer Gott! Oh, nein!«, entfährt es ihr.

Sie entreißt meiner Hand das Telefon und nun bin ich es, der krampfhaft die Augen vor der bestialischen Leuchtkraft zusammenkneift. Das hätte ich aber mal besser nicht tun sollen. Augenblicklich – in dem Moment, in dem ich die Augen zusammenpresse und meine Stirn sich runzelt – durchfährt mich ein scharfer Schmerz, der von der Schläfe herüber bis in die Ohren zieht. Meine Finger fahren über meine Augenbraue, in der sich scheinbar eine Menge verkrustetes Blut verfangen hat. Die Härchen sind komplett verklebt.

»Wie schlimm ist es denn?«, frage ich, da mir schon klar ist, warum sie mich so anstarrt. Sie druckst eine Weile herum, während sie mit der Lampe unbarmherzig mit voller Breitseite in mein Gesicht leuchtet.

»Nun ja«, höre ich schließlich von ihr. »Wie definierst du schlimm?« In ihren Worten hallt Panik mit. Diese Gegenfrage fällt eindeutig in die Kategorie »So was will ich nicht hören«! Um das Ganze hier jetzt nicht noch dramatischer zu gestalten, als es ohnehin schon ist, nehme ich ihr mein Handy wieder ab und hangele mich auf.

»Wird schon nicht so wild sein«, versuche ich nicht nur sie, sondern auch mich zu beruhigen. Mich ärgert, dass mir das Aufstehen nicht so lässig gelingt, wie ich es gerne gehabt hätte.

»Danke übrigens«, höre ich sie ehrfürchtig sprechen.

Ich muss lächeln. Trotz alledem. »Du meinst, weil ich dir vorhin deinen süßen Arsch gerettet habe, nehme ich mal an.« Ich habe mich wieder gefasst und halte ihr mit meiner gewohnten Lässigkeit den Lichtschein so ins Gesicht, dass ich sie wieder klar erkennen kann. Errötend nickt sie. »Warum bist du vorhin nicht einfach weggerannt, als noch Zeit dafür war?«, frage ich. »Das will mir nämlich einfach nicht in den Kopf!« Ihr Blick geht zum Rucksack, den ich noch in Händen halte. Jetzt bin ich wirklich neugierig, was sich darin befindet. Muss ja irre wichtig sein, wenn man dafür seinen Arsch hinhält. Ich atme einmal tief durch. Dann werfe ich einen kurzen Blick hinein. Ohne es verhindern zu können, pruste ich auch schon aus voller Kehle los. Das kann ich kaum ernst nehmen, was ich da erblicke. »Wirklich?«, muss ich sie einfach fragen. »Wegen ein paar lächerlicher Ballettschuhe? Dafür hättest du dich echt flachlegen lassen?« Ihr ist zwar anzusehen, wie unangenehm ihr meine Worte sind … Aber bitte! Mal ehrlich: Ich hab doch recht!

»Du hast doch keine Ahnung, wie teuer solche Schuhe sind!«, giftet sie mich mit funkelnden Augen an. Dieses Feuer in ihren Pupillen durchfährt mich wie ein Blitz und lässt mich augenblicklich ein paar Takte zurückfahren. »Nächste Woche habe ich ein wichtiges Vortanzen. Da brauche ich die unbedingt. Ohne sie könnte ich nicht auftreten«, erklärt sie weiter. Für sie scheinen die Worte durchaus plausibel zu sein. Ich muss mich für einen Augenblick sammeln, da dies so gar nicht in mein Weltbild passen will. Nachdem mir allerdings klarwird, dass womöglich nicht alle Familien – so wie die meine – mit Wohlstand und Macht gesegnet sind, fange ich an zu verstehen, wie wichtig ihr der Inhalt der Tasche sein muss.

»Zum Glück konnten wir beides retten. Die Schuhe und deine Ehre!« Mit einem Lächeln auf meinem Gesicht, welches für meine Verhältnisse unwahrscheinlich sanftmütig aussehen muss, drücke ich ihr den Rucksack in die Hand. Dabei fühle ich, wie kalt ihre Finger sind. Ihr ganzer Körper scheint nur noch ein einziger Eisklotz zu sein. Sofort fahren meine Hände durch meine Manteltaschen und kramen ein paar Handschuhe hervor. Ihre kalten Hände kann ich unmöglich ignorieren. »Hier. Bevor du noch den Kältetod erleidest.« Dankbar nimmt sie sie entgegen und zieht sie sich auch gleich an. Ein stummes, ehrliches Lächeln ist der Dank für meine Leihgabe. Als wir uns wortlos auf den Rückweg zum Parkplatz machen, fallen dicke Flocken vom Himmel.

Kapitel 3

Lea

Angespannt lasse ich meinen Blick über den großen Parkplatz schweifen, während wir auf einen zitronengelben Ford Granada zugehen. Noch immer habe ich Angst, die drei Kerle von vorhin könnten uns hier irgendwo auflauern.

Nachdem Aidan mich im Auto platziert hat, holt er mein Fahrrad und hebt es ohne Weiteres in seinen Kofferraum. Ich habe ihm gesagt, ich könnte auch ohne Probleme mit dem Rad nach Hause fahren, doch eigentlich bin ich ganz froh, dass dies für ihn keine Option war. In dem Kerl scheint tatsächlich so etwas wie ein Gentleman zu schlummern, von dessen Existenz ich bisher nichts gewusst habe – er selbst vermutlich auch nicht. Denn bisher wirkte Aidan auf mich immer ganz anders. Der Typ macht sonst eher was er will und nimmt sich auch was er will, ohne dabei auf andere zu achten. Insgeheim wird mir klar – während wir uns nun auf der Fahrt zu mir nach Hause befinden, und ich so meine Gedanken neben ihm schweifen lasse – dass ich mir genau davon manchmal gerne eine Scheibe abschneiden würde.

Mit ohrenbetäubenden Bässen, die aus den Lautsprechern dröhnen, biegen wir schließlich in die kleine Nebenstraße ein, in der ich wohne. Insgeheim schäme ich mich für die schäbige Wohngegend. Die Mehrfamilienhäuser, die sich vor uns erstrecken, stehen nicht im besten Stadtviertel von Hamburg.

»Du kannst mich hier rauslassen«, versuche ich das Schlimmste zu verhindern. »Das letzte Stück schaffe ich alleine.« Ich will nicht, dass er weiß, wo genau ich wohne. Skeptisch blickt er mich von der Seite an, ohne die Geschwindigkeit zu verringern. Dabei begutachten mich seine Augen von oben bis unten. Ähnlich wie vorhin. Mir sträuben sich alle Nackenhaare.

»Ich fahr dich bis vor die Haustür.« Sein Tonfall lässt keinen Zweifel an seinen Worten zu. »Und?«, hakt er nach. »Welcher Block ist es denn jetzt?« Ergeben füge ich mich in mein Schicksal und deute auf den übernächsten Wohnblock. Aidan fährt seinen Wagen genau in die Parklücke gegenüber von meinem Zuhause. Der Kerl hat das Glück definitiv auf seiner Seite. Für gewöhnlich bekommt man hier nämlich nie einen Parkplatz. Kaum ist der Motor seines Wagens verstummt und meine Hand bereits am Türhebel, klingelt sein iPhone. Ich mache Anstalten, aus dem Wagen zu steigen, als seine Hand mich am Arm zurückhält. Seine andere Hand bringt das Telefon in seiner Manteltasche zum Vorschein. Während er das Gespräch annimmt, hält er weiterhin meinen Oberarm, und diese kleine Berührung kribbelt durch meine dünne Winterjacke und den Wollpulli hindurch, dass mir davon ganz schwindelig wird.

»Ja, Mann. Was gibt's?« Stumm harren wir bewegungslos im Wagen aus, während er dem Anrufer lauscht. »Nein, Mann. Ich fahr gleich los. Mir ist noch was dazwischengekommen.« Seinen Mund umspielt ein süffisantes Grinsen, welches mich augenblicklich erschauern lässt. »Was Hübsches, fragst du«, höre ich ihn sagen. Wieder mustert er mich ungeniert von oben bis unten. Unter seinem Blick verkrampft sich mein Körper bis ins Unermessliche. So gerne ich das auch vor ihm verborgen hätte. Das ist unmöglich! Seine Augen verweilen für einen unverschämt langen Moment auf meinen Lippen. »Ja, kann man so sagen.« Bei seinen Worten schießt mir unaufhaltsam die Schamesröte ins Gesicht und ich wünsche mir nichts sehnlicher, als endlich seinem Blickfeld zu entkommen. Er lässt meinen Arm los und dreht sich noch mehr in meine Richtung. Weiterhin ruhen seine Augen unverhohlen auf mir. Ich weiß nicht, wohin mit meinen Händen, und verschränke sie schließlich vor der Brust und starre durch die Windschutzscheibe in die kalte Winternacht hinaus. Ich muss hier unbedingt raus. Entschieden zwinge ich mich, die Tür zu öffnen, und stolpere ins Freie.

Die kalte Winterluft fährt mir sofort schneidend um die Ohren und der Wind ist so eisig, dass mir augenblicklich das Gesicht schmerzt. Aidan tut es mir gleich und steigt ebenfalls aus. Noch immer hält er sein Handy ans Ohr.

»Mal immer locker bleiben, Junge. Ich bin quasi schon da.« Ohne eine Antwort von seinem Gesprächspartner abzuwarten, beendet er das Telefonat und lässt sein iPhone in die Manteltasche zurückgleiten. Seinen Kragen gegen die Kälte aufstellend, kommt er auf mich zu. Hinter dem Kofferraum bleibt er dicht vor mir stehen. Für einen Augenblick schauen wir einander wortlos in die Augen.

Während er mein Fahrrad aus dem Kofferraum hervorholt, stehe ich noch immer stumm wie ein Fisch neben ihm. Verstohlen betrachte ich ihn dabei von der Seite. Die Straßenlaterne neben uns spendet mir dafür genügend Licht. Insgeheim betrachte ich seine Schönheit, der selbst der Cut an der Augenbraue und das verkrustete Blut an der Nase nichts anhaben kann. Auch rund um sein linkes Auge bildet sich langsam aber sicher ein beeindruckendes Veilchen. Er ist nicht modelmäßig schön. Nein, eher gangstermäßig schön. Seine aschblonden Haare sind mit glitzernden Schneeflocken übersät und glänzen feucht im Schein der Laterne. Seine markanten Gesichtszüge und sein durchdringender, selbstbewusster Blick ziehen mich unwahrscheinlich an. Sofort wünsche ich mich wieder in den Schutz seines Mantels, der mich dann mit seiner wohligen Wärme dicht an seinen Körper schmiegen könnte. Harsch werde ich aus meinen Träumen gerissen, als mir Aidan das Fahrrad hinhält.

»Bitte«, meint er kurz angebunden. Unbeholfen streife ich mir die geliehenen Handschuhe wieder ab und ignoriere den Aufschrei in meinen von der Kälte bereits geröteten Fingerspitzen. Das Fahrrad entgegennehmend, halte ich ihm die Leihgabe hin.

»Danke. Auch für die Handschuhe.« Die Eiseskälte des Lenkers kriecht unbarmherzig in meine Knochen, doch ich lasse mir das Frösteln nicht anmerken, sondern versuche tapfer dem Blick aus seinen graublauen Augen standzuhalten.

»Alles klar«, sagt er zu mir. »Dann komm gut heim.« Ich nicke. Dann lenke ich mein Fahrrad über die Straße und biege in den schmalen Pfad zu meinem Hauseingang ein. Klappernd vor Kälte und kurz vor einem Nervenzusammenbruch gehe ich meines Weges und höre, wie hinter mir die Wagentür zuschlägt.

Ohne mich noch einmal umzusehen, führe ich mein Rad hinter dem Gebäude einen steilen Abhang zum Kellereingang hinunter. Dabei muss ich Acht geben, um nicht auf dem vereisten Kopfsteinpflaster auszurutschen. Ich weiß nicht, was ich noch von ihm erwartet habe. Aber die Verabschiedung kam jetzt so schnell. Ist das gerade wirklich alles passiert?

Aidan

Ehrlich gesagt habe ich keine Ahnung, was ich hier mache. Ehe ich merke, wie mir geschieht, finde ich mich tatsächlich auf dem schneebedeckten Rasen vor ihrem Block wieder. Von mir selbst genervt, ziehe ich intensiv an meiner Zigarette, und zwar so sehr, dass die Glut in der Dunkelheit feuerrot aufflackert und ich an meinen Fingerkuppen spüren kann, wie die Zigarette durch meinen tiefen Atemzug immer heißer wird.

Ich habe die Zigarette fast bis auf den Filter runtergeraucht, als im hinteren von drei Treppenhäusern das Licht angeht. Eine zierliche Person mit langen Haaren steigt die Treppe zum Hochparterre hinauf und verschwindet in einer Wohnung auf der rechten Seite. Erleichtert atme ich auf. Doch anstatt meinen Arsch zum Wagen zu bewegen, heftet sich meine Aufmerksamkeit an die beiden Fenster, die zur Wohnung gehören. In diesem Augenblick wird mir bewusst, dass ich überhaupt keine Ahnung habe, wie sie heißt.

»Hm«, entfährt es mir. Das ärgert mich. Denn ich will schon gerne wissen, für wen ich das blaue Auge bekommen habe. Wie ein Psycho starre ich weiter auf die Hauswand, bis sich etwas regt. Zuerst hinter dem einen Fenster, dann wenig später hinter dem anderen. Das mir fremde, aber nach heute Abend doch recht vertraute Mädchen taucht am Fenster auf und schließt die Vorhänge. Es dauert noch einen Augenblick, bis ich mich schließlich abwende und zu meinem Wagen zurückgehe.

Lea

Vollkommen neben mir stehend lege ich erschöpft meine Jacke an der Garderobe ab und stelle meinen Rucksack in die Ecke. Müde und hungrig vom Tag schlurfe ich auf dem Weg zur Küche am Wohnzimmer vorbei. Mein Vater und meine jüngere Schwester Denise sitzen nebeneinander auf dem Sofa und glotzen in den Fernseher. Dabei geht es erstaunlich ruhig zu. Sie haben wohl ausnahmsweise einmal ein Programm finden können, was beiden gefällt. Mir soll es nur recht sein. Heute Abend ist mein Bedarf an Stress gedeckt. Die vielen leeren Bierflaschen zu Füßen meines Vaters, lassen mich allerdings Schlimmes erahnen.

»'n Abend«, rufe ich nur kurz und gehe direkt weiter zur Küche. Der Geruch von Speck und Zwiebeln steigt mir in die Nase und lässt meinen Magen rebellieren. Ich begnüge mich mit einem Apfel aus der Obstschale und husche unbeachtet in mein Zimmer, welches direkt neben der Küche liegt. Da Mama heute im Krankenhaus Nachtschicht schiebt, brauche ich auf sie nicht zu warten, und nach der Gesellschaft, die mich im Wohnzimmer erwarten würde, steht mir weiß Gott nicht der Sinn.

Nachdem ich meine Vorhänge geschlossen habe, stelle ich den Wecker für morgen Früh. Dabei wird mir bewusst, dass es schon nach Mitternacht ist. Deutlich später als meine gewohnte Zeit. Ich frage mich, ob hier heute Abend überhaupt irgendjemandem mein Fehlen aufgefallen wäre. Als mir die Antwort klarwird, kann ich meine Tränen nicht mehr zurückhalten. Stumm kullern sie mir die Wangen herunter.

Ich fröstele. Die Socken, die seit heute Morgen auf der Heizung liegen, sind zwar nur leicht warm, doch ich ziehe sie mir trotzdem über. Mit gekreuzten Beinen setze ich mich auf mein Bett, lege mir die Decke in den Rücken und beiße gedankenversunken in meinen Apfel. Unaufhaltsam driften meine Gedanken ab und ich versuche zu begreifen, was da heute Abend passiert ist. Mir wird klar, welch enormes Glück ich hatte und wem ich meine Rettung zu verdanken habe. Innerlich sehe ich ihn direkt vor mir. Kann tief in seine graublauen Augen sehen und dabei die winzigen hellen Pünktchen in seiner Iris erkennen, ganz so, als ob er genau jetzt vor mir stehen würde. Ergriffen fahre ich mit meiner Hand über meine Wange, da es mir scheint, als könne ich dort seinen Atem noch einmal spüren. Mein Herz macht einen großen Hüpfer und ich komme nicht drum herum, laut zu seufzen. Jetzt, da ich ihm einmal so nahe war, ist die Sehnsucht noch viel schlimmer als vorher. Bislang habe ich es auch nur für eine nie enden wollende Schwärmerei gehalten, doch nach dem, was vorhin passiert ist, muss ich wohl gehörig aufpassen, dass ich mich nicht Hals über Kopf verliebe.

Ich habe meinen Apfel bis auf das Kerngehäuse niedergekaut. Achtlos werfe ich den Rest in meinen Papierkorb und schlurfe rüber ins Bad. Auf dem Weg dorthin komme ich tatsächlich ins Wanken. Vielleicht habe ich mir ja doch nur alles eingebildet und nichts von alledem ist wirklich geschehen.

Kapitel 4

Aidan

Gar nicht weit von ihrem Zuhause entfernt befindet sich die nächste Tankstelle. Mein gelber 1974er Ford Granada steht etwas abseits der Zapfsäulen direkt vor dem Eingang und ich lehne völlig in Gedanken an der Fahrertür. Den Blick starr auf den Asphalt gelenkt lasse ich die eben gekaufte Packung Kippen durch meine Hände gleiten. Eigentlich gibt es für mich nur zwei Möglichkeiten: Entweder fahr ich jetzt rüber ins Roxy, wie geplant, oder ich tue einfach, was mir seit einer halben Stunde nicht mehr aus dem Kopf gehen will. Langsam ziehe ich die durchsichtige Folie von der Schachtel und angle mir eine Zigarette heraus. Ich öffne die Wagentür und werfe die Schachtel schwungvoll auf den Beifahrersitz.

»Junger Mann, Sie dürfen hier nicht rauchen«, holt mich eine Frau mit nervtötender Stimme aus meinen Gedanken. Geht's noch? Finster blicke ich der Frau direkt ins Gesicht.

»Ja, Mann. Das weiß ich selbst«, schnauze ich auch gleich zurück. Mein finsterster Blick trifft sie. Mit Genugtuung stelle ich fest, wie sehr sie meine Art einschüchtert.

Genervt steige ich in meinen Wagen und drücke auf den Zigarettenanzünder. Mit den Händen fahre ich nervös über das Lenkrad und warte darauf, dass ich endlich meine Kippe anzünden kann. Mit dem Anzünder bringe ich die Zigarette zum Glühen. Scheiß drauf, denke ich und verlasse mit qualmenden Reifen die Tanke, denn ich habe mich entschieden.

Mit angezogenen Beinen starre ich seit gut einer Viertelstunde auf den Bildschirm meines Laptops. Der Computer hat schon deutlich bessere Tage gesehen, doch ich bin unendlich froh, überhaupt einen zu besitzen. Auf dem Monitor ist Aidan zu sehen, wie er lässig mit Zigarette im Mundwinkel und einer Flasche Wodka in der Hand in die Kamera grinst. Das Hintergrundbild seines Facebook-Profils zeigt eine Gruppe junger Leute, die während eines Sonnenaufganges mit dem Rücken zur Kamera gewandt vor einem Lagerfeuer stehen und über die Elbe blicken. Die Skyline des Hamburger Hafens funkelt auf der anderen Seite. Es ist die pure Lebensfreude, die dieses Bild ausstrahlt. Meinen Rücken überzieht eine Gänsehaut und ich wickle mir die Wolldecke fester um meinen Körper, während ich unaufhaltsam weiter seine Fotos anhimmele.

Ein unbekanntes Geräusch draußen vor meinem Fenster reißt mich aus meiner Trance. Zuerst denke ich mir nicht viel dabei. Als das Geräusch jedoch abermals zu hören ist und näherzukommen scheint, wende ich meinen Blick argwöhnisch zum Fenster. Ich stehe auf und luge ganz vorsichtig durch den Vorhang in die Nacht hinaus. Doch es ist nichts zu erkennen. Alles scheint dunkel und ruhig, bis plötzlich unterhalb meines Fensters im Baum ein lautes Knacken zu hören ist. Vor Schreck hätte ich fast losgeschrien. Die nötige Luft dafür haben meine Lungen reflexartig bereits eingeatmet, doch ich beherrsche mich und bleibe still. Stumm halte ich mir nur die Hand vor den Mund und weiche ein Stück zurück. Mir wird klar, dass jemand im Begriff ist, den Baum vor meinem Fenster heraufzuklettern. Sekunden später klopft es bereits von außen an die Scheibe. Mit der Hand vor dem Mund stehe ich starr da und rühre mich nicht. Ein erneutes Klopfen reißt mich aus meiner Lethargie und ich mache vorsichtig einen Schritt vorwärts und ziehe die Vorhänge zurück. Durch die Scheibe hindurch sehe ich Aidan auf dem äußeren Fenstersims sitzen. Den Kragen seines Mantels gegen den Wind fest um den Hals gezogen, deutet er auf den Griff. Wie ferngesteuert öffne ich das Fenster einen Spalt weit.

»Was bitte soll das?«, versuche ich so gefasst wie möglich zu fragen.

»Du hast mir nicht gesagt, wie du heißt«, bekomme ich als Erklärung. Wieder steht mir der Mund offen. Aidan nutzt diese Gelegenheit und drängelt sich halb durch das Fenster, so dass seine Beine schon wenig später im Inneren meines Zimmers baumeln. Er reibt sich die Hände und schaut sich um. »Interessant. Hier drinnen ist es ja fast noch kälter als draußen.«

Ich hole tief Luft und gehe mit geschlossenen Augen für einen Augenblick in mich. »Aidan«, beginne ich mit fester Stimme. »Was willst du? Nebenan sitzt mein Vater. Wenn der mitkriegt, dass du hier nachts durchs Fenster steigst, dann sind wir beide dran.«

Von meinen Worten scheint er wenig beeindruckt. Eher amüsiert. »Was soll passieren? Der merkt schon nix.« Wieder schweift sein Blick durch mein Zimmer, bis er schließlich auf mir verweilt.

»Du musst gehen«, rede ich auf ihn ein. »Sofort!« Wie kommt er dazu, bei mir einsteigen zu wollen? Und überhaupt … »Aidan? Woher weißt du, wo mein Zimmer ist?« Jetzt bin ich diejenige, die seinen Blick fixiert. Man sollte meinen, er würde jetzt in Erklärungsnot geraten, doch weit gefehlt.

»Ich bin dir vorhin gefolgt«, sagt er geradeheraus. Einfach so. Tatsächlich fehlen mir die Worte. Meine Hände vor der Brust verschränkt, ringe ich um Fassung.

»Hey, was hätt ich anderes tun sollen?«, setzt er noch einen drauf. »Ich habe keinen Namen, keine Telefonnummer, kein gar nix. Mir bleibt nur das Fenster.« Eigentlich müsste ich ihn direkt wieder zum Fenster hinausschubsen, und ein kleiner Teil von mir, tief in mir drin, will das auch tatsächlich. Doch ich stelle fest, in seiner Gegenwart fällt es mir schwer, mich zu behaupten. Und außerdem … es ist Aidan! Noch immer glänzen seine Haare feucht vom Schnee, denn draußen schneit es weiter dicke Flocken, die lautlos und sanft zu Boden gleiten. Mir läuft es eiskalt den Rücken hinunter und die Kühle, die ohnehin schon den ganzen Tag in meinem Körper sitzt, fährt mir heftig in die Glieder, so dass ich zu zittern beginne.

Aidan klettert von der Fensterbank ganz herein und schließt das Fenster, um die Kälte auszusperren. Unablässig ruht dabei sein Blick auf mir. Aber ich kann ihm nicht standhalten. Schon gar nicht, als er näher auf mich zukommt. Meine Augen weichen ihm aus. Dabei bemerke ich hinter ihm seine Facebook-Profilseite, die noch auf dem Bildschirm zu sehen ist. Verschreckt wende ich den Blick wieder Aidan zu und hoffe erstens, dass er sich jetzt nicht umdreht, und zweitens, dass der Bildschirmschoner so schnell wie möglich anspringt. Nach dem, was heute alles passiert ist, bin ich nicht scharf darauf, mich noch lächerlicher zu machen.

Obwohl wir uns nicht berühren, fühle ich diese unfassbar berauschende Wärme, die von ihm ausgeht. Benebelt davon stelle ich fest, dass seine Beine einen Schritt vorwärts gemacht haben und er nun noch näher vor mir steht.

»Bitte«, flehe ich, denn ich kann die Situation hier nicht länger ertragen, »Was willst du?« Mir kommen die Worte nur noch wispernd über die Lippen, so sehr bringt er mich aus der Fassung. Flüstersanft gibt er mir endlich eine Antwort auf meine Frage, während er abermals einen Schritt auf mich zu macht.

»Ich muss unbedingt etwas herausfinden.« Seine rechte Hand hebt mein Kinn noch ein wenig weiter zu sich empor. Sein Gesicht kommt meinem näher. Die kleinen hellen Punkte in seiner Iris sind klar zu erkennen und funkeln im Schein meiner Nachttischlampe. Die Haut um sein Auge hat begonnen, sich rotschimmernd zu verfärben. Die Wunde an seiner darüberliegenden Augenbraue ist nach wie vor verkrustet, hat aber angefangen zu nässen. Mit Sicherheit hat er dort eine Platzwunde, die eigentlich im Krankenhaus behandelt werden müsste. Wie von selbst fährt meine Rechte zu seiner Augenbraue empor, doch ehe ich sie berühre, fange ich mich wieder. Bevor ich meine Hand wieder zurückziehen kann, nimmt Aidan sie und führt sie direkt an sein Gesicht. Außer seiner vom Wind gekühlten Wange ist seine Haut wunderbar warm. Kurze Bartstoppeln kratzen unter meinen Fingerkuppen. Aidan ist der Erste, dem ich so nah bin. Wie von selbst schmiege ich mich ihm entgegen. Fühle ein großes Verlangen nach ihm, das aus meinem Inneren hervordrängt und noch mehr Nähe fordert. Unsere Blicke wandern zwischen unseren Lippen und Augen hin und her. Sein leicht geöffneter Mund zuckt. Sollte es so einfach sein? Langsam stelle ich mich auf die Zehenspitzen und strecke mich ihm weiter entgegen. Seine Finger wandern von meinem Kinn aus meine Wange entlang und vergraben sich tief in meinem Haar. Meine Anspannung steigt ins Unermessliche. Ich bin ihm so unglaublich nahe. Er lässt meine Hand los, die immer noch auf seinem Gesicht ruht. Wohlig erschauere ich, als ich spüre, wie sein Griff mich fest um die Hüfte packt und so nahe an sich heranzieht, wie es eben geht. Ein leichtes Seufzen dringt an mein Ohr. Meine Knie werden butterweich und das Zittern beginnt von Neuem. Zwischen meinen Beinen macht sich ein drängendes Pochen bemerkbar.

Auf der anderen Seite meiner Zimmertür poltert es. Wahrscheinlich ist einer der Esszimmerstühle dagegen gedonnert. Direkt im Anschluss hören wir meinen besoffenen Vater fluchen. Laut und deutlich. Direkt. Hinter. Der. Tür!

Sofort lassen wir voneinander ab. Panisch drehe ich mich um, während Aidan bereits das Fenster geöffnet hat und auf die Fensterbank gesprungen ist. Ich hechte hinterher und will das Fenster so schnell wie möglich schließen, denn mein Vater scheint bereits dabei zu sein, den Stuhl hinter der Tür zu entfernen, und dann wird es nur noch eine Frage von Sekunden sein, bis die Tür aufspringt und er Aidan und mich hier finden wird. Mit zittrigen Fingern halte ich den Fenstergriff fest und warte nur noch darauf, dass er endlich auf den Baum klettert. Ich befinde mich definitiv am Rande des Wahnsinns und schaue immer wieder verschreckt zur Tür. Anscheinend ist es wohl doch schwieriger, einen Stuhl wieder geradezurücken, als ich dachte, denn uns bleibt mehr Zeit als erhofft.

Aidan dreht sich noch einmal zu mir um und grinst belustigt.

»Halt, warte«, höre ich ihn sagen.

»Worauf?«

»Ich weiß noch immer nicht deinen Namen.«

»Ähm«, entfährt es mir. Wie kann er jetzt an so etwas denken? »Ähm«, wiederhole ich, »Lea.« Fest schaue ich ihm in die Augen. »Ich heiße Lea. Und jetzt geh!« Energisch drücke ich das Fenster gegen ihn und zwinge ihn, auf den Baum rüberzuklettern.

»Alles klar, Lea. Schick mir 'ne Freundschaftsanfrage.« Verdattert halte ich inne. Er nickt noch kurz mit seinem typischen verschmitzten Grinsen in Richtung meines Computers und verschwindet in der Dunkelheit. Einen winzigen Augenblick später knalle ich die Fenster zu und ziehe hektisch an den Vorhängen, dass sie nur so fliegen. Im selben Augenblick geht die Tür auf.

Aidan

Ich schließe meine Zimmertür hinter mir und tapse im Dunkeln rüber zu meinem Bett. Auf dem Weg dorthin werfe ich meine Klamotten nach und nach von mir und lasse sie einfach dort liegen, wo sie landen. Müde falle ich auf die Matratze und greife nach meinem Radiowecker. Nur noch schnell den Timer einstellen, dann will ich schlafen.

Kaum liegt mein Kopf auf dem Kissen, spüre ich eine warme Hand, die mich umfängt. Mein Körper zuckt vor Schreck leicht auf. Heute Nacht bin ich definitiv nicht auf Schlafbesuch eingestellt gewesen. Ich muss einmal tief Luft holen, bis ich begreife.

»Hey, Baby. Es ist spät«, höre ich ihre verschlafene Stimme. Ich lasse es zu, dass sie genüsslich an meinem Ohr knabbert.

»Es ist später geworden als geplant«, gebe ich zu. Ich bin dann vorhin doch noch ins *Roxy* hinterhergefahren. Dort hatte ich dann ein spontanes Date mit meinem Freund, dem Jägermeister. Ab und zu brauch ich das mal. Und heute war definitiv so ein Tag.

Ihre Zunge fährt mein Ohr entlang und gleitet meinen Hals bis zu meinem Schlüsselbein hinunter. Lasziv atmet sie auf. Mein Körper ist dabei, sich auf ihr Spiel einzulassen, und so ziehe ich sie eng zu mir herüber.

»Hätt ich gewusst, dass du in meinem Bett wartest, wäre ich früher hier gewesen.« Ich beiße ihr leicht in die Oberlippe. Ich weiß ganz genau, dass sie darauf steht. Im nächsten Moment schiebt sie ihr Bein auch schon über mich.

»Ich war mit Pat unterwegs. Als sie nach Hause wollte, bin ich einfach mitgegangen.« Nachdem das geklärt wäre, leckt sie mir gierig über die Lippen, dabei umfasst sie meinen Schwanz mit ihren Fingern. Einen Atemzug später hat sie mir bereits das Kondom übergezogen, so schnell kann ich gar nicht schauen. Im Prinzip habe ich gegen ihr Handeln auch nichts einzuwenden, doch in Gedanken sehe ich plötzlich jemand anderes vor mir: *ihre Lippen, so blass, so zart. Ich will sie küssen.* – Halt! Ich versteh voll nicht, was gerade in mir abgeht. Leider habe ich keine Zeit, darüber nachzudenken. Spüre nur, wie mein Körper genau nach dem verlangt, was Tessa mir gerade anbietet.

Ohne weitere Lebenszeit zu verschwenden, packe ich sie an der Hüfte, ziehe sie auf mich drauf und schiebe meine Hose beiseite. – *Seidiges Haar an meinen Fingerkuppen.* – Ich nehme an, Tessa will es ebenso sehr wie ich, schließlich liegt sie nackt in meinem Bett, daher dringe ich direkt in sie ein, um schnellstmöglich meinen Gedanken zu entkommen. Tief stoße ich in sie. – *Oh Mann! Ich will sie unbedingt. Am besten gleich jetzt. Am liebsten sofort. Hier, auf der Stelle.* – Sofort beginnt Tessa sich rhythmisch auf mir zu bewegen und nimmt mich dabei noch tiefer in sich auf. Im gleichmäßigen Takt lasse ich sie mich weiter reiten, während unsere Atmung immer keuchender wird.

»Oh, du bist so hart, Baby«, wispert sie mir zu.

Urplötzlich bekomme ich ein schlechtes Gewissen. Keine Ahnung, was mich außer Tessa gerade noch reitet, doch für einen Augenblick halte ich inne und frage mich, was ich hier mache. – *Dunkelheit. Ein Wimmern an meiner Brust. Eine Hand, die sich in meine Hüfte krallt.* –

Tessa bekommt davon nichts mit. »Komm, fick mich«, fordert sie. »Besorg's mir, ja?« Noch ehe ich begreife, was hier mit mir geschieht, dreht Tessa sich von mir weg und zieht mich mit sich. Augenblicke später halte ich ihren prallen Arsch in meinen Händen, direkt vor mir. Ungeduldig wartet sie auf meinen Einsatz. Oh Mann! Dies sind die Momente, in denen der Verstand vollends aussetzt und man nur Instinkten folgt. Jeder Stoß, den ich ihr versetze, lässt sie aufstöhnen und vernebelt mein Hirn. Hart und fest gebe ich es ihr, und es ist genau das, was sie will. – *Ein Funkeln in ihren Augen. Mondlicht.* – Meine Muskeln sind vollkommen angespannt und immer drängender und schneller werden meine Stöße. Der Orgasmus überrollt mich unerwartet und heftig wie nie zuvor.

Keuchend komme ich zu mir. Meine Haut ist mit einem feuchten Schweißfilm überzogen. Augenblicklich friere ich und fühle mich extrem unwohl. Die Hitze von eben vergeht radikal schnell und es ist, als hätte mir jemand ein Brett vor den Kopf geknallt, so heftig falle ich in die Realität zurück. Ich klatsche Tessa anerkennend auf den Hintern, während ich noch in ihr stecke. Was soll's, denke ich.

»War wie immer geil mit dir, Honey.« Was Besseres fällt mir jetzt wirklich nicht ein.

»Du bist der Beste«, schnurrt sie und atmet wohlig auf. Froh darüber, dass Tessa sich mir entzieht und ohne sich umzusehen ins Bad verschwindet, lasse ich mich erschöpft in mein Kissen fallen. Ich frage mich nur noch eines, als mir mein Gedankenspiel von eben wieder in den Sinn kommt: Was bitte war das gerade?

Kapitel 5

Lea

Kiki und ich lenken unsere Räder zu den Fahrradständern. Mir ist heute noch mulmiger zumute als sonst schon immer. Ich habe eine irre Angst davor, Aidan über den Weg zu laufen. Die halbe Nacht habe ich wachgelegen und überlegt, wie ich ihm gegenübertreten soll, wenn wir uns in der Schule begegnen, doch ich bin zu keiner Antwort gekommen. Eigentlich hatte ich mir fest vorgenommen, Kiki, meiner besten und eigentlich auch einzigen Freundin, von gestern zu erzählen. Auf dem Weg von zu Hause bis hierher habe ich dann doch beschlossen, es erst einmal sein zu lassen. Denn zwischen Aidan und mir ist im Prinzip nichts gewesen, und die Sache mit den drei Typen mag ich nicht erzählen. Schon gar nicht auf dem Weg zur Schule. Dafür ist mir viel zu unangenehm, was geschehen ist.

Nach der großen Pause finden sich die Abgangsklassen in der Schulaula ein. Einige Stuhlreihen wurden aufgebaut, in denen wir jetzt Platz nehmen. Kiki und ich schummeln uns ganz in die hinterste Ecke. Dahin, wo man am wenigsten auffällt. Meine Freundin hockt an meiner Seite und brabbelt vor sich hin. Es wäre mit Sicherheit freundlicher, ihr auch zuzuhören, doch das ist gar nicht so einfach. Denn heute blicke ich noch verstohlener um mich, als ich es ohnehin schon immer tue, und mein Herz gerät aus dem Takt, als ich Aidan tatsächlich wenig später um die Ecke biegen sehe. Er kommt näher, mit hängenden Mundwinkeln und dunkler Sonnenbrille auf der Nase. Um ihn herum wie immer eine kleine Traube Mitschüler, die ihn umschwärmen. Einige Kumpel und ein paar Mädchen, die ganz offen ihre Zuneigung zu ihm zeigen.

Aidan lässt sich mit seinem Hofstaat auf der anderen Seite des Raumes nieder. Mich würdigt er keines Blickes. Ich bin mir sicher, ihm fällt nicht einmal auf, dass ich auch anwesend bin. Alles wie gehabt also. Kiki schmunzelt neben mir in sich hinein und stupst mich in die Seite.

»Hast du Aidan gesehen?« Ich nicke beiläufig, während ich mit meinem Kuli kleine kreisende Schnecken in mein Heft male. »Der sieht aus, als hätte man ihn gehörig auseinandergenommen.« In mir krampft es sich zusammen. Mein schlechtes Gewissen wird von Minute zu Minute schlimmer.

Während unsere Lehrer das grobe Rahmenprogramm des jährlichen Winterfestes vorstellen, das schon bald stattfinden wird, herrscht eine unterschwellige Unruhe. Wirklich niemand scheint Interesse daran zu haben, bei dieser Feier aktiv mitzuwirken. Leider ist es Tradition, dass die Abschlussklassen selbst ein paar Aktionen organisieren. Die Theatergruppe wird wie jedes Jahr ein Stück aufführen, und auch Tessa aus Aidans Klasse will mit ihrer Cheerleadergruppe eine Choreographie vortanzen. Ein paar Mädels bieten sich noch an, beim Schmücken zu helfen, das war es dann aber auch schon.

Ich selbst verhalte mich ruhig. Niemals würde ich auf die Idee kommen, freiwillig meinen Mitschülern irgendetwas vorzuführen.

Ich zucke zusammen, als ich Aidans Namen aus dem Mund eines unserer Lehrer höre.

»Aidan, wären Sie bitte so freundlich und verhalten sich etwas ruhiger? Im Übrigen: Nehmen Sie doch bitte die Sonnenbrille ab. Vielleicht haben Sie oder Ihre Freunde ja noch eine Idee, wie Sie sich einbringen könnten?« Alle Blicke wenden sich ihm zu. Ich würde ja im Boden versinken, wenn so viele Augenpaare gleichzeitig auf mich gerichtet wären. Aidan jedoch lehnt sich ganz entspannt in seinem Stuhl zurück und nimmt mit beeindruckender Gleichgültigkeit die Brille vom Gesicht. Ein Raunen geht durch die Sitzreihen, als sich das Ausmaß seiner Verletzungen offenbart, die er geschickt hinter der Brille zu verstecken wusste. Selbst der Lehrer wirkt entsetzt. »Himmel, Aidan! Wo haben Sie sich denn herumgetrieben? Das sieht ja wirklich übel aus. Waren Sie schon beim Arzt?«

Er winkt ab, als wäre das alles nur halb so schlimm. »Ich brauche keinen Arzt«, gibt er heldenhaft von sich. »Hab 'ne Eins-a-Krankenschwester, die sich um mich kümmert.« Bei seinen Worten grölen seine Kumpels kurz auf. Pfiffe sind zu hören. Mir ist klar, dass alle, die Aidan kennen, glauben, er würde damit Tessa meinen. Das ist auch sicherlich am nächstliegenden. Doch als seine Augen mich für den Bruchteil einer Sekunde aus heiterem Himmel quer durch den Raum hinweg fixieren, bekomme ich eine Ahnung, dass er damit vielleicht doch jemand anderen meinen könnte. Erschrocken wende ich meinen Blick ab. So gut ich kann, ignoriere ich Kiki, die mich wieder in die Seite stupst.

»Ähm, Lea. Kann es sein, dass Aidan gerade zu uns herübergeschaut hat?«

* * *

Nach dem Unterricht versuche ich, so schnell es geht zu meinem Fahrrad zu gelangen. Ich will hier weg. Weg von Aidan, der mir – so scheint es mir zumindest – heute Vormittag ständig über den Weg gelaufen ist. Das an sich wäre ja noch nicht einmal so schlimm. Doch dabei hat er die ganze Zeit über so getan, als würden wir uns nach wie vor nicht kennen. Als hätte gestern Abend niemals stattgefunden.

Ich habe keine Ahnung, was ich erwartet habe, und ganz sicher steigere ich mich da auch unnötig in etwas hinein. Aber habe ich mich so getäuscht? Bin es nur ich gewesen, die diese

Anziehungskraft zwischen uns beiden gespürt hat? Fest entschlossen löse ich das Fahrradschloss und hole mein Fahrrad aus dem Ständer hervor. Einmal tief durchatmend komme ich zu dem Entschluss, dass es wohl so gewesen sein muss.

Da Kiki noch mit ihrer Lerngruppe verabredet ist und ich in etwas weniger als zwei Stunden beim Ballettunterricht erscheinen muss, trete ich beherzt in die Pedale und sehe zu, dass ich hier wegkomme. Dabei führt mein Weg mich direkt am Parkplatz vor dem Schulgelände vorbei. Vorbei am zitronengelben Ford Granada und seinem Besitzer, der einer für meine Begriffe viel zu übertrieben geschminkten Tessa den Arm um die Schulter gelegt hat und sich mit seinen Kumpels unterhält. Genüsslich eine Zigarette rauchend lehnt er am Wagen. Unsere Blicke treffen sich zwar kurz, doch in seinen Augen ist keine Regung zu sehen. Mit einem dicken Kloß im Hals fahre ich stumm an ihm vorbei und radele nach Hause.

* * *

Das heutige Tanztraining kommt mir sehr gelegen, denn ich muss unbedingt Spannung abbauen. Meine Füße stecken in meinen Ballettschuhen, als wären sie mit ihnen verwachsen. In ihnen fühle ich mich so frei, wie ich in Wirklichkeit gerne wäre. Mit ihnen bewege ich mich so selbstbewusst und anmutig, wie ich gerne nach außen wirken möchte. Dank ihnen verwandle ich mich in eine Person, die sonst nur in meiner Wunschvorstellung besteht und die ich niemals im wahren Leben werde sein können. Doch das ist okay für mich. Ich habe mich innerlich bereits damit abgefunden. Es bringt einen gewissen Frieden mit sich, wenn man sich darüber im Klaren ist, was das Leben einem zu bieten hat. Jedenfalls bilde ich mir das ein und hoffe inständig darauf, dadurch im Leben nicht allzu großen Enttäuschungen zu erliegen.

Heute verausgabe ich mich ganz besonders beim Tanz. Mir

ist, als wolle sich die ganze aufgestaute Energie in mir ihren Weg nach außen bahnen. Nur zu gerne lasse ich meinen Gefühlen diesen Raum. Schließlich weiß ich, dass es die beste Methode ist, Dampf abzulassen.

Als ich nach dem Unterricht in die Dunkelheit hinaustrete, trifft mich der schneidende Wind auf meinen vom Tanz immer noch erhitzten Wangen und ich beginne augenblicklich zu frösteln. Schnell mache ich mich auf den Weg nach Hause, bevor ich mir in dieser Eiseskälte eine Erkältung hole. Meine verschwitzten Haare stecken unter einer Mütze, doch die Kälte krabbelt trotzdem unbarmherzig Richtung Kopfhaut und hinterlässt dort ein unangenehmes Gefühl. Nach dieser Trainingseinheit brauche ich dringend eine heiße Dusche.

* * *

Die nächsten Tage vergehen ohne nennenswerte Veränderungen. Ich gehe meiner Familie so gut es geht aus dem Weg und ziehe weiter mein Ding durch. Außer meiner Mutter versteht niemand in meiner Familie, warum ich mich so sehr auf das Tanzen stürze. Mein Vater bezeichnet es gerne als brotlose Kunst. Aber ihn nehme ich schon lange nicht mehr ernst. Ihn, der den ganzen Tag nur sich selbst bedauert und ständig an der Flasche hängt.

Meine Schwester Denise und ich sind so grundverschieden wie Feuer und Wasser. Während ich zumindest versuche, etwas aus meinem Leben zu machen, fleißig fürs bevorstehende Abi lerne und mich nebenbei bemühe, meinen Traum, Tänzerin zu werden, zu verwirklichen, hängt sie nur ab, ohne jede Perspektive. Für ein vierzehnjähriges Mädchen ein Trauerspiel, wie ich finde. Doch ich habe aufgegeben, sie zu belehren. Sie will ja doch nicht hören, was ich dazu zu sagen habe, und so spare ich mir die Puste für andere Dinge.

So plätschert mein Leben dahin, Tag für Tag. Und jeder Tag

bringt eine neue eisige Herausforderung mit sich, denn der Winter hat sich ganz eindeutig vorgenommen, mich in die Knie zu zwingen.

Kapitel 6

Lea

Es ist ein Donnerstag, als ich hundemüde vom Tanztraining nach Hause komme. Ich bin mit Leon nochmals die gesamte Choreographie durchgegangen, denn morgen findet das Vortanzen in unserer kleinen Ballettschule statt. Die Leute von der Tanzakademie erwarten ein klassisches *Pas de deux*, und zum Glück hat Leon sich wieder bereiterklärt, mich als mein Tanzpartner dabei zu unterstützen. Und das, obwohl ich es schon mehr als einmal vergeigt habe. Das morgen ist quasi meine letzte Chance, nach dem Abi dort meine Tanzausbildung zu beginnen. Und ich möchte dieses Stipendium mehr als alles andere auf der Welt, denn Tanzen ist mein Leben.

Trotzdem sehnt sich mein Körper jetzt nur noch nach Wärme und Ruhe, als mir meine Schwester Denise bereits an der Wohnungstür in die Seite springt. Vollkommen abgekämpft streife ich mir meine vom Schnee völlig durchweichten Sneakers von den Füßen. Meine dünne Winterjacke hänge ich mit klammen Fingern an die Garderobe. Wenn das so weitergeht, bringt mich dieser verfluchte Winter unter die Erde. In Gedanken sehe ich mich bereits mit einer fetten Lungenentzündung im Krankenhaus um mein Leben ringen. Denise hat für all das natürlich kein Auge. Sie wuschelt mir unverschämt mit ihren Händen durch die schneedurchtränkten Haare.

»Lea, du musst mir helfen. Paps will mich einfach nicht gehen lassen.« Unser Vater steht wie auf Befehl keine zwei Sekunden später auf der Matte und hält drohend den Zeigefinger in Denise' Richtung empor.

»Genau so ist es, Fräulein. Meinst du, ich hab Bock drauf, wieder einen Anruf von deinem Lehrer zu bekommen, weil du dich die halbe Nacht draußen rumtreibst und die Schule schwänzt, um den Vormittag über deinen Rausch auszuschlafen? Wenn das so weitergeht, dann haben wir hier bald das Jugendamt am Hals.« Wohlwollend nehme ich zur Kenntnis, dass mein Vater ausnahmsweise einmal einen seiner lichten Momente hat und Denise die Leviten liest. Doch Denise wäre nicht Denise, wenn sie so schnell aufgeben würde.

»Und wenn Lea mitkommt?« Ich horche auf. Meinen Namen in Zusammenhang mit dieser Diskussion zu hören ist mit Sicherheit nicht gut. Ich wechsele einen vielsagenden Blick mit meinem Vater, der tatsächlich ins Wanken zu geraten scheint. Nein, denke ich und schüttle den Kopf. Bleib doch bitte einmal eisern, flehe ich innerlich. Denn ich weiß, was auch immer die kleine Hexe von Schwester wieder vorhat, ich will auf keinen Fall dabei sein. Doch natürlich lenkt mein Vater wieder einmal ein.

»Na, meinetwegen. Wenn ihr beide vor Mitternacht wieder zu Hause seid, dann hab ich nichts dagegen.« Nach diesen Worten dreht uns Papa den Rücken zu und trottet zurück ins Wohnzimmer zu seinem Fernseher, seinen Zigaretten und vermutlich auch der einen oder anderen Flasche Bier.

»Worum geht's hier eigentlich, wenn ich fragen darf?«, rufe ich hinterher. Schließlich möchte ich schon gerne wissen, wobei ich mal wieder den Aufpasser spielen soll. Im Übrigen bringen mich heute Abend keine zehn Pferde mehr vor die Tür. Auch meine Schwester nicht. Denise hingegen ignoriert meine Blicke und tippt bereits wie wild auf ihrem Smartphone herum.

»Zieh dich schon mal um, Lea. Wir gehen gleich auf den Dom. Ich schreib Gecko schnell 'ne Nachricht, damit er uns abholt.« Dom? Gecko? Jetzt? Die spinnt! Und ich werde noch nicht einmal mehr gefragt, oder wie jetzt?

»DENISE«, bricht es aus mir hervor, »Ich will heute Abend nicht mehr weg. Schon gar nicht auf 'n Dom. Ich bin müde.« Meine Schwester winkt ab, während sie bereits auf dem Weg in ihr Zimmer ist.

»Du bist immer müde. Versuch nicht ganz so nerdmäßig auszusehen. Ja?« Sehr schön. Mir bleibt nichts weiter übrig, als meinem Vater zu folgen und ihn vorwurfsvoll anzustarren. Meine Arme vor der Brust gekreuzt stelle ich mich zwischen ihn und den Fernseher, denn mein Vater hat in der Zwischenzeit wieder seine gewohnte Position auf dem Sofa bezogen und pichelt das nächste Bierchen. Er tut weiterhin so, als würde ihn die Angelegenheit nichts mehr angehen, und versucht an mir vorbeizusehen. Grob stupse ich ihn an.

»Toll, Papa. Hast du prima hinbekommen. Geh du doch mit ihr hin. Ist schließlich deine Tochter und nicht meine. Zeit genug hättest du ja.« Mein Vater starrt weiter unbeirrt auf die Mattscheibe und genehmigt sich den nächsten Schluck.

»Das ist bis heute nicht bewiesen, Liebes. Nur Gott weiß, mit wem deine Mutter es vor vierzehn Jahren getrieben hat.« Ich habe genug gehört und drehe ab. Mein Vater hat ganz klar einen Dachschaden. Da ist jede Diskussion verschenkte Lebensenergie. So sieht es nämlich aus.

* * *

Kaum zu glauben, aber tatsächlich stehe ich eine halbe Stunde später mit Denise vor unserem Block und warte darauf, von irgend so einem Gecko – oder wie auch immer der heißen mag – abgeholt zu werden. Anstatt eines Wagens kommt ein schlaksiger Typ um die Ecke gelatscht und mir wird schlagartig bewusst, der Abend wird noch schlimmer werden, als ich ihn mir bereits ausgemalt habe. Der Typ besitzt natürlich kein Auto. Also machen wir uns auf den Weg zur nächsten S-Bahn-Station. Meine Füße sind bereits abgefroren, bevor ich in der Bahn sitze. Es wundert mich nicht im Geringsten, dass es wieder angefangen hat, gehörig zu schneien.

* * *

Der Hamburger Winterdom. Groß. Schrill. Bunt. Laut. Voll.

Ich halte mich nicht sonderlich gerne in großen Menschenmengen auf, daher wäre ein Jahrmarktbesuch – zudem noch bei dieser klirrenden Kälte – ganz sicher ganz unten auf meiner Wunschliste zu finden. Mein Vater hat als kleines Trostpflaster noch einen Zwanziger springen lassen. Mit Sicherheit hat er ein schlechtes Gewissen. So spendabel ist er für gewöhnlich nämlich nicht.

Beim ausgemachten Treffpunkt stehen noch weitere Freunde von Denise. Von Anfang an fühle ich mich wie ein lästiges Anhängsel. Ich nehme mir fest vor, mich so gut es geht im Hintergrund zu halten und den Abend so schnell wie möglich hinter mich zu bringen. Alles was ich tun muss, ist, darauf zu achten, dass Denise sich nicht volllaufen lässt oder ungeschützten Sex mit irgendwem hat. Im Großen und Ganzen eine überschaubare Aufgabe.

Ein paar Buden weiter steuert die Meute den Autoscooter an. Laute Musik schallt aus den Lautsprechern und unzählige pickelige Halbstarke stehen mit ihren heutigen Eroberungen drum herum. Ein Aufschrei hier. Küsschen rechts, Küsschen links da. Denise ist in ihrem Element. Ich lehne mich etwas abseits an eine Bude. Es duftet herrlich nach gebrannten Mandeln und Zuckerwatte. Im nächsten Moment stürmt Denise auf mich zu.

»Lea, rück mal Kohle raus. Wir wollen Autoscooter fahren.« Fordernd hält sie mir ihre Hand entgegen. Wie dreist.

»Jetzt sag mir bitte nicht, dass du ohne Geld hergekommen bist.«

»Natürlich hab ich Geld dabei. Das brauch ich aber noch für später.« Aha. Daher weht also der Wind. Ohne mich.

»Du brauchst dein Geld nicht fürs Saufen aufzuheben«, gebe ich kontra. »Bevor es so weit ist, sind wir längst schon wieder auf dem Heimweg.«

Denise zieht alle Register und fängt an zu quengeln. Mit süffig-weicher Stimme versucht sie mich umzustimmen. »Ach, komm schon, Lealein. Sei nicht immer so eine Spaßbremse. Jetzt rück mal was raus. Ich weiß, dass Paps dir was zugesteckt hat. Das war für uns beide gedacht.« Gekonnt setzt sie ihre Schmolllippe ein, die sie tatsächlich so zuckersüß aussehen lässt, als könnte sie keiner Fliege etwas zuleide tun. »Los, Lea«, legt sie noch mal nach. »Du darfst auch mitfahren.« Ein feixendes Grinsen geht über das Gesicht meiner Schwester. Ich weiß nur zu gut, wie sehr es ihr Freude bereitet, mich bis aufs Blut zu nerven. Und sie wird nicht eher aufgeben, bis sie hat, was sie will. Also zücke ich schlussendlich einen Fünfer, den mir ihre gierige Hand sofort entreißt.

»Mehr gibt's aber nicht. Und ich fahr ganz bestimmt nicht mit.« Ohne mir weiter zuzuhören, packt mich mein Schwesterherz am Arm und schleift mich hinter sich her zur Kasse.

Ehe ich begreife wie mir geschieht, sitze ich längst eingequetscht in einem dieser Spielzeugautos. Neben mir meine Schwester, die euphorisch auf ihren Fingern pfeift und es kaum erwarten kann, dass die Fahrt losgeht. Ihre Freunde haben sich in den Autos drum herum versammelt. Ein markdurchdringender Signalton ertönt und die Autos setzen sich in Bewegung.

Natürlich lässt der erste Aufprall nicht lange auf sich warten. Als hätten sich die anderen abgesprochen, preschen sie erbarmungslos auf uns ein. Unser Auto kommt kaum noch von der Stelle. Der Wagen ist ununterbrochen eingekeilt. Oh, wie blöd die alle sind. Je mehr Denise hysterisch aufschreit und je mehr ich versuche, mich auf dem Sitz zusammenzukauern, desto angriffslustiger werden sie. Der Scooter, in dem wir uns befinden, wird gnadenlos an den Rand gedrängt.

Denise nutzt die Gelegenheit und springt aus dem Wagen heraus. Ich will es ihr gleichtun, doch ein erneuter heftiger Aufprall gegen das Auto bringt mich so sehr aus dem Gleichgewicht, dass ich hart mit dem Hintern wieder in den Sitz hineinplumpse.

»DENISE! Warte gefälligst!«, brülle ich ihr noch hinterher. Doch eine weitere Reihe von Angriffen folgt bereits. Ich weiß nicht mehr, wo oben oder unten ist. Ununterbrochen crashen die anderen Autos mich volle Breitseite.

Dann springt plötzlich aus dem Nichts jemand von hinten auf den Nebensitz, reißt das Steuer herum, und der Wagen setzt sich augenblicklich in Bewegung. Schnell gewinnt er an Fahrt und ich muss dabei zusehen, wie nun mein eigenes Auto in ein anderes hineinrast. Die Insassen des anderen Scooters können sich gerade noch ducken, bevor wir hineinkrachen. Nach dem harten Aufprall riskiere ich einen Blick zur Seite. Lässig, amüsiert und mit einer Zigarette im Mundwinkel steuert Aidan den Autoscooter gekonnt zwischen den anderen Autos hindurch. Der Fahrtwind braust mir bereits scharf durch Haare. Mir steht bei voller Fahrt der Mund offen. Ich habe ja mit allem heute Abend gerechnet, doch ganz sicher nicht damit, mit Aidan eine Runde Autoscooter zu fahren.

»Whooohoooo«, höre ich ihn rufen. Die Fahrt scheint ihm tatsächlich Spaß zu machen. Er dreht den Kopf nach links. »Halt dich fest. Gleich kracht's wieder.« Im nächsten Moment rammen wir den Wagen neben uns hart. Es ist einer dieser Vollpfosten, der mir eben noch mit Vergnügen so oft wie möglich in die Seite gefahren ist. Geschickt lenkt Aidan den Wagen weiter, bevor er eine Angriffsfläche für die anderen bieten kann. Er lacht auf, während er den Kopf dreht. »Ha, du Flachwichser. Dumm gelaufen, was?« Er zieht an seiner Kippe und lässt den Blick über die Fläche schweifen. »So. Dann sag mal an. Wen von diesen Arschgeigen wollen wir jetzt in die Seite rammen?«

»Niemanden«, antwortete ich ihm knapp. »Ich will nur raus hier.«

Er horcht auf. »Wie jetzt? So gar keine Rachegefühle? Ich bitte dich. So korrekt kannst selbst du nicht sein. Die wollten dich alle fertigmachen. ALLE!« Noch ehe ich darauf etwas erwidern kann, reißt er aus dem Nichts heraus das Lenkrad herum und keilt das Nebenauto zwischen uns und der Bordsteinkante ein. Die Mädels im gerammten Auto kreischen laut auf und ich selbst werde erneut hart in meinem Sitz herumgeschleudert, während Aidan seiner Schadenfreude freien Lauf lässt.

»Nein«, keuche ich, »Keine Rachegefühle. Ehrlich nicht. Diese ganze Bumserei hier ist wirklich nicht mein Ding. Ich hab schon ein Schleudertrauma.« Schlagartig wird mir klar, was ich da gerade eben von mir gegeben habe. Wir halten Blickkontakt. Sein amüsiertes Grinsen wird noch mal breiter. So wie er gerade denkt, habe ich das selbstverständlich überhaupt nicht gemeint. Aber natürlich hat er es genau so verstanden. Was auch immer ihm auf der Zunge liegt, glücklicherweise schluckt er es für den Moment hinunter. Stattdessen geht er zum nächsten Angriff über und der Wagen nimmt wieder an Fahrt zu.

»Weil du dich einfach nicht entspannst. So verkrampft, wie du hier hockst, musst du dir ja alle Rippen brechen. So kann das auch keinen Spaß machen«, meint er. Daraufhin schenkt er mir tatsächlich ein Lächeln. Eines von der ehrlichen Sorte. Eines, das man sicherlich selten von ihm zu sehen bekommt – wenn es überhaupt schon jemals einer zu Gesicht bekommen hat. Meine Lippen formen sich wie selbstverständlich zu einem zarten Lächeln.

Dann … Boom!

Wieder werde ich herumgeschleudert. Der Aufprall kommt total unvorhergesehen und ich muss mich an Aidan abstützen, wenn ich nicht gleich vollends mit meinem Gesicht in seinem Schoß landen will. Wow! Körperkontakt. Unverhofft und doch so überwältigend. Ich ringe nach Luft. Selbst Aidan wirkt von dem Angriff überrascht. Vielleicht aber auch von der unerwarteten Nähe, die mit einem Mal zwischen uns herrscht. Unsere

Gesichter sind nur Zentimeter voneinander entfernt, als ich mich aufrappele. Sein Blick ruht schwer auf mir. Ähnlich wie damals … in meinem Zimmer … kurz bevor wir … Im Gegensatz zu mir erholt er sich aber rasch wieder.

»FUCK!«, brüllt er laut auf, so dass es jeder hören kann. »Nur Wichser unterwegs heute, was?«, überspielt er gekonnt die Szene, während ich mich beschämt wieder auf meinen Sitz zurückziehe.

Neben uns höre ich jemanden aufkichern. »Aidan, du Spast. Was geht ab? Hast du dir den Schwanz gebrochen?« Entsetzt drehe ich meinen Kopf zur Seite und erblicke Ole, einen von Aidans Kumpels, wie er direkt an uns vorbeifährt. Es war sein Wagen, der uns gerade gerammt hat. Er feiert seinen Überraschungscrash noch immer gehörig. Ungeniert nimmt er einen Schluck aus seiner Bierflasche, die er bei sich hat, während er im Wagen stehend weiter davonrollt.

Aidan steht ebenfalls auf und kontert: »Ach, komm. Geh und fick dich.« Meine Augen weiten sich vor Entsetzen. Was geht denn hier ab?

»Danke, nein«, höre ich seinen Kumpel antworten. »Aber bei deiner Schwester würde ich nicht Nein sagen. Wenn sie will, jederzeit.« Oh. Mein. Gott! Haben die noch alle beisammen? Ohne lange zu überlegen rede ich dazwischen. Diese schwachsinnige Unterhaltung ist nicht zu ertragen.

»Wollt ihr jetzt fahren oder euch darüber unterhalten, wer wen fickt?«, kommt mir einfach so ohne nachzudenken über die Lippen. Dabei schreie ich genauso laut wie die beiden Kerle gerade eben, und nicht nur wir drei können hören, was ich gerade gesagt habe. Verblüfft schauen die Jungs mich an – wie auch alle umstehenden Jahrmarktbesucher in unmittelbarer Hörweite. Die Überraschung über meinen Spruch ist den Jungs anzusehen.

Anerkennend hören wir seinen Freund durch die Zähne pfeifen, während sein Auto sich immer weiter von unserem entfernt. Er dreht eine Ehrenrunde und fährt wieder dicht an uns vorbei.

Beim Vorbeifahren ruft er mir zu: »Wenn Aidan anfängt dich zu nerven, dann komm ruhig zu mir, Süße. Das wird der Abend deines Lebens.«

Am liebsten würde ich im Erdboden versinken, so sehr schäme ich mich, und ich spüre ganz deutlich die Schamesröte in meine Wangen schießen. Ich kann nur hoffen, dass sie nach wie vor auch als Kältebäckchen durchgehen können. Ich spüre, wie Aidans Blick fassungslos auf mir ruht. Das macht die Sache mit den roten Wangen natürlich nicht besser, wie man sich denken kann. Schnell wandelt sich aber sein ungläubiger Blick und weicht einem selbstgefälligen Grinsen, das sein Gesicht nun ziert. Trotzdem komme ich nicht darum herum zu glauben, einen Hauch von Eifersucht in seinen Augen aufblitzen zu sehen. Ob der Spruch seines Freundes ihn mehr getroffen hat, als er bereit wäre zuzugeben?

Unser Wagen gewinnt wieder an Geschwindigkeit. Das Grinsen scheint sich auf seinem Gesicht eingebrannt zu haben. Seine durchdringenden Blicke sind mir unangenehm.

»Was ist?«, bringe ich hervor. Ein letztes Mal zieht er an seiner Kippe, bevor er sie achtlos von sich wirft.

»Du hast ficken gesagt.« Erneut stelle ich fest, wie wenig ich seinem Blick standhalten kann. Schon gar nicht, wenn er so spricht. Ich lasse meine Augen über die Fahrbahn schweifen, meine Handtasche fest in meinen Händen. »Ich hoffe, das ist jetzt nicht mein schlechter Einfluss«, stichelt er weiter.

Laut pruste ich auf. Dabei presse ich meine Tasche noch fester an mich. »Bilde dir mal nicht so viel auf deinen Einfluss ein. Der ist geringer, als du denkst.«

Wieder bekomme ich ein siegessicheres, selbstgefälliges Grinsen zum Lohn für meine Worte. »Wenn du dich da mal nicht täuschst.« Unsere Augen treffen sich. Seine Selbstgefälligkeit verschwindet mit einem Mal. Mitten zwischen den vielen Autoscootern hält mich sein Blick gefangen. Bei voller Fahrt. Sein Augenaufschlag zwingt mich innerlich in die Knie. Meine Beine werden ganz weich. Würde ich nicht schon sitzen, wäre ich spätestens jetzt ins Taumeln geraten. Was geschieht hier gerade?

Um Aidan und auch mich selbst wieder in die Gegenwart zurückzuholen, deute ich mit meinem Zeigefinger über die Fahrfläche hinweg auf einen der Wagen und sage: »Den da. Den Penner da hinten. Den, der einen auf Gangster macht, den rammen wir jetzt. Verstanden?« Aidans Mundwinkel verziehen sich wieder zu einem Lächeln. Dieses Mal ein warmes, ehrliches, das mir einen Schauer über den Rücken jagt. Er hält auf den Typen zu, den ich ihm gerade gezeigt habe.

»Kein Ding. Wird sofort erledigt.«

* * *

Plötzlich ist die Runde dann doch viel zu schnell vorbei. Ich muss zugeben, dass mir die Fahrt mit Aidan an meiner Seite mehr Freude bereitet hat als gedacht. Am Ende bleiben die Autos stehen und die umliegenden Menschen erheben sich von ihren Sitzen.

Ich blicke mich um und lasse meine Augen über die Menschen schweifen. »Wo ist Denise?«

»Weiß nicht. Die ist abgehauen, nachdem sie aus dem Wagen geflohen ist. Was hast du mit ihr zu schaffen?« Fragend sieht er zu mir herüber, während wir nebeneinander von der Fahrfläche gehen.

»Sie ist meine Schwester.«

Ungläubig schaut er mich an. »Ist nicht wahr? Dieses kleine, durchtriebene Aas ist mit dir verwandt?« Es ist mir unangenehm, wie er über sie spricht. Schließlich ist sie meine Schwester.

»Ja, ist sie. Und eigentlich sollte ich auf sie aufpassen. Aber so wie es aussieht, hat sie mich ausgetrickst.« Ich drehe mich nach allen Seiten um und halte Ausschau nach ihr. In mir drin sitzt noch ein kleiner Funken Hoffnung, Denise könnte abseits stehen und auf mich warten. Doch eigentlich weiß ich auch so, dass das nur Wunschdenken ist. Sie hat mich tüchtig abserviert.

Aidan ist es dann, der ausspricht, was mir selbst bereits klargeworden ist. »Richtig gecheckt. Denise und ihre Bande haben dich voll verarscht. Während du im Wagen festgesessen hast, ist die mit irgend so einem Typen durchgebrannt. Dass du darauf reinfällst.« Er schüttelt missbilligend den Kopf, während er eine Zigarette aus seiner Jackentasche hervorangelt und sie anzündet. Der Typ raucht zu viel. Ganz eindeutig.

Mir bleibt die Spucke weg. Das muss ich mir nicht geben. Ich mache Anstalten, ohne jedes weitere Wort zu gehen, doch Aidan hält mich aus dem Nichts heraus fest am Arm gepackt und lässt mich nicht.

»Nun lauf doch nicht gleich weg. Ich krieg schon raus, wo sie hin ist.« Zielstrebig steuert er auf eine kleine Gruppe zu, die Denise kennt. Mich lässt er hier am Rande stehen und ich kann ihm nur noch nachsehen.

Zwar kann ich nicht hören, was dort drüben am anderen Ende gesprochen wird, doch ich kann ganz deutlich sehen, wie er den Kids mächtig Druck macht, indem er einen der Jungen hart gegen eine Wand stemmt und sein Verhör so noch intensiviert. Verschreckt weichen die anderen zurück. Seine Dominanz scheint zu wirken. Einen Augenblick später lässt Aidan den Jungen wieder los und schlendert lässig, mit sich und seinem Werk voll und ganz zufrieden, zu mir zurück.

»Musste das sein?« Die Frage kann ich mir einfach nicht verkneifen.

»Willst du nun wissen, wo Denise sich rumtreibt, oder nicht?« Für einen Augenblick bin ich versucht, ihm zu erklären, wie falsch sein Benehmen gerade eben war. Auch wenn es aus den richtigen Beweggründen heraus passierte. Ein Blick in sein Gesicht verrät mir allerdings, dass er es nicht verstehen würde. Daher gebe ich mich geschlagen und nicke nur.

Kapitel 7

Lea

Wenig später betrete ich das Bierzelt, das Aidan mir genannt hat, und lasse meinen Blick über die vollen Bankreihen schweifen. Hier ist es proppenvoll, dafür aber auch angenehm warm. Stickig ja, doch selbst ich ziehe diesen Mief der klirrenden Kälte da draußen gerne für eine Weile vor.

Ein paar Tische weiter hinten erkenne ich ein paar von Denises Freunden. Unter ihnen erspähe ich dann auch meine Schwester. Direkt auf dem Schoß von diesem Gecko. Ist das überhaupt ein richtiger Name? Mit dieser Frage im Hinterkopf trete ich an den Tisch heran. Als sie mich kommen sehen, wird es schlagartig ruhiger. Mir ist klar, dass ich hier störe, doch das ist mir egal. Ich setze mich stumm lächelnd an den Rand und nehme mir vor, nicht gleich loszuschimpfen, sondern so lange zu warten, bis ich zumindest wieder meine Fingerkuppen und Fußspitzen fühlen kann. Die sind nämlich schon steifgefroren.

Wie befürchtet fließt bereits eine beachtliche Menge Alkohol in die Kehlen der Kids. Ein gut aussehender junger Mann kommt an unseren Tisch und spricht mich an.

»Was kann ich dir bringen?« Ich überlege kurz.

»Eine Apfelschorle, bitte.« Erst Totenstille. Dann grölt der Tisch laut los. Was jetzt an einer Apfelschorle so witzig sein soll, kann ich nicht nachvollziehen.

Die nächste Runde Schnaps wird auf einem großen Tablett

an den Tisch herangetragen und meine Apfelschorle gerät in Vergessenheit. Wie eine hungrige Meute stürzen sie sich auf die Gläser. Denise an vorderster Front mit dabei. Sie sitzt nach wie vor bei Gecko auf dem Schoß, als sie ihren Kurzen hinunterkippt. Ihre Mundwinkel kräuseln sich ganz fürchterlich und sie kneift ihre Augen zusammen. Das sieht nicht wirklich lecker aus. Schlussendlich trinkt sie dann mit einem Bier nach. Ungeniert grapscht Gecko ihr an den Hintern. Ihr scheint es auch noch zu gefallen. Der Blick, mit dem er sie anglotzt, widert mich richtig an. Was findet sie nur an solchen Kerlen? Wahrscheinlich wäre es doch besser, die Situation bald zu entschärfen. Daher pfeife ich auf warme Finger und gebe früher als geplant die Spaßbremse.

»Komm. Es ist Zeit zu gehen.« Mit diesen Worten bin ich bereits im Begriff aufzustehen. Denise kichert. Wie ich sie, so stockbesoffen, wie sie bereits ist, an unserem Vater vorbeischaffen soll, bereitet mir schon jetzt Kopfschmerzen.

»Aber ich muss aufs Klo«, nuschelt sie mir entgegen. Ich lasse mich wieder vollends auf meinem Platz nieder.

»Na, dann geh. Mach schon. Und danach fahren wir nach Hause.« Interessanterweise fügt sich meine Schwester. Der gut aussehende Kellner von gerade eben tritt wieder an mich heran und stellt ein Cocktailglas vor mir ab.

»Hier, bitte. Deine Apfelschorle.« Ungläubig schaue ich auf das Getränk vor mir, während der Tisch sich köstlich und lautstark über die kleine Vorführung amüsiert.

»Sag mal, willst du mich verarschen?«, zische ich zwischen meinen Zähnen hindurch. Bissig blicke ich zu dem rotzfrechen Kellner auf, dessen Mundwinkel auch schon verdächtig zucken. Denn das, was in dem Glas so fröhlich vor sich hin schwappt, sieht vielmehr nach Mai Tai aus als nach dem, was ich bestellt habe.

»Sorry. Aber Apfelschorle führen wir hier nicht. Du siehst aber aus, als könntest du einen kräftigen Schluck vertragen. Geht aufs Haus.« Ich bin es leid, ständig zum Gespött der Leute zu werden. Hektisch stehe ich auf, nehme wortlos das Cocktailglas und bin ganz kurz davor, es diesem Arschloch ins Gesicht zu schütten. Aber dann drehe ich mich doch von ihm weg und setze mich zwei Tische weiter wieder auf meine vier Buchstaben und starre vor mich hin. Genervt trinke ich zwei kräftige Schlucke durch den Strohhalm. Boah, das schmeckt ja widerlich. Augenblicklich brennt mir das Gesöff fürchterlich in der Kehle und ätzt sich seinen Weg durch meine Speiseröhre bis in den Magen, von wo aus es mich dann aber doch tatsächlich anfängt, feurig von innen heraus zu wärmen.

Der Kellner scheint gerade nichts Besseres zu tun zu haben und setzt sich, mit einer Flasche Bier bewehrt, mir gegenüber an meinen Tisch.

»Na? Schmeckt's?«, fragt er.

»Nee«, antworte ich kurz. Er lässt seinen Zeigefinger an der Öffnung seiner Flasche entlangkreisen, während er mich mustert.

»Hast 'n miesen Tag, was?«

»Sieht man mir das etwa an?«, grummele ich vor mich hin.

»Och. Fällt kaum auf. Liegt wohl an meiner guten Menschenkenntnis, dass ich es bemerkt habe.«

Witzbold, denke ich. Er holt seine Zigaretten hervor und hält mir das Päckchen hin. Ich lehne ab. Dann bedient er sich selbst und zündet sich eine an.

Genau in diesem Augenblick bemerke ich, wie Aidan mit zwei Kumpels an seiner Seite an den Tresen tritt. Während er sich auf einem der hohen Barhocker niederlässt, schweift sein Blick über die Tische und klappert Mensch für Mensch ab. Als sich unsere Blicke treffen, hält er für einen Moment inne. Seine Augen wandern zwischen mir und dem Typen mir gegenüber hin und her. Noch bevor ich auch nur den Hauch einer Chance habe, ihm mit Blicken anzudeuten, dass ich nicht freiwillig mit diesem Kerl hier sitze, geschweige denn, dass ich ihn überhaupt nicht kenne, hat Aidan mir auch schon den Rücken zugedreht und widmet sich seinen Freunden und vermutlich auch dem Bier, das er sich gerade bei einer Bedienung bestellt. Erneut nehme ich einen kräftigen Schluck dieses ekelhaften Gesöffs. Aber nur, weil es mich innerlich so herrlich wärmt. Der Kerl, der mir immer noch gegenübersitzt, quatscht mich wieder an.

»Ich glaube, auf Denise kannst du hier noch lange warten. Ich hab gesehen, wie Gecko ihr gefolgt ist. Die beiden siehst du hier so schnell nicht wieder.« Sofort huscht mein Blick zu dem Tisch von Denise' Freunden. Er hat recht. Auch Gecko ist jetzt verschwunden. Und Denise noch immer nicht wieder aufgetaucht.

»Nee, oder? Wo ist sie denn jetzt schon wieder hin?«

»Schlimmer als eine Tüte Mücken, was?« Ich kann nur nicken, während ich versuche, mir einen neuen Plan zurechtzulegen, wie ich die kleine Hexe wieder einfangen kann. Plötzlich steht Aidan an unserem Tisch, greift sich mein Cocktailglas und schüttet es dem Kellner mir gegenüber direkt ins Gesicht.

»Mann, ey! Typen wie dich hab ich gefressen. Kriegst ohne deine miese Nummer wohl keine ab, was?« Ehe ich begreife, was geschieht, zieht er mich am Arm hoch. »Komm, wir gehen!« Entschieden drängelt er mich Richtung Ausgang. Ich verstehe überhaupt nicht, was los ist.

»Hey!«, ruft der Kellner uns hinterher. Wir drehen uns beide noch einmal um, und im nächsten Moment bekommt Aidan einen Schlag ins Gesicht. Verschreckt weiche ich ein Stück zurück. »Wenn du Ärger willst, den kannst du haben«, provoziert der Typ weiter, während Aidan sich kurz die Nase hält. Doch schon einen Wimpernschlag später hat er sich von dem Angriff erholt und schaut ebenso finster drein wie der Kellner, dem mein Cocktail noch aus dem Haar tropft.

»Lass«, gehe ich einen Schritt auf Aidan zu und halte ihn am Arm zurück, denn er ist kurz davor, auf ihn loszugehen. »Lass gut sein«, versuche ich es erneut. Ich spüre, wie es ihm widerstrebt, sich nicht blind auf den anderen zu stürzen. Seine Muskeln unter meiner Hand sind zum Bersten angespannt.

»Ich soll mich also zurückhalten, ja? Der Penner hat dir was ins Glas geschüttet, während du weggeschaut hast«, klärt er mich jetzt auf. Mit großen Augen schaue ich dem Kellner fragend ins Gesicht. Er zuckt nur mit den Schultern. Ich muss schwer schlucken. Aidan wartet noch immer auf eine Reaktion von mir. So wie er dreinblickt, genügt nur ein Wort, und er prügelt den Typen windelweich. Verdient hätte er es. Ohne Frage. Aber ich bin kein Fan von Gewalt und meine Schwester habe ich auch schon wieder aus den Augen verloren. Also blicke ich nur so abfällig wie mir möglich auf den triefenden Kellner und zerre Aidan entschieden nach draußen.

Vor der Tür bleibt Aidan stehen. Er überlegt.

»Warte kurz. Ich bin gleich wieder da.« Bevor er wieder hineingehen kann, halte ich ihn entschieden am Arm fest.

»Bitte. Lass es gut sein.«

»Vertrau mir. Ich tu ihm schon nichts. Ich sag nur seinem Boss Bescheid, was für 'ne Arschgeige er da beschäftigt.« Ich nicke. Dann lasse ich ihn los und sehe ihm nach, als er wieder hineingeht.

Aidan

»Geht's wieder?«, fragt sie mich, als ich wieder herauskomme und wir endlich gehen. Ganz sorgenvoll schaut sie mich an. Geht mir direkt durch und durch.

»Ja, ja. Mir geht es gut.«

Sie hält mich fest und schaut mir ins Gesicht. »Sieht nicht weiter wild aus. Hast noch mal Glück gehabt.« Ihre Stimme ist ganz dünn. Vermutlich hat sie ein schlechtes Gewissen, weil ich mal wieder ihretwegen aufs Maul bekommen habe.

»Du solltest lernen, besser auf deinen Arsch aufzupassen. Schließlich kann ich nicht jedes Mal vorbeikommen und dich vor irgend so einer Scheiße retten.« Wut kocht wieder in mir hoch, also zünde ich mir erst mal 'ne Zigarette an.

»Ich muss Denise finden. Sie ist wieder abgehauen«, überhört sie einfach meine Worte. Ich bin fassungslos. Ist das jetzt wirklich das Erste, an das sie denken muss?

»Die Arschgeige gerade eben hätte zwar vermutlich so in ungefähr einem Viertelstündchen eine unfreiwillige Nummer mit dir geschoben, aber dich interessiert bloß, was Denise gerade so treibt.« Die Worte sprudeln nur so aus mir heraus. Mal ehrlich. Was geht in ihrem Kopf nur ab? Ihren entsetzten Blick verstehe ich schon zweimal nicht. »Na, wo wird die wohl sein?« Auch wenn ich jetzt schon weiß, dass sie die Wahrheit nicht hören will, versuche ich ihre Frage zu beantworten. »Die ist hinter irgendeiner Hecke verschwunden und treibt es gewaltig mit ihrem neuen Typen, nehme ich an. Wäre ja schließlich nicht das erste Mal, dass deine Schwester sich nimmt, was sie will.« Ich ernte einen weit offenstehenden Mund und einen noch viel starreren Blick von Lea. Ich brauch 'ne Sekunde, bis ich begreife. Hallo? Jetzt reicht es aber. »Sag mal, spinnst du? Sehe ich etwa aus wie 'n verdammter Kinderficker?!« So was lasse ich nicht auf mir sitzen. Mir kann man ja 'ne Menge nachsagen, aber so etwas ganz bestimmt nicht. Beschämt senkt sie den Blick.

»Nein. Natürlich nicht. Entschuldige. Aber wie du redest, da kann man schon auf solche Gedanken kommen.«

»Ich spreche nur aus, was ich denke und wie die Dinge nun einmal sind. Ich an deiner Stelle würde mir nicht so sehr zu Herzen nehmen, dass deine Schwester sexuell verdorbener ist als so manche Tussi vom Hans-Albers-Platz. Auf die aufzupassen ist zwecklos. Sie macht doch eh, was sie will, und verarscht dich von vorne bis hinten. Kümmere dich mal besser um dich selbst.«

Es wird still zwischen uns. Der Qualm meiner Zigarette wabert den Himmel hinauf.

»Du hast ja recht«, höre ich sie sagen. »Aber du hast ein winziges Detail vergessen.« Sie schaut mir geradewegs in die Augen.

Mitten in mein Inneres hinein. Wie neulich schon. Ich kneife die Augen zu Schlitzen zusammen. Ich will nicht, dass sie auch nur in die Nähe meines Inneren kommt. »Sie ist halt meine Schwester und deswegen werde ich sie jetzt auch suchen und nach Hause bringen.«

Starr bleibe ich an Ort und Stelle stehen. Ich muss erst einmal diesen Stimmungswechsel verdauen.

»Außerdem bringt mein Vater mich um, wenn ich ohne Denise nach Hause komme«, sagt sie und dreht sich zu mir um. Angst schwingt in ihrer Stimme mit, die mich wieder aufhorchen lässt. Oh Mann. Ich will mit so einem Gefühlskram echt nix am Hut haben. Ehrlich nicht! Doch ich seufze nur und folge ihr schließlich. Ich kann auch gar nicht anders.

»Warte«, höre ich mich selbst sagen. »Ich komm mit.« Mit zwei Schritten bin ich wieder bei Lea.

Kapitel 8

Lea

»Du hast mir keine Freundschaftsanfrage geschickt«, stellt Aidan fest, als wir bereits zum zweiten Mal unsere Runde über den Dom ziehen. Noch immer keine Spur von meiner Schwester. Die kann natürlich überall sein. An ihr Handy geht sie nicht. Das habe ich jetzt bestimmt einhundert Mal versucht.

»Nein, hab' ich nicht«, gebe ich knapp zurück. Jetzt darüber zu reden ist mir unangenehm. Mir ist gerade alles viel zu viel.

Mit den Händen in den Taschen seines warmen Wollmantels schlendert Aidan tapfer neben mir her. Ich frage mich, wie lange es wohl noch dauern wird, bis er die Lust am Suchen verliert und mich stehen lässt. Es ist bereits weit nach Mitternacht. Die ersten Besucher machen sich mittlerweile auf den Heimweg. Das würde ich jetzt auch gerne tun. Am liebsten, ohne dabei meinem Vater begegnen zu müssen.

»Wie war dein Vortanzen?«, versucht Aidan es weiter mit Konversation.

Ich stutze. »Daran erinnerst du dich?«

»Klar. Ich vergesse niemals, weswegen ich ein blaues Auge kassiert habe.«

»Nun«, druckse ich herum, »das Vortanzen ist morgen.«

»Aha. Und was ist das für ein Vortanzen? Machst du da so einen auf Schwanensee, oder wie muss ich mir das vorstellen?«

Wie Aidan versucht, eine Pirouette zu drehen, lässt mich kurz eine Augenbraue hochziehen.

»So in der Art, ja. Vielleicht.« Interessiert schaut er mich weiter von der Seite an. »Ich tanze Ballett, aber morgen ist es ein Paartanz, den ich für ein Stipendium vortanze«, setze ich ihn nun vollends ins Bild. Er macht zwei Schritte vor mich, dann dreht er sich zu mir um. Er geht rückwärts vor mir her und mustert mich eingehend.

»Und … du bist nicht besonders gut darin, nehme ich an. Weil … sonst würdest du nicht so mies schauen, wenn du an morgen denkst.« Er mustert mich weiter. »Ja, genau. Du hast Schiss. Stimmt's?« Wie von selbst verschränken sich meine Arme vor der Brust. Wie macht er das nur? Wie schafft er es, mich ständig aus der Reserve zu locken?

»Das stimmt so nicht«, setze ich mich zur Wehr. »Ich bin nicht schlecht.« Meine Stimme wird immer zögerlicher. »Ich bin sogar ganz gut darin.« Und das ist auch die Wahrheit. Ich kann wirklich tanzen.

»Aber?«, hakt Aidan unbeirrt weiter nach.

»Kein Aber …« Noch immer läuft er rückwärts vor mir her und fixiert mich. Ich seufze tief. »Ich hab es nur noch nie geschafft, vor Publikum zu tanzen. Es gab zwar schon ein paarmal die Gelegenheit dazu, doch immer kurz bevor es ernst wurde, hab ich Panik bekommen und konnte nicht auftreten.«

Aidan hält an. Ich also auch. Er kommt einen großen Schritt auf mich zu und steht ganz dicht vor mir.

»Sag ich ja. Du hast Schiss. Dir fehlt es an Selbstvertrauen. Das kann man dir sogar ansehen.«

»Quatsch!«

»Aber klar. Deine Haltung alleine schon. Sorry, aber die ist jämmerlich. Mach dich mal gerade.« Er unterstreicht seine Worte, indem er mir mit der rechten Hand in den Rücken fährt und seine Linke an meine Schulter legt. Dann versucht er mich tatsächlich aufzurichten. Ich bin so perplex von seiner unmittelbaren Nähe, dass ich es sogar geschehen lasse. Ich halte meinen Atem an. Ein Kribbeln durchfährt mich ausgehend von den Stellen meines Körpers, an denen er mich mit seinen Händen berührt. Ganz sanft ist sein Druck, als er mich in eine geradere Position rückt. Für meine Begriffe hält er mich dann aber noch einen Tick zu lange an der Schulter fest, bevor er mich wieder loslässt. Auch wenn er versucht, es vor mir zu verbergen. Ich habe ganz deutlich mitbekommen, wie er für einen kurzen Moment den Duft meines Haares in sich aufgenommen hat. Und: Oh. Mein. Gott. Das finde ich so sexy!

Er fängt sich deutlich schneller als ich. Dabei setzt er einen Schritt zurück, um sein Werk zu begutachten. Damit ist der kleine Moment zwischen uns auch schon wieder vorbei.

»Sieht gleich viel besser aus«, lobt er sich selbst. Ein hämisches Grinsen umspielt seine Lippen. »Also, ich kann mir dich als Tänzerin irgendwie so gar nicht vorstellen. Braucht man dafür nicht eine gewisse Körperhaltung?« Mit diesem Spruch ist der Zauber des Augenblicks endgültig zum nächsten Turtelpärchen hinfortgeflogen. Außerdem finde ich, er hat sich jetzt genug auf meine Kosten amüsiert. Ich kneife meine Lippen zusammen und knuffe ihn mit der Faust in den Oberarm. Gespielt fährt er sich an den Arm und tut so, als hätte das höllisch weh getan.

»Du bist ein Arsch, Aidan«, ist alles, was ich dazu noch zu sagen habe, und ich setze meine Suche nach Denise fort. Schnell schließt er wieder auf und im nächsten Moment legt er seinen Arm um meine Schultern und drückt mich im Gehen kurz an sich. Ganz freundschaftlich, doch ich müsste lügen, wenn ich behaupten würde, dass es so gar nichts mit mir macht.

»Ja, hab's gecheckt. Du bist eine super Tänzerin und wirst sie morgen bestimmt alle total umhauen mit deinem Pirouetten-Ding … und so.« Mit diesem Gebrabbel bringt er mich tatsächlich zum Lachen.

So geht das noch eine ganze Weile. Aidan haut einen schlechten Witz nach dem anderen übers Tanzen, Ballerinen an sich und natürlich auch über Männer in Strumpfhosen raus. Dabei amüsiere ich mich köstlich und wir beide bemerken kaum, wie schnell die Zeit vergeht.

Kurz vor ein Uhr nachts kommen wir an einer kleinen Gasse vorbei, die zu einem der Klohäuschen führt. Noch immer steht dort eine beachtliche Menschenschlange. Rechts und links von der kleinen Gasse befinden sich Buden. Eine von ihnen steuert Aidan mit mir im Arm an.

»Du brauchst was Warmes«, stellt er fest und ordert zweimal Eierpunsch. Dass ich keine Ahnung habe, ob mir das überhaupt schmeckt, behalte ich für mich.

Der Punsch ist irre heiß und wärmt tatsächlich. Genüsslich schmiege ich meine von der Kälte geröteten Finger um die heiße Tasse. Ganz am Rande haben wir einen Stehplatz ergattern können. Noch immer schauen wir uns alle paar Momente nach Denise um. Ich bin wirklich beeindruckt, wie ernst Aidan die Suche nach meiner Schwester nimmt. Wahrscheinlich ist ihm gar nicht bewusst, was für eine große Stütze er in diesem Moment für mich ist. Von dem Gefühlschaos, das seit Tagen in mir herrscht, mal ganz abgesehen.

»Ich glaube«, breche ich nach einer ganzen Weile unser Schweigen, »wir finden Denise heute nicht mehr wieder.« Aidan stellt seine fast leere Tasse auf dem Tisch vor uns ab.

»Soll mir nur recht sein. Ich bin sowieso viel lieber mit dir alleine.« Ich verschlucke mich gehörig an meinem Punsch und muss mich mehrfach räuspern. Fast wäre mir die Tasse aus der Hand gefallen. Scheu blicke ich zu ihm auf. War das jetzt etwa ernst gemeint? Zögerlich nimmt er mir meine Tasse aus den Händen und stellt sie zu seiner auf den Tisch. Er kommt mir näher. Gerne würde ich einen Schritt zurück machen, doch da befindet sich die Holzwand der Jahrmarktbude. Trotzdem presse ich meine Schulterblätter so fest ich kann gegen die Bretter. Dessen ungeachtet streicht er mir über die Wange. Seine Daumenkuppe fährt über meine Oberlippe. Gleich darauf führt er seinen

Daumen an seinen eigenen Mund. An ihm klebt ein Rest Sahne meines Eierpunsches. Unsicher versuche ich meinen Blick zu senken, doch es geht beim besten Willen nicht. Wie gebannt schaue ich auf das, was Aidan da gerade macht. Ich bin überfordert. Nervös greife ich nach den beiden Tassen und zwänge mich an Aidan vorbei, um sie an der Theke abzugeben. Mit fester Hand packt er mich am Oberarm. Ich kann gerade noch so die Tassen auf die Theke knallen, bevor er mich ein Stück mit sich in die kleine Gasse hineinzieht.

Es geht alles so schnell. Ich habe überhaupt keine Chance, darauf zu reagieren. Zudem schüchtert er mich wieder gewaltig ein. Gleichzeitig spüre ich aber auch ein reges Flattern in meiner Magengegend, das mich berauscht. Vielleicht kommt das aber auch alles nur vom Mai Tai und dem Eierpunsch! Ich komme nicht dazu, mir darüber weiter den Kopf zu zerbrechen, denn Aidan steht ganz dicht vor mir und hat mich wieder an die Rückwand der Bretterbude gepresst. Eindringlich, beinahe unangenehm, ja, fast schmerzhaft ist sein Blick, dem ich nicht standhalten kann. Sein Körper, der sich dicht an den meinen schmiegt, strahlt eine unglaublich wohlige Wärme aus, die mich erschauern lässt. Fast lässt sie mich vergessen, wie kalt es eigentlich ist. Aidan weiß nicht nur meinen Körper zu wärmen, sondern auch mein Herz. Mir wird klar, dass er das in diesem Moment auch selbst ganz genau weiß. Ich versuche in seinen Augen zu lesen, scheitere letztendlich dann doch. Im Gegensatz zu ihm gelingt es mir nicht einmal ansatzweise, ihn zu deuten. Krampfhaft versuche ich daher, seinem durchdringenden Blick zu entkommen. Aber je mehr ich seinen Augen ausweichen will, desto mehr scheint ihn das zu amüsieren. Meine Befangenheit kostet er bis aufs Letzte aus. Scheint es regelrecht zu genießen, wie sehr er mir überlegen ist. Seine Augen wandern zu meiner Unterlippe, auf der ich vor Unsicherheit herumknabbere.

»Soll ich dir ein Geheimnis verraten?«, fragt er mich, ohne den Blick von meinen Lippen abzuwenden. Ich bringe nur ein zaghaftes Nicken zustande. »Ich wäre gerne der Erste, der dich küsst.« Seine Augen wandern zu meinen empor und lassen mich tief in ihn hineinschauen. An der Ehrlichkeit seiner Worte habe ich keinen Zweifel. Und ich muss mir eingestehen, dass dieser Typ eine irre sensible Antenne für Zwischenmenschliches besitzen muss, denn in der Tat bin ich noch ungeküsst. Doch will ich tatsächlich, dass ausgerechnet *er* davon erfährt? Ich schlucke einmal fest. Der Kloß in meinem Hals kribbelt unangenehm.

»Du meinst also …«, beginne ich. Ich muss mich räuspern. »Du glaubst ehrlich, dass …?«, setze ich erneut an, doch wieder versagt mir die Stimme, denn ich kann ganz deutlich Aidans Hand an meiner Hüfte spüren. Heiß läuft es mir den Rücken hinauf. »Also, das ist ja lächerlich«, ist alles, was ich noch zustande bringe. Jede Faser meines Körpers ist angespannt. Meine Mundwinkel zucken unkontrolliert, während ich nach wie vor versuche, seine Behauptung charmant wegzugrinsen.

Ihm ist anzusehen, dass er keinem einzigen meiner Worte Glauben schenkt. Provozierend gefährlich nahe kommt er mir. Unsere Münder stoßen kleine warme Atemwölkchen aus, die zu einer gemeinsamen Wolke verschmelzen, bevor sie in den Himmel hinaufziehen.

»Du hältst dich wohl für unwiderstehlich, was?« Meine Worte zeigen Wirkung. Aidan hält tatsächlich kurz inne.

»Nun. Ich denke, du könntest mir nicht widerstehen, würde ich es drauf anlegen. Du findest mich nämlich heiß. Sehr sogar.« Seine Stimme klingt flüssig und süß wie Honig.

»Du bist echt ganz schön eingebildet«, kontere ich.

»Und du wartest doch nur darauf, endlich von mir geküsst zu werden.«

»Tue ich nicht.«

»Doch, tust du.« Er bringt unsere beiden Körper einander nun so nahe, dass ich ihn an meinem ganzen Leib spüren kann. Mit einer Hand hebt er mein Kinn zu sich empor. Ein Blick in sein Gesicht ist nunmehr unausweichlich. Seine Lippen sind von meinen nur noch wenige Zentimeter entfernt. Seine andere Hand greift nach meiner und legt sie sich ans Herz. Unter meinen Fingern fühle ich es wild pochen. Mit seinem Mund berührt er ganz zart meine Unterlippe. Dann entzieht er sich mir sofort wieder und beobachtet meine Reaktion. Einer seiner Mundwinkel zuckt.

Mir stockt der Atem von der kleinen Berührung auf meinen Lippen. Ich will mehr. Mein hungriger Blick scheint ihm das auch ohne Worte mitzuteilen. Er genießt die Macht, die er über mich hat, in vollen Zügen.

»Ich wurde schon oft geküsst. Nur damit du es weißt«, versuche ich ihn noch einmal zu überzeugen.

Sein Gesicht verzieht sich zu einem amüsierten Grinsen. »Sicher doch.« Seine Augen wandern ganz langsam über mein Gesicht. Dabei lässt er sich unfassbar viel Zeit, und zum ersten Mal in meinem Leben bekomme ich das Gefühl, etwas wert zu sein. Ich präge mir derweil die Konturen seiner Wangenknochen ein. Ein dunkler Bartschatten zeichnet sich in seinem Gesicht ab. Nur zu gerne würde ich mit meinen Fingern darüberstreichen, um zu erfahren, wie sich seine Bartstoppeln an meiner Haut anfühlen. Seine graublauen Augen blicken gierig im Licht der Straßenlaterne auf mich herab. Aus dem Hintergrund dringt eine Ballade von Ed Sheeran zu uns herüber. Für einen Moment gewinnt die Gegenwart uns wieder und wir nehmen die Musik deutlich wahr. Beide müssen wir darüber schmunzeln.

»Ganz schön kitschig, was?«, kommentiere ich unsere Backgroundmusik und rolle mit den Augen. Anstatt auf meine Bemerkung einzugehen, schlingt er seinen Arm um meine Taille.

»Scheiß doch auf die Musik«, wispert er mir ins Ohr. Im nächsten Moment fühle ich seine kraulenden Fingerkuppen in meinen Haaren vergraben und seine weichen, warmen Lippen fest auf den meinen. Scharf ziehe ich die Luft ein, bevor mich eine Woge des Glücks durchfährt, die mich wohlig wieder ausatmen lässt. Wie von selbst dränge ich mich ihm entgegen. Ganz zaghaft lege ich meine Hand an seine Hüfte, während meine andere Hand von seinem Herzen weiter empor zu seinem Hals wandert. Noch nie war mir so warm wie jetzt. Mein Körper beginnt zu glühen. Hitze steigt in mir auf, während wir uns in einem langen, ausgiebigen Kuss verlieren. Vorsichtig öffnet seine Zunge meinen Mund. Begehrt Einlass. Obwohl ich keine Ahnung habe, was ich hier mache, scheine ich instinktiv das Richtige zu tun. Unsere Zungen berühren sich. Spielen miteinander. Die glühende Hitze, die meinen ganzen Körper lichterloh in Flammen versetzt, sammelt sich in meinem Unterleib und schwillt heran zu einem drängenden Pochen. Dieser eine, erste Kuss, den ich gerade mit Aidan erlebe, übertrifft bei Weitem die Vorstellungen aus meiner Phantasie. Eine herbe Süße haftet seinen Lippen an, die mich von der ersten Sekunde an nach ihm süchtig werden lässt. Zärtlich wandert seine Hand meine Wange entlang. Wieder erschauere ich. Eine Welle der Geborgenheit nimmt von mir Besitz, und ähnlich wie bei einer Panikattacke laufe ich Gefahr, mich in diesem Gefühl zu verlieren.

Bevor es dazu kommen kann, trennen sich unsere Lippen voneinander. Sofort fühle ich die aufkommende Kühle, die meinen Mund umspielt, und beginne wieder zu frösteln. Aidan schaut rechts an mir vorbei, fixiert etwas und lässt mich abrupt los.

»Ich glaub es ja nicht.« Ohne weiter auf mich zu achten, lässt er mich stehen und rennt los. Kälte umspült meinen Leib. Blitzartig befinde ich mich wieder in der Gegenwart. Ich will ihm folgen, sehe aber plötzlich Tessa und zwei ihrer Freundinnen nur ein paar Meter von mir entfernt stehen. Ertappt beiße ich mir wieder auf meine Unterlippe, die sich jetzt nach dem Kuss ungewohnt geschwollen anfühlt, und gehe mit gesenktem Kopf so schnell wie möglich an den dreien vorbei. Ich brauche mir überhaupt keine Illusionen zu machen. Die drei hatten von ihrer Position heraus definitiv einen Platz in der ersten Reihe, als Aidan und ich uns geküsst haben.

»Du miese kleine Schlampe«, höre ich Tessas durchdringende, kalte Stimme, als ich an ihnen vorbei bin. »Warte nur ab. Das wird ein Nachspiel haben!«

Es steht außer Frage, wen sie mit der Schlampe gemeint hat.

Kapitel 9

Lea

Ich laufe aus der kleinen Gasse direkt ins Gewusel hinein. Die Jahrmarktbesucher schwirren alle Richtung Ausgang. Aidan läuft genau in die entgegengesetzte Richtung. Ich folge ihm. Er hat einen deutlichen Vorsprung. Ein paar Buden weiter biegt er direkt hinter einem Fahrgeschäft links ab.

Ich verlangsame meine Schritte. Mit jeder Sekunde werde ich unsicherer. Soll ich ihm wirklich noch weiter hinterherlaufen? Ich meine … eben noch küssen wir uns und dann haut er einfach so ab. Ohne jedes weitere Wort. Vielleicht hat ihm der Kuss gar nicht so sehr gefallen wie mir? Ich bleibe stehen. Ich mag mir gar nicht ausmalen, wie viele Mädchen Aidan in seinem Leben wohl schon geküsst hat. Unter denen waren sicherlich viele, die es erheblich besser drauf hatten als ich.

Im nächsten Moment wird mir klar, ich mache mir ganz umsonst so viele Sorgen. Meine Lippen verziehen sich zu einem erleichterten Schmunzeln, als ich ihn wieder um die Ecke kommen sehe. Meine Schwester hat er sich über die Schulter geworfen und hält geradewegs auf mich zu. Zwar versucht Denise, sich mit vollem Körpereinsatz dagegen zu wehren, doch Aidans Arme sind stark und sein Gleichgewichtssinn gut ausgeprägt. Mit Genuss stelle ich fest, dass meine Schwester es noch nicht einmal schafft, ihn mit ihrem Gestrampel zum Taumeln zu bringen. Festen Schrittes und mit entschlossener Miene stiefelt er an mir vorbei.

»Na, wer sagt's denn. Komm, liefern wir das störrische Ding bei euch zu Hause ab. Mein Wagen steht nicht weit von hier.« Heiter blickt er mir ins Gesicht. Dabei dreht er sich während des Gehens zu mir um und geht ein paar Schritte rückwärts. »Oder möchtest du lieber mit der Bahn fahren?« Eilig verneine ich seine Frage. Ich selbst muss jetzt grinsen. Denise so zu sehen bereitet mir tatsächlich für den heutigen Abend hinlänglich Genugtuung. So gut es geht ignoriere ich die Menschenmenge, die durch Denise' Gebrüll und ihr Fluchen auf uns aufmerksam wird. Stumm laufe ich dicht hinter Aidan her, bis wir bei seinem Wagen ankommen.

Keine Zehn Minuten später, nachdem Aidan Denise eingefangen hat, schlagen die Wagentüren zu und der Motor des Ford Granada röhrt gewaltig auf. Wir sind noch gar nicht richtig auf der Straße, da hat sich meine tobende Schwester wieder etwas gefangen und versucht vergebens, sich durch penetrantes Rütteln an den Vordersitzen den Weg nach draußen frei zu kämpfen. So sehr ich anfangs noch über sie geschmunzelt habe, so peinlich ist mir mittlerweile ihr Auftritt hier im Wagen. Aidan hingegen scheint das gar nichts auszumachen. Mit stoischer Gelassenheit setzt er hier und da den Blinker, sieht sich um, gibt Gas oder hält an einer roten Ampel. Um das Gebrüll von Denise zu übertönen hat er seine ganz eigenen Methoden. Er dreht einfach kräftig die Anlage im Auto auf, so dass einem schon nach kurzer Zeit die Ohren vom Bass schmerzen.

Inmitten dieses Lärms werfe ich ihm immer mal wieder verstohlene Blicke vom Beifahrersitz aus zu. Ich kann mich noch an das Gefühl seiner Lippen auf meinen erinnern. Zu gerne hätte ich gewusst, wie es weitergegangen wäre, hätte Denise uns jetzt nicht einen Strich durch die Rechnung gemacht. Mein Sitznachbar hingegen scheint die kurze intime Begegnung gerade eben bereits wieder vergessen zu haben. Gelassen ruht sein Blick auf der Straße vor uns.

* * *

Denise kommt kaum alleine die Treppen zur Wohnung hinauf, so sternhagelvoll ist sie. Nun bin ich noch einmal doppelt so froh, dass Aidan sich unserer angenommen hat und mir auch hierbei hilfreich zur Seite steht. Alleine wäre ich mit ihr niemals die vielen Treppen hinaufgekommen. Womöglich wären wir gemeinsam hinuntergestürzt.

Während Aidan meine Schwester fest im Griff hält, schließe ich die Wohnungstür auf. Dann lasse ich die beiden zuerst eintreten. Unbeholfen versucht Denise, sich ihre vom Schnee durchweichten Stiefel von den Hacken zu streifen und ihre Jacke auszuziehen. Ohne meine Hilfe schafft sie es nicht, also packe ich mit an.

Keine zwei Sekunden später steht unser Vater vor uns und begutachtet seine jüngere Tochter. Der Lärm muss ihn aufgeschreckt haben. Für gewöhnlich liegt er nämlich weit nach Mitternacht selbst im Delirium. Nachdem er nun ihren Zustand wahrnimmt, verfinstert sich seine Mimik merklich. Denise schießt an unserem Vater vorbei, taumelt und stürzt ins Badezimmer. Wenige Sekunden später dringen die ersten Kotzgeräusche zu uns nach draußen. Angewidert verziehen wir alle drei das Gesicht. Es hört sich wirklich nicht schön an. Trotz allem bin ich erleichtert. Tief durchatmend muss ich selbst feststellen, wie froh ich jetzt bin, dass wir Denise heil nach Hause geschafft haben.

Mein Vater hingegen sieht gar nicht glücklich aus. Ohne Vorankündigung schnellt seine Rechte auf meine Wange nieder. Die Wucht des Schlages lässt meinen Körper das Gleichgewicht verlieren und ich pralle hart gegen die nächstliegende Wand. Entsetzt halte ich mir die Wange. Mich aufzurichten traue ich mich nicht, denn ich habe keine Ahnung, ob ich noch weitere Ohrfeigen zu erwarten habe. Lieber bleibe ich gleich von vornherein hier an der Wand hocken, in der Hoffnung, die Wut meines Vaters möge sich legen.

»DU SOLLTEST AUF DENISE AUFPASSEN UND NICHT

SIE SICH VOLLLAUFEN LASSEN!«, brüllt er über mir los. Bis ins Mark erschüttert bewege ich mich nicht. Ich gebe auch keine Antwort, denn es würde keinen Unterschied machen. Er würde einen erneuten Grund finden, um nochmals zuzuschlagen. Also halte ich lieber gleich die Klappe. Dass ich Aidan vollkommen vergessen habe, stelle ich in dem Moment fest, in dem er sich entschlossen zwischen meinen Vater und mich drängelt.

»Ey, Mann. Sorry. Da haben Sie aber mächtig was falsch verstanden. Wir haben Denise eingesammelt und wieder nach Hause gebracht. Ohne Lea würde Ihre Tochter noch immer in dieser verfickten Spelunke hocken und mit komischen Gestalten abhängen.« Vorsichtig luge ich nach oben. Der Blick meines Vaters richtet sich jetzt von mir auf Aidan. Sein Kopf wird noch röter als er es vorher vom vielen Bier schon war. Paps kocht vor Wut. Das kann ich ihm deutlich ansehen. Er wird jeden Moment explodieren, so viel steht fest. Grob schiebt er Aidan von sich weg Richtung Tür. Mein Vater ist so dermaßen sternhagelvoll, dass er bei den kleinen Schubsen, die er Aidan verpasst, ins Taumeln gerät.

»RAUS«, brüllt er lautstark. »Raus aus meinem Haus!« Noch ehe mein Erzeuger weiteres Unheil anrichten kann und vor allem, noch ehe Aidan sich zu einer Dummheit hinreißen lassen kann, versuche ich nun meinen Vater zu besänftigen. Das habe ich bislang nicht oft getan, und wenn, dann habe ich es jedes Mal hinterher bitter bereut, doch heute muss es sein.

»Ist okay, Paps. Ist schon gut. Er geht. Jetzt sofort.« Es scheint zu wirken. Mein Vater fährt ein paar Gänge runter, wenngleich die Gefahr noch lange nicht gebannt ist. Ich schaue mich nach Aidan um, der – wie befürchtet – ebenfalls kurz vor einer Explosion steht. Wortlos schiebe ich Aidan rückwärts durch die Wohnungstür. Noch ehe mein betrunkener Papa erneut reagieren kann, schließe ich hinter uns die Tür und wir beide stehen im dunklen Treppenhaus.

»Geht's noch?«, höre ich Aidan hinter mir von sich geben.

»Psst. Sei nicht so laut.« Nervös lausche ich an unserer Wohnungstür.

»Ich raff's nicht. Willst du das einfach so hinnehmen? Das ist voll unfair. Denise benimmt sich wie der letzte Penner und du kassierst an ihrer Stelle die Schläge? Der spinnt doch!« Er macht einen erneuten Satz auf die Wohnungstür zu und springt mir damit direkt in den Rücken. Er ist richtig aufgebracht. Mit aller Kraft, die mir zur Verfügung steht, stemme ich mich gegen ihn und kann ihn gerade noch so davon abhalten, die Tür aufzureißen und sich blind vor Wut auf meinen jämmerlichen Vater zu stürzen.

»Was erwartest du denn? Der ist stinkbesoffen. Der hat keine Ahnung mehr, was richtig oder falsch ist. Am besten geht man ihm einfach aus dem Weg.«

»Aus dem Weg gehen? Dem muss nur mal jemand richtig Bescheid geben. Dann passt die Richtung auch wieder.«

»Lass es bleiben. Damit tust du mir keinen Gefallen. Im Gegenteil!« Erst ganz allmählich beruhigt sich Aidan wieder. Im Prinzip finde ich es ja beinahe romantisch, wie sehr er sich für mich einsetzt, doch in diesem Fall ist es wirklich das Beste, es auf sich beruhen zu lassen.

»Soll ich dich irgendwohin mitnehmen? Ich meine, du musst da jetzt nicht reingehen, wenn du nicht willst.« Der fürsorgliche Klang seiner Stimme rührt mich. Im nächsten Moment spüre ich seine Hand auf meiner Hüfte. Ich lege meine Hand auf seine Brust und schaue trotz des dunklen Flures zu ihm auf.

»Danke. Aber nein. Es ist schon spät. Ich … Ich muss auch noch lernen, für morgen. Und es ist auch nicht das erste Mal, dass er so ist. Ich komm also klar.«

»Wie du willst.« Sein Tonfall spricht eine ganz andere Sprache. Demnach wäre es ihm wohl lieber, ich würde in sein Auto springen und mit ihm gemeinsam meilenweit fahren. Hauptsache, weit genug weg von meinem Vater. Seine Hand kommt näher und legt sich auf meine schmerzende Wange. Langsam und gefühlvoll fährt er darüber. Wieder nimmt ein berauschendes Kribbeln von mir Besitz. Reflexartig lege ich meine Hand auf seine. Ich kann den Schauer durch seinen Körper jagen fühlen, den die Berührung unserer beiden Hände in ihm auslöst. »Ich sehe dich dann morgen«, flüstert er. Nur kurz ist die darauffolgende Berührung unserer Lippen, als er mich zum Abschied auf den Mund küsst, doch verliert sie dadurch nicht an Intensität.

Noch ehe wir beide uns zu mehr hinreißen lassen können, geht im Erdgeschoss die Tür auf und im gesamten Treppenhaus das Licht an. Im neongrellen Schein brauchen unsere Augen eine Weile, bis sie sich an die Helligkeit gewöhnt haben. Während meine Mutter von ihrer Schicht aus dem Krankenhaus nach Hause kommt und die Treppen hinaufsteigt, schlägt Aidan, immer zwei Stufen gleichzeitig nehmend, den Weg nach unten ein.

»Lea, Liebes. Was machst du hier draußen?« Besorgt fährt mir Mama über die Wange und blickt dann Aidan nach. »Um Himmels Willen! Hat der Typ dir was getan?« Der Anflug von Sorge in ihrer Stimme rührt mich.

»Nein, Mama. Es war ein Unfall. Weiter nichts.« Trotzdem bilden sich auf der Stirn meiner übermüdeten Mama kleine Sorgenfältchen. Doch sie ist einfach zu entkräftet, um nochmals nachzuhaken und den eigentlichen Grund in Erfahrung zu bringen. Insgeheim kann sie sich sowieso denken, was geschehen ist.

»Komm mit rein. Ich gebe dir eine Salbe für deine Wange.«

Kapitel 10

Lea

Ich stehe vor der großen Eingangstür unserer Schule. Während Kiki bereits hineingeht, nehme ich noch einen tiefen Atemzug, bevor ich ihr in die große Aula folge.

Bis zum Mittag gelingt es mir eigentlich ganz gut, jeder möglichen Konfrontation mit Aidan oder – schlimmer noch – mit Tessa aus dem Weg zu gehen. Vor meinem geistigen Auge sehe ich schon, wie Tessa meinen Kopf in eine Kloschüssel steckt und die Spülung betätigt. Nicht, dass ich nicht sowieso schon nervös genug wäre wegen des Vortanzens heute. Nein. Jetzt muss ich auch noch die ganze Zeit darauf achten, heil den Schultag zu überstehen. Außerdem bin ich hundemüde. Ich habe letzte Nacht kaum ein Auge zugetan.

Um halb zwei ist es dann endlich so weit. Die letzte Stunde habe ich hinter mich gebracht. Nichts wie raus hier. Ich biege um die letzte Ecke und kann den Ausgang bereits auf der anderen Seite der Aula erkennen.

Da packt mich jemand von hinten und schleift mich direkt mit sich in die Toilettenräume. Hinter mir wird die Tür verrammelt. Ängstlich blicke ich um mich. Wir befinden uns in der Damentoilette. Direkt neben uns reiht sich ein Waschbecken an das nächste. Tessa und ihre beiden besten Freundinnen umzingeln mich. Irgendwie wundert mich das hier überhaupt nicht. Passt einfach viel zu perfekt in mein Lebensschema hinein. Während

Tessa sich vor mir aufbaut, bevor ich auch überhaupt nur die Gelegenheit bekomme, ein Wort zu meiner Verteidigung vorzubringen, nimmt mir eine ihrer Freundinnen meinen Rucksack mit den Tanzklamotten ab, den ich bereits bei mir trage. Jetzt muss ich tatenlos mit ansehen, wie sie ihn öffnet, den Wasserhahn aufdreht, den Rucksack drunter hält und voll Wasser laufen lässt. Mein Mund öffnet sich, ich will protestieren, doch ein Blick in Tessas Gesicht lässt mich wieder in mich zusammensinken. Auf Tessas Gesicht macht sich ein gehässiges, selbstgefälliges Grinsen breit, das mir direkt unter die Haut fährt. So im Nachhinein betrachtet komme ich bereits ins Wanken, ob dieser ganze gestrige Abend und der damit verbundene Kuss zwischen Aidan und mir – so schön er auch war – dies alles hier wert gewesen ist. Denn ein weiterer Blick in Tessas wütende Augen verrät mir, dass das noch nicht alles gewesen sein kann. Noch immer spricht keine auch nur ein Sterbenswörtchen. Ich selbst traue mich nicht einen Mucks von mir zu geben, so sehr schüchtern mich die drei bissig dreinschauenden Weiber ein. Wäre doch wenigstens Kiki bei mir!

Tessa verschwindet in einer der Klokabinen und kommt mit einen großen Eimer wieder zum Vorschein. Ihre beiden BFFs flankieren mich und halten mich jeweils an einem Arm fest, damit ich auch ja nicht mehr wegkann. Vehement schüttele ich meinen Kopf, während ich den schweren Eimer anstarre, den Tessa mittlerweile gefährlich hoch hält. So wie es aussieht, will sie mir den doch tatsächlich über den Kopf schütten. Ich habe keine Ahnung, was da drin ist, doch was auch immer es ist, ich will es nicht auf den Kopf bekommen. Doch zu spät. Im nächsten Moment entfährt mir ein schriller, spitzer Schrei, als sich eiskaltes Wasser über mich ergießt. Meine Atmung setzt für ein paar Sekunden aus, so sehr erstarrt mich die Kälte innerlich. Ihre Freundinnen sind in dem Moment zur Seite gesprungen, als das Wasser über mir niederging. Klatschnass bis auf die Knochen stehe ich vor Tessa und fühle eine unglaubliche Erniedrigung in mir, die mir die Tränen in die Augen schießen lässt. Ich glaube aber, zwischen den nassen Haaren ist das nicht weiter zu erkennen. Tessa macht einen Schritt auf mich zu.

»Lass gefälligst Aidan in Ruhe!« Mein Kopf bringt nur ein stummes Nicken zustande. Ihre Art schüchtert mich unglaublich ein. Dann gehen die drei hinaus und lassen mich hier einfach so stehen.

Es dauert einen Moment, bis ich begreife, in was für einer überaus beschissenen Lage ich mich jetzt befinde. Mein Blick wandert hinüber zu meinem durchtränkten Rucksack, der noch immer in einer Pfütze im Waschbecken vor sich hin schwimmt. Da sind meine Tanzsachen drin, die ich in ein paar Stunden für das Vortanzen brauche. Der Kloß in meinem Hals wird mit jedem Gedanken, der mich der Realität näher bringt, größer. Ich sehe an mir herunter und betrachte mich anschließend ungläubig im Spiegel. Wie ich in diesem nassen Zustand mit meinem Fahrrad durch die winterliche Landschaft nach Hause kommen soll, ohne mir dabei den Tod zu holen, ist mir ein Rätsel. Ich überlege kurz, wen ich anrufen kann, ob es irgendjemanden gibt, der mich nach Hause fahren könnte … Vielleicht gäbe es auch die Möglichkeit, mit dem Bus … Doch alleine die Vorstellung, wie mich die mitfahrenden Leute die ganze Fahrt über anstarren würden, lässt mich diesen Gedanken sofort wieder verwerfen.

Zögerlich greife ich nach meinen Sachen im Waschbecken. Mit zusammengekniffenen Lippen wringe ich die Teile so gut es geht aus. Genauso verfahre ich mit meinen Klamotten. Bis auf die Unterwäsche ziehe ich mir die Kleidung vom Leibe und presse mit klappernden Zähnen über dem Waschbecken das Wasser aus ihnen heraus. Meine Finger sind schon nach kürzester Zeit taub und vor Kälte rot angelaufen. Ich werfe einen Blick in den Spiegel. Meine Lippen beginnen bereits, sich blau zu verfärben. Eisern dränge ich die Tränen, die am liebsten sofort aus mir herausschießen würden, zurück und quäle mich widerwillig wieder in die nasse Kleidung. Ich kann ja schließlich schlecht nackt nach

Hause radeln. Ich darf jetzt keine weitere Zeit verlieren. Schließlich habe ich noch einen viertelstündigen Heimweg auf dem Rad zu absolvieren. Inständig hoffe ich, als ich meinen Rucksack vor die Brust presse und festen Schrittes das Klo verlasse, dass ich dort auch ankommen werde, bevor ich steifgefroren vom Fahrrad falle.

Keine Minute später schwinge ich mich bereits auf mein Rad. Die Blicke um mich herum muss ich jetzt einfach so gut es geht ignorieren. Auch wenn mir das nicht leicht fällt. Schon die ersten Meter, die ich auf der Straße zurücklege, sind die Hölle. Wenn Tessa mich mit ihrer Aktion auf diese unglaublich sadistische Art und Weise bis aufs Blut quälen wollte, dann ist ihr das ganz hervorragend gelungen.

Aidan

Als ich nach der letzten Stunde zu meinem Wagen gehe, lehnt Tessa mit vollem Körpereinsatz dagegen. Sie wartet auf mich. Noch vor gut zehn Tagen fand ich das immer cool, doch seit Lea in mein Leben gestolpert ist, geht mir die gute Tess eigentlich nur noch auf die Nerven.

»Hey, Honey«, schnurrt sie mir direkt in die Ohren, als ich bei ihr eintreffe. Ich drücke ihr widerwillig einen Kuss auf die Wange, die sie mir bereits hinhält.

»Hey«, begrüße ich sie schlicht. Während ich meine Sachen auf die Rückbank werfe, fällt mir ihr selbstgefälliges Grinsen auf. Da werde ich stutzig. »Erzähl. Was hast du wieder ausgefressen?« Tessa schmiegt sich dicht an mich heran und küsst meine Wange.

»Gar nichts«, säuselt sie mir ins Ohr. Ohne auf ihre Anmache einzugehen, bleibe ich starr stehen. Tatsächlich interessiert mich Tessa gerade kein Stück. Die große Liebe ist es zwischen uns eh nie gewesen. Ich würde es mehr als eine Art Freundschaft mit gewissen Vorzügen betrachten. Jede Menge Spaß und keine Verpflichtungen. Nur irgendwie überkommt mich das dumme Gefühl, dass Tessa das mittlerweile nicht mehr so locker sieht wie wir das mal abgesprochen hatten. Jedenfalls verzieht sie gewaltig das Gesicht und funkelt mich mit leuchtenden Augen böse an, als ich sie entschieden von mir schiebe. Zwei Sekunden später hat sie die Maskerade des verführerischen Vamps wieder perfekt aufgesetzt.

»Sehen wir uns heute Abend?«, will sie jetzt von mir wissen. Dabei kommt sie mir wieder näher und legt mir ihre Hände an die Hüfte. Der Blick, mit dem sie mich anschaut, soll vermutlich sexy wirken, doch ehrlich gesagt hat er heute so gar keine Wirkung auf mich. Da ich mir jetzt aber keinen weiteren Ärger einhandeln will, streiche ich ihr kurz über die Wange.

»Mal schauen.« Ich öffne die Tür meines Fords. »Ich melde mich bei dir, Tess.« Dann steige ich ein. Während ich rückwärts aus der Parklücke fahre, werfe ich Tessa noch ein Lächeln zu. Dann sehe ich zu, dass ich hier wegkomme.

Kapitel 11

Lea

Wildes Hupen erschrickt mich so sehr, dass ich beinahe vom Fahrrad kippe. Gerade so kann ich den Lenker noch mal herumreißen und die Spur halten. Neben mir taucht ein gewisser zitronengelber Ford Granada auf. Verbissen presse ich weiter meine Lippen aufeinander und trete unablässig in die Pedale. Doch Aidan gibt nicht auf. Während er sich mit seinem Wagen meinem Tempo anpasst, lehnt er sich zur Beifahrertür herüber und kurbelt das Seitenfenster herunter. Es ist mir unbegreiflich, wie man so etwas bewerkstelligen kann und dabei noch aussehen wie ein junger Gott. Jeder andere Mensch auf Erden hätte bei solch einer Aktion wie ein totaler Trottel gewirkt.

»Ist dir klar, dass du hier völlig durchnässt durch die Walachei gondelst?« Wie immer glimmt zwischen seinen Zähnen lässig eine Zigarette vor sich hin.

»Hey, halt mal an!«, fordert er mich jetzt auf. Ich versuche ihn so gut es geht zu ignorieren. »Ist 'ne interessante Art, mit dem Leben Schluss zu machen«, setzt er mir weiter zu. »Das muss ich dir schon lassen. Das hältst du keine zehn Minuten länger aus. Bei den Temperaturen … No way!«

Leider muss ich mich immer wieder selbst dazu zwingen, meine Augen von ihm zu abwenden. Dass es mir nicht so gut gelingt wie ich mir wünsche, macht mich rasend vor Wut. Aufgebracht funkele ich ihn von der Seite her an. Schließlich wäre ich nicht in so einer beschissenen Lage, wenn ich ihm gestern nicht begegnet wäre. Hätte er nicht dabei geholfen meine Schwester zu suchen, wäre es auch ganz sicher nicht zu diesem unglaublichen Kuss zwischen uns beiden gekommen, den dusseligerweise ja leider Tessa mit ansehen musste. Genau deshalb triefe ich jetzt vor Nässe. Wobei … mittlerweile laufe ich eher schon Gefahr, einzufrieren. Immerhin haben wir Minustemperaturen und meine Klamotten und Haare fühlen sich immer steifer an. Wahrscheinlich schaue ich mittlerweile aus wie so eine dämliche Eiskönigin für Arme.

Aidan ist unerbittlich. Wieder hupt er wie wild, so dass die ganze Öffentlichkeit auf uns aufmerksam wird.

»Sag mal, sind dir deine Ohren schon eingefroren? Du sollst anhalten!« Eisern strampele ich weiter, den kleinen Hügel hinauf. Ich kann noch ganz klar Tessas frostige Stimme hören. Wie sie mir gedroht hat, ich solle Aidan gefälligst in Ruhe lassen, ist mir noch recht präsent. Da ich keine Lust habe, in Zukunft regelmäßig Tessas Mobbingopfer zu werden, werde ich ganz sicher jetzt nicht anhalten. Ich wäre ja lebensmüde, wenn ich ihr neues Futter geben würde. Lieber erfriere ich.

Irgendwie scheint Aidan zu spüren, dass ich nicht anhalten werde. Während ich weiter mit schmerzenden Lungenflügeln tief in die Pedale trete, nehme ich zufrieden wahr, wie er beschleunigt und von dannen zieht. Zumindest glaube ich das. Jedoch nur für ein paar Sekunden. Dann nämlich setzt er den Blinker und hält den Wagen an der Bordsteinkante an. Mitten auf dem Fahrrad- und Fußgängerweg kommt der Ford zum Stehen und versperrt mir nun den Weg.

Ich werde langsamer. Ich blicke mich um. Am liebsten würde ich jetzt die Straßenseite wechseln, doch es herrscht zu viel Verkehr, um spontan zu überholen. Einen Moment später stehe ich auch schon vor dem Granada und muss meine Fahrt beenden. Aidan ist inzwischen ausgestiegen und hält meinen Lenker fest. Ungläubig begutachtet er mich von oben bis unten. Mein ganzer Körper klappert vor unerträglicher Kälte. Bis unter die Haut sind mir die eisigen Temperaturen gekrabbelt. Mittlerweile sind Hände, Füße und Kopfhaut komplett abgestorben, während meine Gliedmaßen und mein Gesicht vor Schmerzen piksen wie von Stecknadeln drangsaliert. Bei jedem Atemzug spüre ich ein Ziehen, das mir durch die Lungenflügel fährt.

Ohne mich zu fragen, drängelt Aidan mich vom Rad herunter und lässt es in seinen Kofferraum gleiten. Verdattert stehe ich daneben und konzentriere mich nur noch auf das Wesentliche: auf meine Atmung. Ich glaube, in dem Moment, in dem ich mich aufs Rad geschwungen habe, hat mein Körper auf Autopilot geschaltet und war im Überlebensmodus. Irgendwie stecke ich da immer noch drin fest.

»Warst du schwimmen, oder warum bist du so nass?«, fragt Aidan, während er mich am Arm mit sich zieht, die Beifahrertür aufreißt und mich unsanft auf den Sitz drückt. Kaum hocke ich auf meinem vor Nässe triefenden Hintern im Wagen, fliegt die Tür energisch zu. Der laute Knall lässt mich zusammenschrecken. Apathisch blicke ich vor mir durch die Windschutzscheibe. Ich glaube fest, ich habe einen Schock. Das würde zumindest erklären, warum ich Aidan die ganze Zeit über keine Antwort geben kann. Er selbst nimmt wieder hinter dem Lenkrad Platz und startet den Wagen. Augenblicklich strömt mir warme Luft entgegen. Ganz automatisch greift mein Arm nach dem Sicherheitsgurt.

»Was wird das?«, höre ich ihn neben mir fragen. Er schaut ganz ungläubig zu mir herüber. Während er spricht, beginnt er, sich selbst die Jacke aufzuknöpfen, und ich halte in der Bewegung inne. Noch immer bin ich nicht in der Lage zu antworten. Erneut blickt Aidan in meine Richtung. »Zieh dich aus«, sind seine nächsten Worte. Seine Jacke fällt in seinen Schoß. Im nächsten Moment zieht er sich den Pulli über den Kopf. Ich muss zweimal blinzeln. Aidans Autostrip hat keine drei Sekunden gedauert. Jetzt, da er nur noch mit einem engen Shirt am Leib vor mir sitzt, das über der Brust und an den Armen leicht spannt, kann ich bei der kleinsten Bewegung seine Muskeln tanzen sehen. Wow! Meine Augen wandern über seinen Oberkörper. Das geschieht wie von selbst. Eigentlich will ich ihn überhaupt nicht so anstarren. Ehrlich nicht!

Seine Augen versuchen meinen Blick einzufangen. »Hast du gehört? Du sollst dich ausziehen!« Noch ehe ich überhaupt die Chance dazu bekomme, endlich darauf zu reagieren, fahren seine Hände bereits zu meiner Jacke und ziehen den Reißverschluss hinunter. Ich zucke zusammen und Aidan hält inne. Dann endlich finde ich meine Stimme wieder.

»Spinnst du? Was soll das?«

Für ein paar Sekunden wird es still im Wagen. Einzig die Lüftung und der Straßenlärm von draußen sind zu vernehmen. Und natürlich mein Herzschlag – der ist sicherlich bis zu ihm hinüber zu hören.

»Lea, ich spinne nicht. Du musst die nassen Sachen ausziehen, okay? Du holst dir sonst garantiert eine Lungenentzündung.« Seine Stimme nimmt einen angenehmen warmen Schmelz an, während er die Worte an mich richtet. Dabei hält er mir seinen Pullover und die Jacke hin. Erst jetzt beginne ich langsam zu begreifen, was er vorhat. Zögerlich füge ich mich und beginne, mir die durchnässte Jacke auszuziehen. Währenddessen sitzt Aidan regungslos auf seinem Sitz dort drüben und beobachtet jede meiner Bewegungen. Ich muss mich direkt dazu überwinden, mich aus meiner Strickjacke und dem Shirt darunter zu schälen, so sehr quälen mich seine Blicke, doch ich folge brav. Dabei versuche ich, seine Augen, die nun unfreiwillig eine ganze Menge Haut und Kontur von mir zu sehen bekommen, zu ignorieren. Ich habe keine Ahnung wohin mit den nassen Sachen, also lasse ich sie einfach in den Fußraum vor mir fallen. Nur noch in ein dünnes Hemdchen mit Spaghettiträgern gekleidet, nehme ich seinen Pullover entgegen. Ehrfürchtig lasse ich den warmen Stoff durch meine Hände gleiten. Ganz engmaschig ist das Material gestrickt, das sich weich unter meinen Fingerkuppen anfühlt. Ob da Angora mit drin ist?

»Vielleicht … solltest du das Hemd auch lieber ausziehen, bevor du den überziehst. Das ist genauso patschnass wie der Rest deiner Klamotten.«

Ich bin im Begriff, mir den Pulli überzuziehen, als ich seine Worte höre, und halte in der Bewegung inne. Im Prinzip hat er mit allem recht, was er sagt. Das Hemd klebt unangenehm kalt an meiner Haut und jagt mir einen Schauer nach dem anderen über den Rücken.

Als könnte Aidan meine Gedanken erraten. Eine neue Zigarette zwischen die Lippen steckend, frotzelt er: »Mach dir keine Sorgen. Ich guck dir schon nichts weg.« Um mir zu zeigen, wie ernst er es meint, dreht er sich demonstrativ zu seinem Seitenfenster hin und lässt den Blick, genüsslich an seiner Zigarette ziehend, auf die Straße wandern. Ich packe also die Gelegenheit beim Schopfe und zerre mir auch noch das feuchte Hemd vom Leib, um dann sofort in den kuschelig weichen Pullover zu schlüpfen. Augenblicklich legt sich eine angenehme Wärme über meine Haut, die mich zum Lächeln bringt. Der Pullover fühlt sich so herrlich trocken und flauschig an. Meine Sinne nehmen den angenehmen Geruch wahr, der mich nun umgibt. Oh, der Pullover duftet so herrlich nach ihm. »Dann fahre ich dich jetzt mal nach Hause, was? Du solltest besser heiß duschen, bevor dein Vortanzen beginnt.« Er hält mir jetzt auch noch seinen warmen Wintermantel entgegen. Ungläubig schaue ich ihn an. Er drückt mir die Jacke in den Schoß. »Jetzt nimm schon. Die halbe Stunde werde ich schon aushalten im T-Shirt.« Voller Dankbarkeit schlüpfe ich umständlich auf meinem Sitz in den Wollmantel und muss feststellen, dass ich trotz nassem Hintern selten so mollig warm eingepackt gewesen bin. Die Arme vor der Brust verschränkt blicke ich starr nach draußen auf die Straße.

»Das Vortanzen fällt für mich aus«, offenbare ich. Es ist nicht nötig, Aidan anzusehen. Ich spüre auch so seinen Blick, der ungläubig auf mir ruht.

»Was? Wieso das denn? Kriegst du jetzt etwa wieder Schiss oder wie?«

Ich schüttele den Kopf. »Nein, das ist es nicht.«

»Was ist es dann?« Meine Lippen bleiben stumm. »Jetzt sag schon«, drängelt er, während er den Wagen wieder auf die Straße lenkt. »Das verstehe nämlich jetzt wer will. Ich nicht. Letztens noch hättest du dich beinahe für deine verfickten Tanzschuhe umbringen lassen, und heute sagst du, du gehst da nicht hin.« So gesehen kann man seine Verwirrung durchaus nachvollziehen. Verlegen ziehe ich meinen Rucksack zwischen meinen Beinen hervor und deute darauf.

»Meine Sachen«, beginne ich, »die sind total nass. Damit kann ich unmöglich vortanzen.« Aidan zuckt mit den Schultern.

»Ja und? Dann holst du eben schnell frische. Welche, die trocken sind.« Mein Kopf schüttelt sich ganz von alleine. Und auch das Prusten, das aus meiner Kehle dringt, ist nicht beabsichtigt. »Was?«, höre ich ihn wieder fragen. »Was habe ich denn jetzt Falsches gesagt?«

»Nichts! Gar nichts!«, reagiere ich aufgebracht. Verärgert stelle ich mal wieder fest, wie leicht es Aidan fällt, mich aus der Reserve zu locken und auf hundertachtzig schnellen zu lassen. »Aber … ich habe kein zweites Paar Schuhe.« Unsere Blicke treffen sich. Dies zu offenbaren fällt mir unglaublich schwer. Daher hoffe ich sehr, dass er mich jetzt nicht auslachen wird. Es ist mir unangenehm, wie dürftig das jetzt auf ihn wirken muss. Gerade ihn, der doch sicherlich alles bekommt, was er sich im Leben nur wünscht. »Und … mein zweites Trikot hängt noch nass auf der Wäscheleine unten im Keller«, setze ich meine Beichte über meine erbärmlichen Verhältnisse fort.

»Ooookaaaay«, kommt ihm ganz langsam über die Lippen. Und ich bin ihm so dankbar dafür, dass er tatsächlich versucht zu verstehen, was für mich jetzt das Problem ist. Wieder schaut er mir in die Augen. »Trockner?« Netter Gedankengang, doch eigentlich ist ihm auch ohne mein Kopfschütteln bereits klar, dass meine Familie so etwas nicht besitzt. Stumm lasse ich mich in den Sitz zurückfallen und atme tief durch. Auch Aidan hat begriffen, wie aussichtslos die Lage ist, und lenkt den Wagen wortlos weiter durch den Straßenverkehr. An der Kreuzung, an der er geradeaus fahren sollte, um mich nach Hause zu bringen, biegt er rechts ab.

»Hast du vergessen, wo ich wohne? Wir müssen gerade aus«, schießt es aus mir heraus. Aidan, von mir wenig beeindruckt, greift ohne mich zu fragen in die Innentasche seines Mantels, den ich am Leibe trage. Ehe ich darauf reagieren kann, hat er sein iPhone schon gezückt und wählt.

»Denkst du, das weiß ich nicht mehr?« Von seiner flapsigen Antwort eingeschnappt, presse ich die Lippen aufeinander. Für einen kurzen Augenblick schließe ich meine Lider. In diesem Moment bin ich meines Lebens so unendlich müde geworden. Meinetwegen könnte er jetzt auch direkt gegen den nächsten Laternenmast rasen. Es würde mir herzlich wenig ausmachen.

»Ja, hey. Ich bin's«, höre ich ihn in sein Telefon sprechen. »Sag mal, Gracia, wie lange brauchst du, um ein Tanztrikot und Ballettschuhe trocken zu bekommen?« Gespannt horche ich auf. Dabei blicke ich ihm von seinem Sitz aus skeptisch entgegen. Mittlerweile hat er seine Zigarette bis auf den Filter heruntergeraucht und drückt die Kippe achtlos in dem bereits hoffnungslos überfüllten Aschenbecher aus. »Das ist doch jetzt egal. Kriegst du das nun hin oder nicht?« Mit einem lauten Knall schlägt er die Klappe des Aschenbechers zu. Dabei fliegt eine ganze Menge aufgewühlter Asche durch die Luft. Ich rümpfe die Nase. Schließlich riecht die ganze Karre eh schon wie eine gottverdammte Tabakfabrik. Der Staub der kalten Asche wird diesen Zustand mit Sicherheit nicht angenehmer machen. »Alles klar. Dann bis gleich«, höre ich Aidan in meine Gedanken hineinsagen. Das Handy steckt er jetzt etwas umständlich in seine Hosentasche.

Über meinen gesamten vor Kälte geschundenen Körper legt sich eine bleierne Schwere, die mich tief in den Sitz hineindrückt. Mit angelehntem Kopf stelle ich fest, wie sehr ich ihm hilflos ausgeliefert bin, und gleichzeitig bin ich ihm unsagbar dankbar dafür, dass er mir mal wieder rettend zur Seite steht. Mittlerweile glaube ich selbst fest daran, dass ich alleine niemals zu Hause angekommen wäre. Meine Augen driften immer wieder ab. Es fällt ihnen schwer, sich auf einen Punkt zu fokussieren. Auf diese grausame Kälte, der ich bis gerade eben noch ausgesetzt war, folgt nun eine Trägheit, dessen Ausmaß mir vollkommen neu ist. Mir ist tatsächlich egal, wohin Aidan mich kutschiert. Ich bin kurz davor, leicht wegzudriften, als er mich erneut anspricht.

»Okay, Süße. Willst du mir jetzt nicht endlich sagen, was vorhin passiert ist? Ich kann mir nicht vorstellen, dass du freiwillig so herumläufst.« Für einen kurzen Moment wäge ich ab. Sein liebevoller Blick zieht mich in seinen Bann. Die Worte, die er so warmherzig an mich richtet, lassen mich wohlig erschauern. Doch mein Mund bleibt stumm. Unmöglich kann ich ihm von Tessas Aktion erzählen. Ich bin mir noch nicht einmal sicher, ob er es mir überhaupt glauben würde. Ich habe zwar keine Ahnung, ob die zwei ein festes Paar sind – ich sehe beide ständig auch mit anderen flirten, und vor allem Aidan lässt in dieser Hinsicht nichts anbrennen – doch immerhin scheinen sie recht dicke miteinander. Irgendwie komme ich mir wie ein Eindringling vor. Ich kann Tessas Eifersucht sogar nachvollziehen. Also senke ich den Blick und schüttele den Kopf.

»Es war nichts«, versuche ich ihm auszuweichen. »Nichts weiter als ein Unfall.« Ausgiebig werde ich von ihm gemustert. Schließlich kommt er zu einer Erkenntnis.

»Ich glaube dir kein Wort.«

Meine Schultern zucken leicht. Für den Augenblick ist es mir egal, was er glaubt und was nicht. Ich will eigentlich nur noch meine Ruhe. Weiter nichts.

Wenig später befinden wir uns mitten auf der Elbchaussee.

Unseren Weg säumen üppige Rhododendrenhecken. In regelmäßigen Abständen rauschen die imposanten Einfahrten zu den jeweiligen Anwesen an uns vorbei. Dann und wann kann ich rechts zwischen Büschen und hohen Bäumen einen Blick auf die Elbe erhaschen. Vor einem der großen Tore, die zu den imposanten Grundstücken gehören, wird der Wagen langsamer. Aidan setzt den Blinker und lenkt das Auto direkt vor dieses dunkle, schmiedeeiserne Tor, das verschlossen vor uns emporragt. Wieder zückt Aidan sein Telefon. Dieses Mal, um eine Tastenkombination einzutippen. Eine Sekunde später setzt sich das Tor summend in Bewegung und gibt den Weg frei. Mit großen Augen beobachte ich, wie wir die Einfahrt passieren und einen gepflasterten Weg zum Haus hinauffahren. Vielleicht hundert Meter weiter erstreckt sich vor uns eine herrschaftliche Villa. Rechts und links vom Haupthaus schließen sich einige Nebengebäude an.

Anstatt vor dem großen Haupteingang zu halten, steuert Aidan den Wagen jetzt direkt vor eine riesige Garage, die nahtlos in das Hauptgebäude übergeht. Wieder drückt er eine Kombination auf dem iPhone und auch dieses Tor setzt sich summend in Bewegung. Ich komme aus dem Staunen gar nicht mehr heraus, als der Ford Granada mit uns an Bord in die Garage fährt und zwischen einer glänzend schwarzen Limousine der A-Klasse und einem Sportwagen, dessen Marke ich nicht kenne, einparkt. Schnell zähle ich nach. Hier ist tatsächlich Platz für bis zu neun Autos. Neun! Mir wird klar, die Garage ist größer als unsere ganze Wohnung.

Mit zittrigen Knien tue ich es Aidan gleich und steige aus. Er umrundet den Wagen und steht mit den Händen in den Hosentaschen vor mir. Seine Arme ziert eine feine Gänsehaut, denn noch immer trägt er nur sein Shirt. Rasch greife ich nach meinen nassen Sachen und schließe die Wagentür.

»So, da wären wir.« Ohne weitere Umstände schiebt er mich vor sich her, indem er mir seine Hand in den Rücken legt. Mich schaudert. Wir gelangen an eine von zwei Türen. Aidan geht vor. »Ich denke, wir gehen besser hinten rein. Da laufen wir nicht meiner Mum in die Arme, sondern können deine Sachen direkt bei Gracia abgeben.« Ich nicke. Ich kann es nicht fassen, hier zu sein. Hier, in seinem Zuhause! Mir ist das Ganze so unsäglich unangenehm, dass ich dafür keine Worte finden mag. Wir haben bisher nicht ein einziges Wort über unseren Kuss gestern Nacht verloren und ich habe keine Ahnung, in welcher Art und Weise er überhaupt zu mir steht. Denn, sind wir doch mal ehrlich: Ohne diese ganzen Schlamassel, die uns letztendlich zusammengeführt haben, wüsste er doch bis heute nicht, dass es mich gibt und wie ich heiße.

Gemeinsam steigen wir eine Treppe ins Souterrain hinab. Geradewegs landen wir im Hauswirtschaftsbereich des Anwesens. Auch dieser alleine scheint größer zu sein als unsere gesamte Wohnung. Aber das ist keine Kunst.

Aidan blickt in ein paar Räume und ruft: »Hey, Gracia. Wir sind da.« Einige Türen weiter steckt eine leicht untersetzte Frau mittleren Alters mit gutmütigem Gesicht und haselnussbraunen Augen ihren Kopf durch den Türrahmen. Während sie mit einem Lächeln auf den Lippen auf uns zukommt, wischt sie sich die Hände an ihrer Schürze ab.

»Ihr seid aber schnell.« Ihr Blick huscht über mich und über den nassen Klumpen in meinen Armen. »Ach, herrje. Was ist dir denn passiert, Liebes? Sind das die Sachen?«, wendet sie sich direkt an mich. Scheu nicke ich und blicke dabei zu Aidan hinüber. Er lächelt und legt mir wieder seine Hand in den Rücken. Dabei schiebt er mich ein Stück vor sich und stellt mich vor.

»Genau. Das sind die Sachen. Gracia, das ist Lea. Sie hatte eine … einen … sagen wir, Unfall.« Gracia hält mir ihre Hand entgegen und ich nehme sie.

»Hallo, Lea. Freut mich.« Mit festem Druck schüttelt sie meine Hand. Ihre fühlt sich ganz warm, aber auch rau an. Vermutlich von der vielen Arbeit mit den Haushaltsreinigungsmitteln, mit denen sie tagtäglich zu tun haben wird. »Zu wann braucht ihr die Sachen wieder?« Energisch nimmt sie mir meinen nassen Klumpen ab. Fragend schaut Aidan mich an. Das ist wohl mein Stichwort.

»Ähm«, bringe ich hervor, »17 Uhr.« Ich muss mich räuspern. »Das Vortanzen ist um 17 Uhr. Bis dahin bräuchte ich sie wieder … bitte.« Noch nie habe ich mit einer Bediensteten gesprochen, und es ist mir fürchterlich unangenehm, sie jetzt mit meinen privaten Angelegenheiten zu belästigen. Am liebsten würde ich ihr die Sachen wieder abnehmen und still und heimlich durch die Hintertür nach Hause verschwinden. Doch Gracia schaut zuversichtlich und tätschelt noch kurz meine Schulter, als sie an uns vorbeihuscht und hinter einer der vielen Türen verschwindet.

»Aber das ist doch gar kein Problem, Schätzchen. Ich gebe euch Bescheid, wenn die Sachen fertig sind. Und, Aidan? Wegen der Hose: Patricia kann da bestimmt aushelfen. Und leg Leas Hose doch bitte auf die Treppe, sobald sie etwas Frisches bekommen hat.«

»Ist gut«, ruft Aidan ihr noch hinterher. Ich werfe einen schnellen Blick auf meine Armbanduhr. Das wird echt 'ne knappe Kiste. Schließlich muss ich mich auch noch umziehen und aufwärmen, bevor das Vortanzen losgehen kann.

Aidan drückt mir wieder seine Hand in den Rücken und drängt mich zu einer weiteren Treppe. »Okay. Dann komm mal mit.«

Bereits auf den ersten Treppenstufen überholt er mich und ich folge ihm zwei ganze Stockwerke hinauf. Bevor wir die Etage vom Treppenhaus aus betreten, streift sich Aidan seine Schuhe ab und lässt sie achtlos am Boden liegen. Stumm folge ich seinem Beispiel. Auf Socken durchqueren wir einen geräumigen, lichtdurchfluteten Flur, der mit weichem Teppich ausgelegt ist. Die Wände zieren moderne Gemälde, die alle aufs genaueste miteinander abgestimmt scheinen. Ich werfe den Kopf in den Nacken und erkenne, wo dieses alles durchflutende Licht herkommt. Große Deckenfenster gewähren einen Blick bis in den Himmel. Wieder passieren wir unfassbar viele Türen. Mich überkommt bereits die Befürchtung, dass ich mich niemals hier alleine zurechtfinden werde. Der Flur macht eine Biegung und führt rechts noch weiter entlang. Doch Aidan geht zielstrebig auf die Tür in der Ecke zu. Er drückt die Türklinke herunter und lässt mich als Erstes eintreten.

Mit angehaltenem Atem wage ich zwei Schritte in den Raum hinein. Dann bleibe ich stehen. Hinter mir höre ich, wie die Tür mit einem leisen Klacken wieder ins Schloss fällt und Aidan dicht hinter mich tritt. Mein Blut rauscht in den Adern. Ich befinde mich tatsächlich in seinem Zimmer. In. Aidans. Zimmer! Wortlos geht er an mir vorbei und durchquert den Raum. Meine Augen folgen ihm. Dabei nehme ich die große Sofaecke, die einladend in einen Winkel des Zimmers eingelassen ist, sowie das Kingsize-Bett, das rechts von mir mitten in den Raum hineinragt, wahr. An der Wand hinter dem riesigen Bett befindet sich eine üppig ausgestattete Schrankwand, die moderne Hochglanzfronten zieren. An elektronischer Bespaßung fehlt es in diesem Zimmer keineswegs, bemerke ich, als meine Augen über die vielen Geräte wandern. Mein Blick huscht weiter zu dem großen Schreibtisch, der direkt vor dem Fenster positioniert wurde. Mir fällt Aidans Vorliebe für Produkte mit einem gewissen Apfellogo auf. Aber das war eigentlich auch nicht anders zu erwarten.

Von diesem Zimmer gehen zwei weitere Türen ab. Durch eine von ihnen verschwindet Aidan jetzt wortlos. Unsicher trete ich von einem Bein auf das andere. Meine noch immer nassen Socken hinterlassen auf dem feinen Teppich kleine dunkle Abdrücke. Mit ein paar Handtüchern bestückt und mit einem neuen Pullover bekleidet, kommt Aidan wieder zum Vorschein. Er hält auf mich zu und drückt mir die Handtücher in die Arme. Dabei nickt er auf die gegenüberliegende Seite des Raumes.

»Wenn du willst, kannst du die Zeit nutzen und solange unter die heiße Dusche springen. Ich besorg dir ein paar trockene Sachen von meiner Schwester.« Ungestüm drehe ich mich um und schaue auf die weitere Tür. Hat der Kerl etwa ein eigenes Badezimmer? Doch eigentlich sollte mich so etwas schon lange nicht mehr wundern.

»Okay. Das ist vielleicht keine schlechte Idee. Dann tropfe ich wenigstens nicht weiter deinen Teppich voll.« Ich versuche es mit einem zwanglosen Grinsen. Doch meine Unsicherheit, die auf mir lastet, seit wir dieses Zimmer betreten haben, bekomme ich damit nicht weggegrinst. Selbst Aidan erscheint für seine Verhältnisse ungewöhnlich verlegen und verschränkt seine Arme vor der Brust, während ich mich jetzt langsam in Richtung Badezimmertür bewege.

Kapitel 12

Aidan

Ich lasse die aufgestaute Luft aus mir heraus, als die Badezimmertür hinter ihr zufliegt. Heilige Scheiße! Wenn mir vor zwei Stunden jemand erzählt hätte, die schüchterne Lea würde bei mir unter die Dusche springen, dem hätte ich ins Gesicht gelacht. Echt heftig, in was die mich mal wieder hineingezogen hat. Dass sie mir nicht erzählen will, was passiert ist, ist obernervig. Und das werde ich ihr so auch nicht durchgehen lassen. Schließlich habe ich ja wohl ein Anrecht darauf zu erfahren, welches Arschloch ihr das angetan hat. Ich spüre, wie ein komisches Gefühl meine Magengegend heraufkrabbelt und sich mittendrin festzusetzen versucht. Energisch schüttele ich mich einmal heftig. Wäre ja noch schöner, wenn dieses Mädchen ernsthafte Gefühle in mir wecken würde. Das wird niemals passieren! Wobei … der Kuss gestern Abend … Das muss ich schon zugeben. Der hat tatsächlich etwas in mir ausgelöst, was ich so noch nie gefühlt habe.

Bevor ich hier gleich noch zu sabbern anfange und mir kleine Herzchen aus den Augen fliegen, verschwinde ich lieber und überlasse sie meiner Dusche. Auf dem Weg zum Zimmer meiner Schwester muss ich mich stark zusammenreißen. Auf gar keinen Fall will ich mir jetzt vorstellen, wie sie nackt unter meiner Dusche steht und das heiße Wasser über ihre Haut perlt. Zum

Glück liegt das Zimmer von Pat nicht weit von meinem entfernt, und ich komme nicht weiter dazu, mir darüber Gedanken zu machen. Ist wohl auch besser so.

* * *

Wenig später stehe ich mit ein paar frischen Klamotten vor meiner eigenen Badezimmertür. Hinter der Tür höre ich das Wasser rauschen. Lautstark klopfe ich gegen die Tür. Zwei Sekunden später wird das Wasser abgedreht. Ich warte geduldig. Mich juckt es echt in den Fingern, einfach die Türklinke herunterzudrücken, um zu schauen, ob sie überhaupt abgeschlossen hat, doch selbst ich weiß, dass sich so was nicht gehört. Jedenfalls nicht bei schüchternen Mädchen mit wenig Selbstbewusstsein, die aber unbedingt Tänzerin werden wollen. Darüber muss ich tatsächlich grinsen. Sie ist schon ein echtes Unikat. Das muss man ihr lassen.

Die Tür wird einen Spalt weit geöffnet und Lea späht unsicher hindurch. Sie hat sich eines der Handtücher unter die Achseln geklemmt. Ihr Haar ist nass und auf ihrer nackten Schulter glitzern noch unzählige Wassertropfen, die bei jeder Bewegung langsam ihre Haut hinunterrinnen. Ich schlucke den Kloß in meiner Kehle energisch runter und drücke ihr die Klamotten durch den Türspalt in die Arme.

»Hier. Was zum Anziehen.« Ungeschickt fängt sie die Klamotten auf. Dabei verrutscht ihr Handtuch ganz leicht. Ist jetzt nicht wirklich spektakulär verrutscht, doch für ein Kribbeln in meiner Hose reicht es allemal. Das Spiel ihres Schlüsselbeines fasziniert mich mehr als erwartet.

»Danke«, haucht sie. Dann ist die Tür auch schon wieder verschlossen.

* * *

Als die Tür wieder aufgeht und Lea rauskommt, muss ich zweimal hinsehen. Ohne ihre üblichen Klamotten sieht sie tatsächlich richtig heiß aus. Ich meine, so richtig, richtig heiß! Ich stutze. Ähm. Hab ich das etwa gerade wirklich gedacht? Lea? Heiß? Ja! Ist sie. Verdammt! In dieser Hose da, da hat sie direkt einen Arsch. Nur das Sweatshirt von meiner Schwester Pat hat sie sich nicht übergezogen. Sie trägt lieber meinen Pullover, den ich ihr vorhin im Auto gegeben habe. Er ist mindestens zwei Nummern zu groß für sie. Irgendwie macht mich auch das gerade total an.

Sie kommt auf mich zu. Mit ihrer unsicheren Art macht sie meine ganze perfekte Abwehrhaltung zunichte, wenn das so weitergeht. Mir fällt gerade auf, dass ich keine Ahnung habe, was ein Mädchen wie Lea bei Laune halten könnte, bis ihre Klamotten trocken sind. Doch da mache ich mir vollkommen umsonst Sorgen. Nachdem sie das Shirt von Pat auf mein Sofa gelegt hat, wird sie von meinem Bücherregal angezogen. Okay. Bücherregal ist vielleicht zu hoch gegriffen. Da ist 'ne ganze Menge anderer Kram noch mit drin verstaut, aber es gibt auch ein paar Bücher. Bisher hat sich nur nie jemand dafür interessiert. Bisher waren sie im Regal quasi unsichtbar.

Ich folge ihr und ihren Blicken. Während sie ganz gemächlich die Bücherreihe studiert, lehne ich mich gegen meinen Schreibtisch, der direkt neben dem Regal steht, und schaue ihr dabei zu. Faszinierend. Sie liest sich tatsächlich den Bestand meiner Bücher durch. Buchrücken um Buchrücken wird von ihr in Augenschein genommen. Über einige der Bücher fährt sie mit ihrem Zeigefinger, während sie die Reihe langsam immer weiter fortschreitet. Ich beiße mir auf die Lippen. Sie kommt meiner absoluten – aber auch absolut geheimen – Lieblingslektüre immer näher. Ich glaube fest, niemand weiß, dass ich dieses Buch tatsächlich besitze. Es ist ja auch so winzig und unscheinbar … und niemand interessiert sich für so etwas in unserem Alter. Aber Lea ist eben der perfekte Nerd, genau so, wie ich sie eingeschätzt habe. Sie bleibt vor diesem Buch stehen und ihre Augen verraten mir, dass sie dieses Werk hier nicht erwartet hätte. Ihr ist deutlich anzusehen, was für eine Sensation dieser Fund für sie ist.

Ich erwidere ihr strahlendes Lächeln und gebe mich geschlagen. »Ich weiß, was du jetzt denkst«, versuche ich mich zu rechtfertigen.

»Was denke ich denn?« Ihr Lächeln wirkt so herrlich verschmitzt. Man könnte sich beinahe in diese strahlenden Augen verlieben.

»Nun …«, ich fahre mir mit meiner Rechten über den Nacken, während ich überlege, was ich sagen könnte.

»Hast du es denn auch gelesen, oder steht es nur hier, um hübsch auszusehen?«

»Nur Deko. Ich schwör's dir!«, gehe ich auf ihre Anspielung ein. Ihre Augen fixieren mich. Sie studiert mich geradezu. Ihre Finger greifen nach dem Buch. Mit einer geschickten Handbewegung lässt sie es in ihre Hände gleiten. Dann blättert sie darin. Gedankenversunken überfliegt sie die ersten Seiten. Verstohlen schaue ich über Kopf ebenfalls ins Buch hinein. Sie widmet sich den von mir unterstrichenen Zeilen und den Randnotizen, die ich ganz leicht mit Bleistift hineingekritzelt habe.

»Ich mag die Bemerkungen am Rand. Hast du sie dir schon einmal genauer angesehen?« Wieder dieser Röntgenblick, mit dem sie mich ansieht. Aber ich bleibe in meiner Rolle und lasse mir nichts anmerken.

»Da sind Bemerkungen drin?«, schaue ich bewusst überrascht und nehme ihr das Buch aus der Hand, um mir die Notizen nun selbst etwas genauer anzusehen.

Sie muss lachen und knufft mir kurz mit ihrer Faust auf den Oberarm. »Jetzt tu doch nicht so begriffsstutzig. Ich glaub dir kein Wort.«

Uns beiden wird mit einem Mal klar, wie nah wir uns gerade sind. Ich bin mir sicher, sie weiß genau, dass das mein Buch ist und dass die Notizen von mir stammen. Überraschenderweise stört es mich überhaupt nicht. Bei jedem anderen auf der Welt hätte ich alles – aber wirklich alles – bis zum Schluss abgestritten. »Wer auch immer diese Notizen hineingekritzelt hat, hat verstanden, worum es in der Geschichte geht«, setzt sie noch einen oben drauf. Während sie die Worte ausspricht, hängen ihre Augen an meinem Mund. Ihr Augenaufschlag bringt mein Blut zum Kochen. Niemals hätte ich für möglich gehalten, dass mich ein einziger Blick so sehr anmachen könnte. Ich stehe wirklich nicht auf Frauen, die verkrampft durch die Welt stolpern und sich bei jeder sich bietenden Gelegenheit in der Opferrolle wiederfinden, doch irgendetwas hat Lea an sich, das mich wirklich rasend macht. Wenn die mich anschaut, kann ich kaum noch klar denken. Gefällt mir das? Nein! Kann ich was dagegen machen? Nein!

Scheiße aber auch! Ich lasse das Buch neben mich auf den Schreibtisch fallen. Im gleichen Atemzug schnappe ich sie an den Oberarmen und ziehe sie ganz dicht an mich heran. Direkt zwischen meine Beine. Ihr Körper schmiegt sich an meinen. Ich höre, wie sie aufatmet. Ich greife ihre Hände und lege sie mir um die Hüfte. Ihre Fingerspitzen krallen sich ganz leicht in meinen Pullover. Mit beiden Händen nehme ich ihr Gesicht und küsse sie einfach. Jetzt sofort und auf der Stelle. Ohne Vorankündigung. So bin ich halt.

Vollkommen überrascht verkrampft sich alles an ihr. Doch ich weiß, sie will es genauso sehr wie ich. Eine meiner Hände wandert wie von selbst an ihrer Seite hinab. Meine Berührungen bringen ihren Körper zum Schaudern. Oh Mann! Das macht mich richtig scharf. Sie schaut mir in die Augen. Sucht meinen Blick. Ihre braunen Augen sind so irrsinnig tief. Ich könnt mich glatt in ihnen verlieren. Meine Hand greift ihren Arsch und presst sie noch näher an mich heran. Dicht an ihrem Hals atme ich ein. Sie riecht so verdammt gut. Schön, mal jemanden im Arm zu halten, der nicht wie ’ne verfickte Drogerie stinkt. Lea duftet einfach nur nach Lea. Und – bei Gott – das ist so sexy!

Ihre Haare kitzeln meinen Nacken, als sie ihr Gesicht an meine Schulter schmiegt. Meine Finger fahren unter ihren Pullover und treffen auf nackte Haut. Einige ihrer Fingernägel kratzen leicht über meinen Nacken, als ich mit meinen Fingern ihre Taille entlangfahre.

Dann geht alles ganz schnell. Ich fühle ihre Hände in meinem Nacken, die mich fest an sie drücken. Erneut greife ich ihr Gesicht und küsse sie. Unsere Zungen spielen miteinander. Ihr Atem auf meinem Gesicht geht stoßweise. Den Pulli und das Shirt über den Kopf zu ziehen dauert bei mir nicht lang. Wie sie mit ihren Händen die Haut meines Bauches entlangfährt setzt meinen Körper unter Strom. Da bekomme sogar ich Atemaussetzer. Die aufkommende Gier in ihrem Blick lässt meine Sicherung vollends durchbrennen. Mit einem Griff ziehe ich ihr den Pulli vom Körper, presse sie an mich und packe mit beiden Händen fest zu. Im nächsten Moment hebe ich sie hoch und trage sie rüber zum Bett. Ihre Arme umfassen meinen Nacken. Unser Atem trifft aufeinander.

Beim Bett angekommen werfe ich sie rücklings in die Kissen hinein. Ich lehne mich über sie und greife ihre Handgelenke, die rechts und links von ihrem Kopf liegen. Mit einem meiner Knie schiebe ich ihre Beine leicht auseinander und beuge mich mit meinem ganzen Gewicht über sie. Jeden Zentimeter ihres Körpers kann ich so jetzt spüren. Wie festgenagelt liegt sie unter mir. Ihr Brustkorb hebt und senkt sich deutlich. Ich lasse eine ihrer Hände los. Und während wir beide uns in die Augen schauen, lasse ich meine Hand an ihrem Hals entlangwandern. Ich streiche ganz langsam über ihre Schulter, ihre Seite entlang, bis hinab zu ihrer Hüfte. Ihre Atmung setzt aus, als ich meine Hand weiter über ihren Oberschenkel wandern lasse. Erst streiche ich außen entlang, dann innen. Je näher ich ihrer Mitte komme, desto aufgewühlter wird sie. Ich fahre mit meinen Fingerspitzen über ihren Bauchnabel weiter hinauf, ihre Brust entlang, wieder hoch zum Hals. Fasse ihr Kinn und küsse sie erneut. Alleine diese kleine Berg- und Talfahrt hat mich so unglaublich scharf gemacht, dass ich nicht anders kann, als meine Hand wieder hinabfahren zu lassen, um im nächsten Augenblick auch schon ihre Jeans zu öffnen. Der Knopf floppt aus seinem Knopfloch heraus und dann legt sich ihre Hand energisch um mein Handgelenk und hindert mich daran, in ihre Hose zu schlüpfen.

»Aidan, du hattest recht«, haucht sie atemlos an meinem Hals. Ich glaube, ich schaue gerade sehr dumm aus der Wäsche.

»Hmpf?«

»Das mit dem Kuss. Gestern!«

Ich brauche eine Weile, bis mein Blut wieder in meinem Hirn angekommen ist. Doch dann begreife ich. Während ich das tue, spüre ich ihre krampfenden, zittrigen Hände an meinem Hals und meinem Handgelenk.

»Krass«, ist dann aber auch erst mal alles, was ich rausbekomme. Ich halte inne. Schaue sie an. Ich will sie jetzt nicht vor den Kopf stoßen. Trotzdem kann ich mir ein Grinsen nicht verkneifen. Es ist aber wirklich kein bösartiges Grinsen, sondern vielmehr ein ungläubiges Grinsen. Ja, so lässt es sich wohl am besten beschreiben. »Ich meine«, versuche ich die Situation zu retten. Mein Körper ist noch immer ganz scharf auf sie, und es fällt mir nicht schwer, mich wieder an sie zu schmiegen und ihr mit meiner Hand über den Nacken zu fahren. Meine Augen wandern über ihren Körper. »Ja, Scheiße, Mann! Das ist echt krass!« Ich versuche in ihren Augen zu erkennen, was das jetzt bedeutet. Will sie, dass ich weitermache? Soll ich aufhören? Was soll ich jetzt sagen? Mit ihren Ellenbogen stützt sie sich auf meinem Bett ab.

»Okay. Ich hätt's für mich behalten sollen.«

»Nein, nein«, versuche ich sie zu beruhigen. Jetzt hat sie es doch tatsächlich geschafft, dass ich in meinem eigenen Bett nervös werde. »Fuck, so meine ich das doch gar nicht. Das kommt jetzt nur so plötzlich. Ich meine … geahnt hab ich es ja, irgendwie.« Sie lässt sich in die Kissen zurückfallen und schaut an die

Decke. Dann vergräbt sie ihr Gesicht in den Händen. Oookaaay. Also wenn sie jetzt zu heulen beginnt, bin ich weg. Auf so was kann ich gar nicht drauf.

Es klopft. Augenblicklich nimmt sie die Hände vom Gesicht, richtet sich auf und – so schnell kann ich gar nicht schauen – schon ist sie aus den Kissen heraus und wirft sich wieder meinen Pulli über.

»Ja«, rufe ich Richtung Tür. Meine Augen kleben noch für einen weiteren Augenblick an Lea. Ich werde nicht schlau aus ihr. Gracia kommt herein und bringt Lea ihre Sachen.

Die Stimmung ist natürlich komplett im Arsch und für Lea scheint es auch keinen Grund mehr zu geben, hierbleiben zu wollen. Also besetzt sie erneut mein Badezimmer und zieht sich um. Das hätte sie zwar auch vor mir machen können – schließlich haben wir vor fünf Sekunden noch halb nackt wild auf meinem Bett geknutscht – aber was soll's.

Kapitel 13

Lea

Aidan besteht darauf, mich zum Vortanzen zu fahren. Ehrlich gesagt weiß ich nicht so recht, was ich davon halten soll. Auf der einen Seite bin ich ganz froh, dass ich nicht komplett abgehetzt dort ankommen werde, doch andererseits wäre ich jetzt gerne alleine mit meinem Gefühlschaos.

Während ich neben ihm im Ford sitze und stumm aus dem Fenster blicke, versuche ich meine Welt neu zu ordnen. Ich muss in mich hineingrinsen bei dem Gedanken daran, dass ich vor einer halben Stunde mit ihm in seinem Zimmer geknutscht habe. Ich! Mit Aidan! In seinem Zimmer! Würde ich Kiki davon erzählen, würde sie mir kein Wort davon glauben.

»Du bist so still«, reißt er mich aus meinen Gedanken. Unsere Blicke treffen sich. Verlegen schaue ich gleich wieder weg.

»Ich bin nur aufgeregt«, versuche ich mich herauszureden. »Wegen dem Vortanzen gleich.«

»Aha.« Bis zur nächsten roten Ampel schafft er es, seine Gedanken für sich zu behalten, doch dann platzt es aus ihm heraus. »Und das hat nicht zufällig etwas damit zu tun, dass wir beide es eben fast miteinander getrieben hätten und du so ganz nebenbei deine Unschuld verloren hättest?« In Sekundenschnelle steigt mir die Schamesröte ins Gesicht.

»Ich«, beginne ich, aber die Stimme versagt mir. »Also«, versuche ich es erneut. Wieder öffne ich den Mund, um etwas zu sagen, doch ich weiß beim besten Willen nicht, was ich darauf antworten soll. Dass Aidans freie Hand mir dann im nächsten Augenblick während der Fahrt so mir nichts, dir nichts über die Wange streicht und meinem Herzen einen Hüpfer versetzt, ist zusätzlich wenig hilfreich. Die zarte Berührung seiner Finger lässt meine Haut glühen.

»Sorry, Süße. Ich mach nur Spaß.« Der Wagen biegt in eine Nebenstraße. Hat er mich gerade schon wieder »Süße« genannt? Wer weiß, wie viele Mädels vor mir er bereits so genannt hat?

»Hat dir schon mal jemand gesagt, dass du unmöglich bist?«, versuche ich diese für mich schreckliche Situation zu überspielen.

»Ständig, Süße«, gibt er zurück. Leider muss ich selbst schmunzeln. Seine Antwort war wirklich schlagfertig.

»Na, dann ist ja gut«, sage ich nur. »Mir fallen da noch ein paar weitere Dinge ein, die du bist. Und nenn mich nicht *Süße.*«

Fordernd schaut er mich an. Ich beiße mir auf die Unterlippe. Eine Sekunde lang habe ich das Gefühl, Aidan verliert die Kontrolle über sich. Seine Augen verweilen hungrig auf meinem Mund. Als er auf die Straße vor sich blickt, fängt er sich wieder.

»Was bin ich denn alles?«

Wir sind mittlerweile vor meiner Tanzschule angekommen und Aidan versucht den großen Ford in eine – wie ich finde – recht kleine Parklücke zu quetschen. Ich seufze tief auf. Ich bin innerlich immer noch dabei, eine passende Antwort auf seine Frage zu formulieren, als Aidan den Motor verstummen lässt und mich im nächsten Atemzug näher an sich heranzieht. Entschlossen sieht er mir direkt ins Gesicht. Das tiefe Graublau mit den hellen Punkten in der Iris, das mich in seinen Augen erwartet, weiß meinen gesamten Körper abermals in warmes Kribbeln zu versetzen, und eine ganze Wagenladung an Schauern jagt mir den Rücken entlang.

»Nun sag schon was. Rede mit mir«, beginnt er das Gespräch erneut.

»Was soll ich denn sagen?«

»Vielleicht … wann wir uns wiedersehen? Das wäre ein Anfang.«

Unentschlossen zucke ich mit den Schultern. Nervös fahre ich mir mit der Zunge über die Lippen. Von dem kalten Wetter spannen sie leicht. Aidan bemerkt diese kleine Geste und seine Augen verweilen wieder für einen Moment auf meinem Mund. Irgendwie werde ich das Gefühl nicht los, er würde mich gerne wieder küssen.

»Nun sag schon«, fordert er mich auf.

»Hm?«

Er schmunzelt in sich hinein. »Was bin ich denn noch alles? Ich will's wissen.« Eindringlich durchbohrt er mich mit einem Killerblick, der mir tief in die Glieder fährt.

»Ganz einfach«, beginne ich zaghaft, »Du bist grob, dreist, vorlaut, frech, unfreundlich …«

Er unterbricht mich und führt meine Aufzählung mit seinen eigenen Worten fort: »… unmöglich, egoistisch, eingebildet, gut aussehend.« Der Klang seiner warmen rauchigen Stimme, die nun an mein Ohr dringt, verschlägt mir den Atem. Er kommt mir jetzt unfassbar nah, während er weiterspricht. »Und du findest mich ungeheuer sexy. Und dass ich das jetzt so sage, lässt mich derbe selbstverliebt dastehen.« Seine Fingerkuppe fährt mir über die Schläfe, streicht eine Strähne meines Haares aus meinem Gesicht. Er hält mich mit seinem Blick gefangen. »Aber ich stehe dazu«, fährt er fort, »weil ich weiß, dass alles ganz genau so stimmt. Du findest mich unglaublich anziehend. Ich weiß das. Und du weißt das auch. Du kannst es nur einfach nicht zugeben.«

Verächtlich schnaube ich. »Ach ja? Und was ist mit dir? Ich habe keine Ahnung, woran ich bei dir bin. Außerdem findest du mich offensichtlich genauso anziehend.«

Aidan bleibt ganz ruhig und gelassen. Bei ihm wirkt es so, als würde er jeden Tag solche Gespräche führen.

»Das will ich auch schwer hoffen, dass ich nicht so leicht zu knacken bin.« Ein süffisantes Grinsen umspielt seine Mundwinkel.

Ganz leise schnaube ich auf und lasse meinen Blick hilflos nach draußen wandern. Innerlich spüre ich, wie mein Nervenkostüm zittert.

Überraschend gefühlvoll versucht Aidan erneut, meinen Kopf in seine Richtung zu drehen. Ein Blick in sein Gesicht und ich bin ganz berauscht von der Schönheit dieses Kerls. Seine aschblonden Haare fallen ihm leicht in die Stirn. Das markante Kinn scheint nun angespannt. Ich möchte sie küssen, seine vollen Lippen, die versuchen, sich zu einigen Worten zu formen.

»Was machst du nur mit mir?«, flüstern sie mir zu. Spätestens ab diesem Moment bin ich ihm hoffnungslos verfallen. Seine Daumenkuppe streicht mir sanft übers Ohr. Seine Hand greift in mein Haar. In Momenten wie diesem habe ich das Gefühl, den echten Aidan vor mir zu haben. Anstatt mich zu küssen, wie ich es mir insgeheim sehnlichst wünsche, lässt er mich aber wieder los und zieht sich auf seinen Sitz zurück.

»Komm, ich bring dich rein.« Verdattert nicke ich. Wir steigen aus.

Während wir gemeinsam zum Gebäude gehen, merke ich, wie mir mit jedem Schritt die Knie weicher werden. Ich bleibe an dem kleinen Treppenansatz stehen, der mich meinem Vortanzen näherbringen wird, und werde noch nervöser, als ich ohnehin schon bin.

»Was ist?«, fragt Aidan. Ich fasse mir ein Herz und sage ihm, was mich bedrückt.

»Ich denke … ab jetzt schaffe ich es alleine.« Insgeheim lege ich mir bereits ein paar Argumente zurecht, denn ich wette darauf, dass Aidan sich nicht so leicht abschütteln lässt. Es überrascht mich sehr, wie er die paar Stufen, die er bereits hinaufgegangen ist, wieder herunterkommt und nickt.

»Ist okay. Ist schließlich dein Ding.«

Dankbar drücke ich kurz seinen Arm.

»Ach, äh«, wirft er noch ein, bevor ich mich auf den Weg zum Eingang mache, »dein Fahrrad.« Er zeigt auf sein Auto. »Das ist noch im Kofferraum. Soll ich dich später vielleicht abholen, oder lieber …«

»Kannst du es zu den anderen stellen? Ich habe keine Ahnung, wie lange das hier dauern wird. Es hat also keinen Sinn, auf mich zu warten.«

Er nickt stumm, dreht sich um und geht. Er blickt sich noch nicht einmal mehr zu mir um, sondern geht einfach zum Auto zurück, als ob ihn das alles überhaupt nicht interessieren würde. Wie er von jetzt auf gleich so fix umschalten kann, ist mir ein echtes Rätsel, denke ich, bevor ich mich endlich dazu durchringen kann, diese verdammten drei Treppenstufen hinter mich zu bringen.

* * *

Kaum bin ich drinnen, sehe ich schon Leon wild mit den Armen fuchteln. Zielstrebig halte ich auf meinen Tanzpartner zu.

»Na, endlich! Ich hatte schon Angst, du kneifst wieder. So wie letztes Mal.« Leon wirkt erleichtert, jetzt da ich endlich da bin. Schnell gehe ich zu ihm und streife mir Pulli und Hose ab. Darunter trage ich bereits meine Tanzklamotten. Ich setze mich auf den Stuhl neben ihn, hole meine Tanzschuhe heraus und ziehe sie mir rasch über. Kaum zu glauben, dass die Sachen bis vor Kurzem noch vor Nässe trieften.

»Ein Fortschritt, oder?« Meine Stimme hört sich genauso gequält an, wie ich mich fühle. Beim vorletzten Mal hab ich es so versaut, dass ich mich letztes Mal nicht auf die Bühne getraut habe. Doch heute will ich es durchziehen. Wirklich!

Mitfühlend drückt mir Leon die Schulter. »Nur Mut. Wir haben fleißig dran gearbeitet, oder etwa nicht? Heute ist dein Tag.«

So gut ich kann, versuche ich mir meine aufkommende Beklemmung nicht anmerken zu lassen, und schenke Leon ein Lächeln. Während ich mir die Ballettschuhe schnüre, gefrieren meine Mundwinkel und die gewohnte Anspannung kehrt in meinen Körper zurück. Gleich wird sich zeigen, ob heute mein Tag ist.

Eine untersetzte Frau mittleren Alters lugt aus der Menschenmenge hervor und ruft Leons und meinen Namen für die nächste Gruppe mit auf.

»Komm, wir sind schon die Nächsten.« Leon nimmt fest meine Hand und führt mich hinter sich her. In diesem Augenblick wünscht sich irgendetwas tief in mir drin, ich hätte Aidan nicht fortgeschickt.

Aidan

Ja, ich weiß, ich hätte es jetzt gut sein lassen sollen. Ich weiß auch, dass ich mich hier möglicherweise in etwas verrenne. Ehrlich gesagt nerve ich mich gerade selbst total. Ich hocke hier vor der Tanzschule, in der Lea vor mehr als drei Stunden verschwunden ist, und qualme eine Zigarette nach der anderen. Die Luft ist schon ganz vernebelt in der alten Karre. Mittlerweile beißt der Rauch sogar mir in den Augen, und das will was heißen.

Eigentlich habe ich schon die Hoffnung aufgegeben, Lea da rauskommen zu sehen, als sie wild die Tür auffliegen lässt und die paar Stufen zum Fußgängerweg hinunterstürmt. Hinter ihr rauscht ein junger Mann her, der auf sie einzureden scheint. Ich stecke mir die Kippe in den Mundwinkel, stelle den Kragen meines Mantels auf und steige aus. Meine Wagentür fällt ins Schloss, als Lea an mir und meinem Ford Granada vorbeirauscht und auf ihr Fahrrad zuhält, das ich vor drei Stunden zu den anderen Rädern gestellt habe. Hektisch zerrt sie daran. Es hat sich mit einem der anderen Räder verkeilt.

»Es hat doch keinen Sinn, so auszurasten«, höre ich den Kerl auf sie einreden. »Jetzt komm. Lass das Fahrrad stehen und lass uns drinnen in Ruhe nachdenken, wie du beim nächsten Mal noch mehr Ruhe reinbringen kannst.«

»Es wird kein nächstes Mal geben«, gibt Lea überraschend bissig von sich. So kenn ich sie ja gar nicht.

»Ach, herrje! Jetzt kommt die Leier wieder.« Der komische Typ in einer für meinen Geschmack viel zu engen Hose dreht sich einmal um die eigene Achse und reißt die Arme in die Luft. »Lea, jetzt komm mal wieder zu dir. Das machen wir doch jedes Mal durch.« Lea zerrt immer noch an ihrem Rad.

»Du sagst es. Jedes verfickte, einzelne Mal habe ich es nicht gebacken bekommen. Weißt du was? Ich scheiß drauf! Ich schmeiß hin!«

Wortlos trete ich von hinten an sie heran und packe sie an den Schultern. Dann schiebe ich sie etwas zur Seite und schaue selbst, was das Problem mit den Fahrrädern ist.

»Ja, du hast recht. Wir – kennst du den Typen?«

Aus dem Augenwinkel bekomme ich mit, wie die enge Hose mit dem Finger auf mich zeigt. Ich nicke ihm stumm zu und knote die Räder weiter auseinander. Lea dreht sich kurz zu mir um.

»Was? Wie? Ah, ja. Wir kennen uns.« Das scheint der Hose fürs Erste zu genügen. Er setzt seine Ansprache fort.

»Es ist heute vielleicht nicht ganz zu hundert Prozent so gelaufen, wie wir uns das gedacht haben … Ja. Doch, Lea: Gib jetzt nicht auf. Du bist so kurz davor. Nächste Woche …«

»Du sagst es«, fährt meine aufbrausende Lea ihm über den Mund. Ich bin direkt stolz auf ihr ungeahntes Temperament. »Nächste Woche schon! Niemals schaffe ich es in der kurzen Zeit, mich so weit unter Kontrolle zu bringen, um alleine vorzutanzen. Nicht nach dem, was heute passiert ist. Das ist zu wenig Zeit. Heute warst ja wenigstens du noch an meiner Seite. Also noch mal. Vergiss es!«

Mittlerweile habe ich das Rad befreit. Entschlossen greift Lea danach und schwingt sich drauf, ohne mich eines Blickes zu würdigen. Hätte ich den Lenker nicht fest gepackt, wäre sie ohne jedes weitere Wort davongeradelt. Erst jetzt scheint sie wirklich zu registrieren, dass ich überhaupt da bin. Ihre Augen mustern mich und automatisch nimmt wieder diese unwiderstehliche zurückhaltende Art von ihr Besitz, die mich zeitweise so extrem anmacht. Der andere scheint die veränderte Stimmung ebenfalls wahrzunehmen. So wie er ausschaut, scheint ihm das aber überhaupt nicht zu gefallen.

»Sag mal, wer bist du überhaupt?«, werde ich auch direkt von der Seite angeschnauzt. Leas Wangen glühen noch immer ganz hitzig vor Aufregung. Nur langsam beruhigt sich ihre Atmung unter meinem Blick wieder. Ich lasse die Flachpfeife einfach sabbeln und kümmere mich lieber um Lea.

»Hey, fahr mal runter, Süße«, rede ich ganz ruhig auf sie ein.

»Ich bin unten. Und nenn mich nicht immer *Süße*«, bekomme ich zur Antwort.

»Was mischst du dich denn da jetzt ein?« An Lea gewandt wird die Stimme des anderen immer schriller. »Lea! Was will der hier von dir?«

»Lass gut sein, Leon. Das ist Aidan.« Ich lege Lea den Arm um die Schulter und halte dem Typen, der anscheinend Leon heißt, meine andere Hand entgegen.

»Genau, Leon. Lass gut sein.« Erst schaut er meine Hand vor sich an. Dann wandert sein Blick weiter zu meinem Arm um Leas Schulter, der – zugegeben – recht besitzergreifend platziert ist.

»Kannst du mir das bitte erklären?«, wendet sich Leon wieder Lea zu. Nachdem er meine Hand nicht schütteln will, greife ich wieder zum Fahrradlenker. Ich grinse in mich hinein. Lea & Leon. Das kann man sich nicht ausdenken! Doch Lea reißt mich sogleich wieder aus meinen Gedanken, indem sie meinen Arm von ihrer Schulter schubst.

»Jetzt lasst mich beide in Ruhe!« Dann wendet sie sich an mich, mit dem Rücken zu Leon. »Ich will jetzt niemanden sehen. Auch dich nicht. Also: Lass sofort das Fahrrad los!« Es sind ungewohnte Zischlaute, die sie von sich gibt, und die mich dazu veranlassen, ihr Rad jetzt tatsächlich loszulassen. Keinesfalls möchte ich mich mit einer wildgewordenen Katze anlegen, die erst mal dringend Auslauf braucht.

Mit einem Schritt zur Seite mache ich den Weg für sie frei. Wie erwartet tritt sie wie eine Verrückte in die Pedale und fliegt davon. Ich verziehe den Mund. Alleine bei ihrem Anblick friert mir der Arsch ab. Das Mädel hat mal wieder ihre viel zu dünne Jacke und abgetragene Sneakers an. Die Hände versucht sie mit den Ärmeln ihrer Jacke zu schützen. Ich sollte ihr bei Gelegenheit mal Handschuhe besorgen, geht mir durch den Kopf.

Da knufft mich etwas an der Schulter. »He, was sollte das gerade eben zwischen dir und Lea?« Ich muss mich arg zusammenreißen, dass meine Faust nicht sofort in sein Gesicht schnellt. Diese Arschgeige geht mir nämlich ganz gewaltig auf den Keks.

»Geht dich nichts an«, ist alles was er von mir zu hören bekommt, während ich Lea noch immer hinterherschaue. Ich will keinen Ärger. Meine Beine bewegen sich bereits Richtung Auto, als sich der Typ mit seiner engen Hose – ich kann gar nicht wegsehen – in mein Gesichtsfeld schiebt und mir den Weg versperrt.

»Was du mit Lea hast, geht mich sehr wohl was an.« Genervt vergrabe ich meine Hände in den Taschen meines Mantels und versuche wirklich, entspannt zu bleiben. Für Lea. Schließlich scheint ihr der Typ ja irgendwas zu bedeuten – was auch immer das sein mag.

»Wenn du was wissen willst, dann frag sie selbst.« Mit Argusaugen mustert er mich von oben bis unten. Normalerweise würde jeder andere Typ, der mich so abfällig anschaut, schon längst am Boden liegen. Das nur mal so am Rande bemerkt.

»Ich gebe dir einen guten Rat«, droht er mir jetzt. »Lass Lea in

Ruhe. Die hat im Moment schon genug Ärger am Hals.« Meine Beine machen einen Schritt auf die Strumpfhose zu. Da kann ich gar nichts gegen machen. Ich grinse ihm fett ins Gesicht. Fast tut er mir ja leid.

»Sorry, Alter. Aber sieh es ein: Sie steht nicht auf dich.« Dass ich den Schlag nicht habe kommen sehen, habe ich mir selbst zuzuschreiben. Aber mal ehrlich: So einem Scheißer in Strumpfhosen traue ich normalerweise auch nicht zu, dass er seine Faust in meinem Kinn versenkt. Mir juckt es so dermaßen unter den Fingernägeln. Am liebsten hätte ich mich auf ihn gestürzt. Doch der Gedanke an Lea und was sie davon halten würde, wenn ich ihren Tanzpartner krankenhausreif prügle, lässt mich die Demütigung des Schlages leichter ertragen als gedacht. Meine Fäuste bleiben also unter Kontrolle. In meinem Mundwinkel brennt es. Meine Finger fahren an meiner Lippe lang und fühlen dort eine kleine Platzwunde. Sofort legt sich der Geschmack nach Kupfer auf meine Zunge.

»Hervorragend«, sage ich, mehr zu mir als zu dem Penner. Ich lasse Leon einfach stehen und gehe zu meinem Wagen. Soll er meinetwegen den Sieg davontragen. Wenn ich das richtig einschätze, dann habe ich sowieso weit mehr gewonnen als diese armselige Prügelei hier.

* * *

Zu Hause angekommen gehe ich zuerst zum Kühlschrank und hole mir was zu trinken. Ich schaue in eine der vielen Plastikdosen und finde ein paar passable Sandwiches, die ich mir direkt im Stehen in die Figur drücke.

Meine Schwester Pat kommt um die Ecke. »Auch schon da?«

»Wieso?«, frage ich mit vollem Mund. »Hast du mich etwa vermisst?« Ich setze die Milchpackung erneut an und nehme einen großen Schluck zum Nachspülen.

»Ich nicht. Aber oben in deinem Zimmer wartet jemand ganz

sehnsüchtig auf dich.« Ihr verheißungsvoller Blick lässt mir das Blut in den Adern gefrieren.

»Wer?«, muss ich jetzt wissen.

Gekonnt spielt sie die Überraschte. »Sag bloß. Gibt es da etwa mehr als eine, die dafür in Frage kommt?«

»Wer? Nun sag schon«, werde ich langsam ungeduldig. Pat schnappt sich ihre Cosmo, die sie vorhin vermutlich hier unten vergessen hat, und schlendert wieder zur Treppe.

»Na, wer wohl? Tessa natürlich.«

Mehr brauche ich nicht zu hören. Ich lasse alles stehen und liegen und laufe an meiner Schwester vorbei, die Treppe entlang, Richtung Garage.

»Sag ihr, ich hätte angerufen. Ich komme heute nicht nach Hause. Schlafe bei 'nem Kumpel oder so. Denk dir was aus.«

»So, so. Du Spaßvogel. Und bei welchem Kumpel pennst du, falls sie fragt?« Doch antworten kann ich ihr nicht mehr, weil ich im nächsten Moment schon im Auto sitze, das Garagentor hochfährt und ich zusehe, dass ich so schnell wie möglich vom Hof komme. Mich überzieht eine Gänsehaut. Genau hier … Jetzt … Gerade eben … In diesem Moment ist mir etwas klargeworden.

Kapitel 14

Lea

Mit kalten, klammen Füßen versuche ich die Decke noch enger um mich herum festzustecken. Dank Mamas Wolldecke, die ich vorhin heimlich vom Sofa gemopst habe, werden sie hoffentlich bald nicht mehr so eisig sein. Seit geraumer Zeit versuche ich in den Schlaf zu finden. Mittlerweile ärgere ich mich irrsinnig darüber, wie sehr ich vorhin ausgerastet bin. Vor allem, dass Aidan alles mitbekommen musste, macht mich rasend. Wie konnte der Kerl nur so in mein Leben platzen? Zum Glück hat er es dann gut sein lassen und den Weg freigegeben. Am meisten ärgere ich mich aber über mich selbst. Warum bekomme ich diese verdammte Nervosität einfach nicht in den Griff? Ich weiß doch, dass ich es kann! Zusammengerollt wie eine Katze versuche ich mich selbst zur Ruhe zu zwingen. Leider will mir das heute nicht so recht gelingen. Der Tag war einfach viel zu nervenaufreibend. Überhaupt die ganzen letzten Tage machen mir schwer zu schaffen. Diese Niederlage heute zeigt mir, wie sinnlos eigentlich alles ist. Niemals werde ich dieses Stipendium bekommen. Ich muss es wohl endlich einsehen.

Auch wenn ich Aidan vorhin vor der Tanzschule so forsch angefahren habe, hoffe ich irgendwie doch noch auf ein Zeichen von ihm. Eigentlich sollte ich lieber auf Abstand gehen, denn wenn wir weiter Zeit miteinander verbringen, verliebe ich mich womöglich mehr in ihn, als gut für mich wäre. Andererseits sehne ich mich arg nach ihm. Noch immer kann ich seine Lippen auf meinen spüren und wenn ich mich ganz fest konzentriere ist es, als würde sein Duft in der Luft schweben.

Ich höre, wie Mama heimkommt und Papa dazu überredet, ihr ins Bett zu folgen. Als ich vorhin leise in die Wohnung geschlichen bin, hat er schon auf dem Sofa gelegen und seinen Rausch ausgeschlafen. Vor ihm auf dem Fußboden lagen bestimmt zehn Flaschen Bier und eine halbleere Flasche Korn. Dem Aschenbecher nach zu schließen hatte er heute Nachmittag Besuch von einigen Nachbarn, die auch wenig mit ihrer Zeit anzufangen wissen und gerne mal zur Flasche greifen. Aber egal. Ich kann mich nicht um alle Probleme in dieser Familie kümmern. Ich schaffe es ja noch nicht einmal, mein eigenes Chaos in den Griff zu bekommen.

Als ich mich auf die andere Seite drehen will, höre ich es ganz leise an meine Fensterscheibe klopfen. Im selben Moment schaut Mama kurz zur Tür herein. Das macht sie immer, wenn sie spät abends von der Schicht heimkommt. Zwei Sekunden später geht die Tür lautlos wieder zu und ihre Schritte verhallen auf dem Weg zu ihrem Schlafzimmer.

Wieder klopft es an meine Fensterscheibe und das Herz schlägt mir bis zum Hals. Nicht auszudenken, was gewesen wäre, wenn er genau in dem Moment geklopft hätte, als meine Mutter durch die Tür hereinschaute.

Ich schlage die Bettdecke zurück und schleiche zum Fenster. Sachte ziehe ich die Vorhänge zur Seite und öffne das Fenster einen Spalt. Es ist wie erwartet Aidan, der auf dem Sims hockt. Da es draußen wirklich bitterkalt ist und ich keine Lust habe, die ganze Nacht in einem Iglu zu schlafen, lasse ich ihn über die Fensterbank ins Innere hüpfen und schließe das Fenster direkt hinter ihm wieder. Aidan bringt eine Menge Kälte von draußen mit herein. Eine frostige Wolke umgibt ihn. Während er sich leise Wollmantel und Stiefel auszieht, schnappe ich mir Mamas Wolldecke und werfe sie mir über. Dank der offenen Vorhänge, durch die das Mondlicht ins Zimmer flutet, kann ich seine Konturen in der Dunkelheit recht gut erkennen.

Ich weiß nicht, wie mir geschieht, als er zwei Schritte auf mich zu macht und mein Gesicht in beide Hände nimmt. Im nächsten Moment küsst er mich ganz sachte auf die Lippen. Ich muss meine Augen für einen Moment schließen, um gleich darauf zweimal zu blinzeln. Zu sehr gerate ich ins Wanken, ob das hier gerade wirklich passiert, oder ob ich vielleicht vorhin doch noch eingeschlafen bin und das alles nur träume.

»Sorry, Süße, für den Überfall. Aber ich musste einfach zu dir.«

»Langsam gewöhn ich mich dran«, kontere ich. Insgeheim bin ich froh, dass er so dreist ist und jetzt hier im Zimmer steht. Bei mir.

»Keine Ahnung, was du mit mir machst.« Er seufzt. Seine Stimme begleitet ein warmer Schmelz, wenn er versucht, so leise zu sprechen, dass niemand uns hören kann. Als Antwort lehne ich mich ein Stück weiter zu ihm. Wieder einmal weiß ich nicht wohin mit meinen Händen. Ich habe einfach überhaupt keine Erfahrung in solchen Dingen. Vielleicht wäre es mir bei irgendeinem anderen Typen auch deutlich leichter gefallen. Bei Aidan jedenfalls setzt jedes Mal alles aus, als ob ich einen Kurzschluss hätte.

»Aidan, ich …« Sein Finger fährt über meinen Mund und verschließt meine Lippen.

»Ich will gar nichts. Nur bei dir sein.« Und ich glaube ihm. Aus irgendeinem unerfindlichen Grund glaube ich ihm jedes einzelne Wort. Es mag daran liegen, dass diese paar Worte so anders – so echt – klingen. Vielleicht will ich ihm auch einfach nur glauben.

Aidan lässt sich auf mein schmales Bett fallen und rutscht ganz dicht an die kalte Wand heran. Dann schlägt er die Decke auf und wartet darauf, dass ich mich zu ihm lege.

»Das ist viel zu schmal für uns zwei«, sage ich, während ich mich neben ihn ins Bett quetsche und er die Decken über mich breitet.

»Ist mir egal, wie ungemütlich dein Bett ist.« Zärtlich fährt er mit dem Arm unter meinen Kopf. Seine Hand legt er auf der anderen Seite auf meiner Schulter ab. Sanft beginnt sein Daumen meine Schulter zu streicheln. Mit meinem Hinterkopf fest an seine Brust gedrückt fühle ich mich richtig geborgen. Mit der anderen Hand fasst er von hinten über meine Hüfte hinweg und greift nach einer meiner Hände, die ich vor meinem Körper liegen habe. Innig umarmt wie nie zuvor spüre ich Aidans Atem in meinem Nacken. Sein Atem bringt meine Haare sanft zum Wehen, dabei kitzeln mich die Spitzen leicht im Gesicht.

»Du solltest dich besser mit zudecken. An der Wand ist es irre kalt«, flüstere ich. Wohlig kuschele ich mich an ihn. So weit es die Bettdecke zwischen uns beiden eben zulässt.

»Das geht schon so.«

»Außerdem wird das mit der Zeit recht ungemütlich, wenn man sich mit Klamotten ins Bett legt. Und ohne Bettdecke wirst du an der kalten Wand spätestens in zwanzig Minuten vor Kälte klappern. Ich habe da so meine Erfahrungen.« Er drückt mir fest die Schulter und schmiegt sein Gesicht in mein Haar.

»Das macht mir nichts aus.«

Ein paar Minuten lang wird es ruhig um uns. Aidan streichelt weiter meine Hand und meine Schulter und ich genieße in vollen Zügen diese mir vollkommen neue Welt. Nichtsdestotrotz kann ich mich nicht gänzlich entspannen. Zu genau weiß ich, wie kalt meine Zimmerwand bei diesen eisigen Temperaturen, die gerade draußen herrschen, ist, und es gefällt mir überhaupt nicht, zu wissen, wie Aidans Körper von Minute zu Minute weiter auskühlt.

Entschieden löse ich mich aus der Umarmung und drehe mich zu ihm um. Stumm lässt er es geschehen. Bis zu dem Augenblick, als ich energisch die Decke zwischen uns wegziehe und versuche, ihn dichter zu mir ins Innere des Bettes zu zerren.

»Was hast du vor?«, fragt er in die Stille hinein. Ich mag mich irren, doch glaube ich einen Funken Nervosität aus seiner flüsternden Stimme herauszuhören. Wie erwartet ist sein Rücken bereits komplett ausgekühlt. Ich werfe die Decken über uns beide und versuche sie so gut es geht in seinem Rücken festzustecken. Es gelingt mir nicht besonders. Die Decken sind für uns beide eigentlich auch viel zu klein. Ich höre, wie er leise aufatmet, als unsere Körper nun ganz dicht beieinanderliegen. »Ich weiß nicht, ob das so eine gute Idee ist, Süße.« Das Schnurren in seiner Stimme lässt mich ebenfalls aufatmen.

»Ich will nicht, dass du frierst.«

»Und ich will nicht, dass du jetzt was Falsches denkst.« Als ich mich an ihn herankuschele, spüre ich, wie er unter meiner Berührung verkrampft.

»Alles okay bei dir?«, frage ich.

»Oh, mir geht es bestens«, bekomme ich zu hören – mit einem Unterton, den ich schlecht deuten kann. Er lacht kurz auf. Dann dreht er sich auf den Rücken und bettet meinen Kopf an seine Brust. Meine Hand parkt er oberhalb seiner Schulter. »Wie geht es dir denn jetzt?«, fragt er mich.

In mir kochen die Gefühle von vorhin wieder hoch. »Ach, nicht so wichtig«, brumme ich.

»Hast du Panik bekommen? Vorhin, meine ich.« Es ist seine Offenheit, mit der er die Dinge anspricht, die es mir tatsächlich möglich macht, mit ihm darüber sprechen zu wollen.

»Eigentlich lief es am Anfang ganz gut«, beginne ich mich ihm mitzuteilen. »Ich war zwar irre nervös und auch tierisch verkrampft, doch so im Mittelteil – ungefähr – da dachte ich, vielleicht könnte das heute doch was werden.« Ich sammele meine Gedanken. »Wir wurden nach und nach immer weniger Paare. Leon und ich haben es bislang nie über die erste Runde hinaus geschafft. Aber dieses Mal lief es besser. Zum Schluss waren wir nur noch drei Paare. Die Choreo lief auch gut. Doch nach der vorletzten Hebefigur habe ich dann den Fehler gemacht, zur Jury rübergesehen.« Ich gebe mir selbst einen Klaps gegen die Stirn, so sehr ärgere ich mich über das, was dann passiert ist. »Von da an hab ich es dann gehörig vermasselt. Meine Nerven flatterten nur noch. Meine Beine wussten die Schrittfolge nicht mehr, die Panik brach über mich herein, und als ich dann auch noch anstatt Leons Hand zu greifen danebengelangt habe, wollte ich nur noch heulend rausrennen.«

»Und? Bist du rausgerannt?«

»Nein. Ich hab's dann noch irgendwie hinter mich gebracht. Gott. Leon tat mir am allermeisten leid. Der gibt sich echt so viel Mühe mit mir.« Bei der Erwähnung des Namens meines Tanzpartners spannen sich Aidans Muskeln kurzzeitig an.

»Und was hat er da vorhin von nächster Woche gefaselt?«, will er dann von mir wissen.

»Ach, das ist nichts. Die haben mich trotzdem eingeladen, in die Akademie zu kommen. Dann findet die Endauswahl statt. Da der Anfang recht gut war, denken sie, ich hätte bloß einen schlechten Tag gehabt. Aber so war das nicht. Ich weiß jetzt schon ganz genau, dass ich das nicht packe.« Während ich mich mehr und mehr in Rage rede, bleibt Aidan neben mir die Ruhe selbst. Er scheint nachzudenken. Seine Fingerkuppen kraulen mich im gleichmäßigen Takt im Nacken.

»Was glaubst du«, fragt er aus heiterem Himmel und richtet sich dabei leicht auf, »was müsste geschehen, damit du nicht mehr das Gefühl hättest, der Auftritt vor diesen Leuten wäre dein größer Alptraum?«

Ich stutze. »Ich verstehe die Frage nicht.« Seine kraulenden Finger halten inne.

»Anders gefragt: Unter welchen Umständen würdest du auf gar keinen Fall auf die Bühne gehen wollen und tanzen?« Leider hab ich ein fürchterliches Brett vor dem Kopf.

»Worauf willst du hinaus?«

Er nickt. Dann setzt er sich noch etwas weiter auf. »Jetzt stell dir doch mal vor, du würdest dich genau solch einer Situation aussetzen. Dann wären doch die paar Scheißer aus der Jury nur noch ein Lacher für dich.« Über Aidans Logik muss ich wirklich schmunzeln.

»Du schlägst also eine Konfrontationstherapie vor?«

»Ja, was auch immer der Name für so was ist. Also: Was wäre das schlimmste Szenario?« Es wird mir zwar bei meinem Problem nicht wirklich weiterhelfen – da bin ich mir sicher –, doch trotzdem lasse ich mich von seiner Frage angestachelt gemeinsam mit ihm wieder in die Kissen sinken und denke darüber nach. Während ich dies tue, spielt Aidan mit einer meiner Haarsträhnen.

»Keine Ahnung«, bringe ich schließlich hervor. Und dann fällt mir unser Winterfest in der Schule ein. »Vermutlich würde ein Auftritt vor der gesamten Schule in Unterwäsche alles toppen und mich so dermaßen abstumpfen, dass mir die Jury nicht mehr viel ausmachen würde.« Etwas zu laut lacht Aidan auf und für einen Moment tue ich es ihm gleich. Als uns das klarwird, werden wir sofort wieder leiser.

»Das ist cool«, meint er dann. »Du in Unterwäsche auf der Schulbühne. Kann den Auftritt kaum noch erwarten.«

Nachdem wir beide in die Decke gefeixt haben, werden wir wieder ganz still. Ich fühle mich gerade so fürchterlich angekommen. Dieses Gefühl möchte ich nie wieder missen. Mit aller Macht versuche ich jede Berührung bewusst in mein Gedächtnis aufzunehmen. Nehme mir fest vor, mich auch in der Zukunft noch an den Duft seines Aftershaves und das Streicheln seiner Fingerkuppen auf meiner Haut zu erinnern. Den Klang seiner Reibeisenstimme, wenn er mir ins Ohr flüstert, möchte ich nie mehr vergessen. Intensiv präge ich mir diese kostbaren Erinnerungen ein. Mit seinen Händen fährt er mir eine Zeit lang über den Rücken – streichelt mich –, bis seine Bewegungen ruhiger und langsamer werden. Sein Gesicht tief in meinen Haaren vergraben, höre ich ihn immer gleichmäßiger atmen. Er scheint eingeschlafen zu sein.

Tatsächlich bin ich aber meilenweit vom Schlaf entfernt. Wie soll ich auch nur ansatzweise an Schlaf denken können, wenn ich mit dem Mann meiner absoluten Träume dicht aneinandergekuschelt im Bett liege? Ich kann noch gar nicht fassen, wie unglaublich warm mir ist. Und das, obwohl es immer noch dasselbe Zimmer und dieselbe Zimmertemperatur sind. Aidans Körper strahlt eine unglaublich wohlige Wärme aus. Mir ist in den Wintermonaten immer kalt, doch mir war bis zur heutigen Nacht nicht klar, *wie* bitterlich ich immer gefroren habe.

Die ganze Zeit, während Aidan meinen Rücken gestreichelt hat, habe ich meine Hand keinen Zentimeter bewegt. Jetzt, da er eingeschlafen scheint, lasse ich meine Finger ganz leicht seine Halsbeuge entlanggleiten. Der Kragen seines Pullovers fühlt sich luftig weich unter meiner Haut an. Ob das Kaschmir ist? Ich fahre mit meiner Hand über seine Brust. Hart und fest fühle ich die Muskeln unter meinen Fingerkuppen durch den Stoff hindurch. Fast schäme ich mich ein wenig, dass ich bis zu dem Moment, als Aidan eingeschlafen ist, dachte, er würde vielleicht doch mehr von mir erwarten. Und jetzt muss ich feststellen, dass ich es bin, die ihre Gedanken nicht beieinanderhalten kann und deren Phantasie gerade Achterbahn fährt. Dabei hätte ich schwören können, Aidan ist vieles, aber kein Kuscheltyp. Wahrscheinlich hätte ich ihm heute Nachmittag nicht sagen dürfen, dass ich es noch nie getan habe. Das hat ihn gewiss verunsichert. Während ich meine Gedanken wandern lasse, lasse ich auch meine Hand weiter über seinen Oberkörper wandern. Dabei versuche ich so vorsichtig wie möglich zu sein. Schließlich will ich ihn nicht wecken. Ganz gleichmäßig geht sein Atem, was mich zunehmend selbst entspannen lässt. Leicht wie eine Feder lasse ich meine Finger seinen Oberarm hoch- und runterfahren. Zu gerne würde ich jetzt sein Muskelspiel unter meinen Fingern spüren. Mit einem Lächeln beiße ich mir kurz auf die Unterlippe. Während ich mit meiner Hand über seine Schulter, seine Brust und seinen Bauch fahre, baut sich in mir wieder gewaltig Spannung auf, die ich in solch einem Ausmaß überhaupt nicht erwartet habe. Tatsächlich beobachte ich an mir, wie es mir immer schwerer fällt, ruhig und gleichmäßig zu atmen. Ich sehe zu, wie meine Hand unter der dunklen Decke verschwindet und seinen Bauch an der Seite entlanggleitet, um schließlich auf seiner Hüfte zum Liegen zu kommen. Wie von selbst huscht die Hand wieder empor zu seiner Brust, wo sich unter meinen Fingern Muskeln anspannen. Augenblicklich lasse ich meine Hand ruhen, wo sie ist. Aidans Atem gerät für einen kurzen Moment aus dem Takt. Er seufzt im Schlaf. Mein Mund formt ein stummes »O«. Diese Reaktion von ihm durchfährt mich wie ein Blitz. Ich kann es kaum erwarten, meine Hand wieder über seinen Oberkörper streichen zu lassen. Ganz leicht hebe ich mein Gesicht zu ihm empor. Dabei komme ich mit meiner Nase seiner Halsbeuge sehr nahe und atme den unglaublichen herb-süßen Duft ein, den sein Körper verströmt. In mir verspüre ich auf einmal ein unermessliches Verlangen danach, diese Halsbeuge mit meinen Lippen zu berühren und zu küssen. Ich will wissen, wie seine Haut schmeckt. Nur wenige Zentimeter trennen meinen Mund von seinem Hals. Ganz leicht recke ich mich nach oben. Im nächsten Moment berühre ich Aidans Haut mit meinen Lippen. Ganz sachte küsse ich über die Halsbeuge hinweg. Fahre mit meiner Zunge nur gerade so darüber. Als ich spüre, wie Aidan sich unter meiner Berührung zu bewegen beginnt, lehne ich mich fest an seine Brust. Mein Kopf liegt jetzt so, dass ich seinen Herzschlag laut pochen hören kann. Tief atmet er einmal ein und dann wieder aus. Dabei umfasst er mich mit seinen Armen und drückt mich eng an sich. In mir beginnt ein Feuer zu lodern, von dessen Existenz ich bis zur jetzigen Stunde nichts wusste. Es ist, als begänne mein Körper von innen heraus zu glühen. Niemals zuvor war mir so heiß. Wie von selbst beginnt meine Hand wieder seinen Körper entlangzufahren. Mir wird ganz allmählich bewusst, dass Aidan nicht mehr so gleichmäßig atmet wie am Anfang. Mittlerweile stelle ich feine Reaktionen seinen Körpers auf meine Streicheleinheiten fest. Jedes Mal, wenn meine Hand an seiner Halsbeuge entlangfährt, lehnt er sich ganz leicht in meine Berührung hinein. Je tiefer meine Hand wandert, desto mehr spannen sich seine Muskeln an, meist begleitet von einem tiefen Atemzug. Als ich mich das erste Mal dazu durchringe, meine Hand tiefer gleiten zu lassen, werde ich aus dem Nichts heraus plötzlich von Aidan am Handgelenk gepackt, kurz bevor ich unterhalb seines Gürtels gelange. Ich erschrecke mich so sehr, dass ich zusammenzucke. Doch mir entfährt kein Mucks, so angespannt bin ich. Er hält meine Hand unter der Decke direkt über seinem Gürtel in der Luft gefangen. Ganz ruhig atmet er weiter. Doch sein Herz klopft genauso schnell wie meines.

»Was hast du vor?«, dringt seine Stimme im Flüsterton an mein Ohr.

»Sorry, ich wollte dich nicht wecken«, ist das Erstbeste, was mir als Entschuldigung für das hier einfällt. Ich fühle mich furchtbar ertappt.

»Sondern?«

»Ich …«, stammele ich peinlich berührt. Seine immense Kraft, mit der er noch immer mein Handgelenk unter der Bettdecke gefesselt hält, beeindruckt mich wirklich.

»Ich weiß es selbst nicht so genau.« Endlich bewegt Aidan sich. Er nimmt meine Hand und legt sie sich direkt oberhalb seines Gürtels auf seinen Bauch.

»Du machst es mir wirklich nicht leicht, brav zu bleiben, Süße«, knurrt Aidan mir ins Haar. Durch seinen ganzen Körper geht ein Beben, das sich auf meinen Körper überträgt. Trotz Hitze erschaudere ich bis in die Fußspitzen hinein. »Ich habe nicht geschlafen«, offenbart er mir, während er von Neuem beginnt, meinen Rücken zu streicheln. »Wie denn auch? So wie du mich berührst.« Seine Lippen fahren meinen Hals entlang. Necken und küssen ihn. Noch immer hält er meine Hand oberhalb seines Gürtels gefangen. Ich spüre, wie mir die Wärme weiter in die Wangen schießt. »Was auch immer du vorhast, Süße, wir werden heute Nacht nicht miteinander schlafen. Also: nur zu.« Der Griff um mein Handgelenk lockert sich etwas.

Mir stockt der Atem. Von seinen Worten angestachelt reagiert mein Körper vor meinem Verstand. Meine Lippen legen sich auf seine und im gleichen Atemzug öffnet sich mein Mund ihm leicht. Unsere Zungen finden zueinander. Tanzen im Einklang. Immer erregter wird mein Körper, der höchst sensibel auf die kleinste Berührung reagiert. Mit zittrigen Fingern erkunde ich den Jeansstoff unterhalb seines Gürtels. Noch immer liegt seine Hand auf meinem Handgelenk und folgt meiner Bewegung. Als ich unter meiner Handfläche fühlen kann, wie hart er ist, zieht er scharf die Luft zwischen den Zähnen ein, was mich derart erregt, als wäre ich diejenige, die gerade berührt wird. Ich genieße jede Regung, jede Veränderung, die meine Berührung in ihm auszulösen weiß. Ich lasse meine neugierigen Finger weiter auf Entdeckung gehen und fahre seine Jeans weiter entlang. Unter meiner Berührung wird er noch härter. Drei oder vier Atemzüge später richtet er sich auf und lehnt sich über mich. Die Bettdecke verrutscht, doch das interessiert uns nicht. Seine Lippen fahren an meinem Kinn über meinen Hals lang. Mit einem Finger zieht er leicht meinen Sweater an der Schulter hinab und fährt mit seiner Zunge an meinem Schlüsselbein entlang. Das Blut in mir gerät in Wallung und ich winde mich lustvoll unter ihm. Sein Finger lässt den Sweater zurückschnippen und fährt ganz langsam an meiner Seite entlang. Als er an meiner Hüfte ankommt, muss ich tief einatmen. Mein Körper beginnt sich ihm entgegenzustrecken. Seine Hand streicht über meinen Oberschenkel und berührt die Innenseite meines Beines nur leicht, doch diese kleine Berührung sorgt dafür, dass in mir das Feuer hoch aufflackert. Meine rechte Hand schmiegt sich an sein Gesicht, streicht über seine Wange. Dabei streift mein Daumen ganz zart seine Unterlippe. Neckisch nimmt er meine Daumenkuppe zwischen die Zähne. Herrje! Wie sehr mich das doch anmacht. Noch enger pressen wir unsere Körper aneinander. Seine Erregung zwischen meinen Beinen ist deutlich zu spüren – trotz der Stoffe, die uns noch immer trennen.

»Aidan?«, flüstere ich in sein Ohr und schiebe ganz sachte den Saum seines Pullovers hinauf. Meine Hände treffen unter Pulli und T-Shirt auf warme Haut.

»Ich weiß, Süße«, schnurrt er zurück, »und nein.« Seine Worte schmerzen mich körperlich. Zum ersten Mal in meinem Leben bin ich so richtig angetörnt. In diesem Augenblick verlangt mein Körper danach, sämtliche Stofflagen zwischen uns zu entfernen, damit wir uns voll und ganz spüren können. Meine Zunge fährt über seine Lippen. Aidan kommt meiner Aufforderung nach und erneut verlieren wir uns in einem Kuss, der meinen Herzschlag in die Höhe treibt und das Blut in mir zum Kochen bringt. Jetzt wäre es richtig. Ich bin dazu bereit. Wirklich!

Kapitel 15

Aidan

Wieder wird mir klar, wie sehr ich Lea will. Oh ja. Ich will sie. Unbedingt. Doch es wäre jetzt nicht richtig, denn da ist noch etwas anderes. Ein völlig unbekanntes Gefühl, das in mir hochkommt. Mit Lea ist es so anders als mit den Mädels vor ihr. Normalerweise kann ich es gar nicht abwarten, endlich zur Sache zu kommen. Lea aber weckt in mir ganz neue Wünsche. Mit einem Mal wird mir klar, dass ich mir nicht sofort die Hose runterreißen will, um es ordentlich mit ihr zu treiben, sondern was ich jetzt am meisten will, ist einfach nur ihre Nähe. Ihre Berührungen auf meiner Haut sind einfach der Hammer. Krasser Scheiß. Wann hatte ich zuletzt 'ne Gänsehaut? Anstatt ihr die Klamotten vom Körper zu zerren, will ich viel lieber mit meinen Lippen ihren Hals entlangknabbern. Was sie da gerade mit ihrer Hand macht, während ich sie eng an mich drücke und mit meiner Zunge an ihrem Ohr spiele, treibt mich gleich ins Nirvana. Ehrlich, Mann! Ich streichle über ihren Busen. Greife ungeduldig zu und merke, wie fest und hart ihr Nippel unter meiner Hand wird. Ich kann mich kaum noch zusammenreißen. Irre, wie sehr sie meinen Atem zum Stocken bringt. Selbst durch die Hose hindurch fühlt sich ihre Hand so unglaublich gut an auf meinem Schwanz. Wie geil das erst mal ohne Jeans wäre, stell ich mir jetzt wohl besser nicht vor. Denn es gibt da so einiges, was mein Schwanz jetzt wirklich gerne mit ihr machen würde. Ihr Körper glüht. Sie will mich. Das ist klar. Jeden Moment könnte es mit uns abgehen. Oh ja. Ich könnte alles mit ihr machen. Sie würde nicht Nein sagen.

Doch ehe mir die Sicherungen komplett durchbrennen, lasse ich sie los und drücke mich wieder an die kalte Steinwand zurück. Damit das funktioniert, muss ich mich echt extrem zusammenreißen. Kann mich nicht erinnern, wann ich das letzte Mal so willensstark war wie jetzt gerade. Die kalte Wand im Rücken hilft mir dabei, wieder klar im Kopf zu werden.

»Alles in Ordnung? Hab ich was falsch gemacht?« Lea wirkt ganz verdattert. Kein Wunder, so heiß wie es gerade eben zwischen uns abging. Mein Schwanz hat sich auch schon richtig gefreut. Wenn ich jetzt nicht meinen Verstand einschalte, dann tun wir vielleicht etwas, was wir später bereuen. Denn hier und jetzt wäre das nicht richtig.

»Nein. Du bist perfekt«, beruhige ich sie. Mein Arm drückt Leas Kopf an meine Schulter und ich vergrabe mein Gesicht in ihren Haaren. Genau so, wie ich es vorhin getan habe. Ihre bloße Anwesenheit und die Berührung ihres Körpers machen mich so unglaublich an. Keine Ahnung, wie ich es schaffe, mich zusammenzureißen. Bin direkt stolz auf mich. »Oh, Lea.« Ich könnte sie auffressen. »Süße. Ich will dich. So sehr!« Gegen meinen grollenden Unterton kann ich überhaupt nichts machen, so rattenscharf bin ich.

»Ich dich auch, Aidan.« Ich schließe die Augen. Lea schmiegt sich an mich. Sie küsst meine Halsbeuge und legt ihr Bein halb über meines.

»Ich kann kaum glauben, dass ich das jetzt sage, aber wir sollten damit aufhören«, versuche ich ihr klarzumachen.

Unbeirrt verteilt sie weiter kleine Küsse auf meinem Hals und raunt mir zu: »Warum? Gefällt es dir nicht?«

»Doch. Sehr sogar.« Ich muss nach Luft schnappen, als Leas Hand wieder direkt über meinen Ständer fährt und mich damit nur noch geiler macht. »Aber deswegen bin ich nicht hergekommen.« Meine Worte kommen ungewollt hart aus mir heraus. Doch Lea macht einfach weiter.

»Warum bist du hergekommen, Aidan? Sag es mir.« Ihr plötzlicher, fordernder Ton lässt mich noch härter werden. Sie ist so einzigartig in ihrem Wesen und ihrer Wirkung auf mich.

»Gnmpf …« Ich suche nach Worten. Ich! Der Typ, der immer alles im Griff hat. Der Typ, der sagt, wo es langgeht, wird gerade butterweich. »Weil … weil ich unbedingt bei dir sein wollte. Und nur deswegen. Ehrlich«, gebe ich schließlich zu. Die Worte explodieren einfach so in meinem Mund. Fuck! Das fühlt sich so befreiend an. Wie ein verschmuster Kater winde ich mich unter ihren Berührungen. Und bei Gott, es ist phantastisch. Was ich für Lea fühle, überrollt mich wie eine Schneelawine. Da muss ich erst mal selbst drauf klarkommen. Das scheint sie zu spüren. Denn sie fährt endlich einen Gang runter.

»Das ist ein sehr schöner Grund«, höre ich sie flüstern. Ganz sacht streicht sie mit ihren Fingerspitzen über meinen Hals, dass mir gleich wieder ganz anders wird.

Eng ineinander verschlungen berühren wir uns weiterhin, streicheln uns, doch wir werden ruhiger. Niemals würde ich vor meinen Kumpels zugeben, wie sehr ich diese Kuschelei mit ihr genieße. Aber genauso ist es. Ich bin kein Stück darüber enttäuscht, mit einer Frau im Bett zu liegen, ohne mit ihr Sex zu haben.

»Wir sollten jetzt schlafen«, murmele ich dicht an ihrem Haaransatz.

»Ich bin froh, dass du da bist«, höre ich ihre Stimme durchs Zimmer flüstern. Warm und weich schmiegt sie sich mit ihrem ganzen Körper an mich. Ich genieße das wie niemals zuvor bei einer Frau. Am liebsten möchte ich sie nie wieder loslassen.

Auf der anderen Seite der Wand poltert es gewaltig. Ein Fluchen geht durch die Wohnung, das uns nochmals aufschrecken lässt.

»Dein Vater scheint ein echtes Unikat zu sein«, bemerke ich

trocken. Lea zuckt mit den Schultern und grinst bestimmt genauso fies und schadenfroh in sich rein wie ich.

»Oooohh, jaaa!«

»Ob der mich überhaupt registrieren würde, wenn ich jetzt an ihm vorbei ins Bad laufe, um zu pinkeln?« Losgelöst höre ich ihr warmes Lachen durch den Raum. Sofort lege ich ihr eine Hand auf den Mund, denn sie ist lauter als vermutlich gut für uns ist. Aber ihr Lachen ist so ansteckend, dass ich mich selbst zusammenreißen muss, um nicht loszuprusten.

»Lass es besser nicht drauf ankommen«, rät sie mir. Dabei spricht sie durch meine Hand durch.

»Warum nicht?«, will ich wissen.

Sie zuckt wieder mit der Schulter. »Wenn du unbedingt willst, dass er wieder hochrot anläuft und dich vor die Tür setzt, dann nur zu.«

Ich packe fest ihren Po und presse sie eng an mich. »Auf gar keinen Fall! Das könnt ich nicht ertragen.« Überraschend greift sie mir in den Nacken und zieht mich an sich. Dann küsst sie mich. So absolut überzeugend. So unglaublich fordernd. Es ist das erste Mal, dass sie mich so küsst.

Unsere Köpfe fallen aufs Kissen zurück und Lea beendet den Kuss. Unsere Finger spielen miteinander.

»Aber glaub mir«, flüstere ich, »spätestens nach ein paar Nächten checkt selbst dein Vater, was los ist. Warte mal ab.« Leas Hand in meiner wird ganz steif. Ich greife kurz in meine Hosentasche, ziehe mein iPhone raus und schaue aufs Display. Weit nach Mitternacht. »Hey, Süße. Bevor du einschläfst …«

»Hm«, murmelt sie.

»Ich stell den Wecker auf halb sieben. Einverstanden? Dann bin ich weg, bevor alle wach sind.«

»Okay. Dann ärgere dich aber bitte nicht, wenn ich schon nicht mehr da bin. Ja?« Ganz genüsslich kuschelt sie sich nun wieder an meinen Hals. Ihr Atem liebkost meine Haut.

»Wie jetzt?«, frage ich ganz verdattert.

Lea gähnt herzhaft. »Ich muss morgen früh zur Arbeit. Mein Wecker geht um halb fünf. Am Nachmittag fahre ich von dort aus direkt zum Tanzen rüber. Samstags habe ich immer ein straffes Programm.« Zuerst stehe ich voll auf dem Schlauch. Doch dann fang ich ganz allmählich an zu verstehen. Eigentlich hätte ich mich schon längst fragen müssen, wie sie sich bei ihren Verhältnissen den Tanzunterricht überhaupt leisten kann. Mein Respekt vor ihrem Leben wächst immer mehr.

Wortlos stecke ich mein Handy in die Tasche zurück. Jetzt, da ich weiß, wie früh sie raus muss, will ich sie unbedingt schlafen lassen. Ich bin selbst schon fast am Wegnicken, als ich Leas Stimme noch mal höre.

»Aidan?«

»Hm.«

»Was genau ist das zwischen uns?« Mein Herzschlag verdoppelt sich.

»Das weißt du nicht?«, frage ich zurück. Dabei achte ich darauf, besonders gelassen zu wirken. Was ich nicht bin, denn ich weiß es ja auch nicht. Aber egal.

»Nein«, gibt sie zu. Ich richte mich etwas auf, um sie ansehen zu können. Mehr als die Konturen sind zwar nicht drin, doch ihre Augen leuchten im Schein des Mondlichtes auf.

»Du bist mir wichtig, Lea«, gebe ich ehrlich zu, denn genau so ist es ja auch.

»Okay … und … Tessa?« Bei diesem Namen ringe ich kurz um eine Antwort. Dass Tessa heute Nacht noch Thema wird, damit hab ich so gar nicht gerechnet.

»Tessa … nicht!« Anhand ihrer Konturen kann ich sehen, wie sie mit dem Kopf nickt.

»Aber ihr seid ein Paar«, versucht Lea das Puzzle weiter zusammenzusetzen.

»Äh, nein. Sind wir nicht.« Und auch das ist die Wahrheit. Zumindest ist es meine Wahrheit. Wie Tessa das mittlerweile sieht, sollte ich wohl tatsächlich bei Gelegenheit mal checken.

Mit meiner linken Hand streiche ich Lea sanft über die Wange. »Mach dir keinen Kopf, Süße. Tessa ist nicht dein Problem. Das regle ich schon.« Leas Hände fahren meinen Pullover entlang. Ihre Finger spielen mit dem Saum meines Kragens.

»Sorry.«

»Wofür?«

»Dass ich dich damit nerve.«

Ohne groß zu überlegen, blubbern die Wörter einfach so aus mir raus. »Entschuldige dich nie wieder für so was. Wenn dich etwas beschäftigt, reden wir drüber. Klar?« Ich kriege deutlich mit, wie sehr sie das berührt, und bevor ich hier gleich noch 'ne handfeste Liebeserklärung à la *Dirty Dancing* hinlege, lehne ich mich wieder zurück, nehme sie fest in den Arm und versuche diese kitschige Sekunde so gut es geht zu überspielen. Mehr habe ich dazu nämlich nicht zu sagen. Doch … halt! Eines vielleicht noch: »Ich mag dich nämlich. Wenn es nicht so wäre, wäre ich jetzt nicht hier bei dir.« Shit! Jetzt hab ich es doch gesagt.

Lea

Als der Alarm meines Weckers ein paar Stunden später anspringt, bin ich trotz des wenigen Schlafes sofort hellwach. Mich fröstelt. Mit einer Hand fühle ich hinter mich, doch Aidan ist nicht mehr da. Erschrocken fahre ich hoch und knipse sofort das kleine Licht auf meinem Nachtschränkchen an. Er ist weg. Dafür liegt dort, wo vor Kurzem noch sein Kopf gelegen hat, ein kleiner Zettel. Ich nehme ihn hoch und lese:

Hat mein Herz je geliebt bis jetzt? Schwöre es ab, Blick. Denn nie sah ich wahre Schönheit bis heute Abend.

Ganz unten in die Ecke hat er noch seine Telefonnummer gekritzelt. Oh ja, denke ich. Es ist sein Buch und er hat es gelesen. Mehrfach! Ganz eindeutig. Meine Augen huschen erneut über die schnell dahingeschriebenen Zeilen und ein Lächeln legt sich auf meine Lippen. Von einem Mundwinkel zum anderen.

Mir fällt wieder ein, was wir beide in der letzten Nacht fast getan hätten. Sofort schießt mir das Blut in die Wangen. Es war so toll mit ihm. Nie hätte ich geglaubt, wie schnell bei einem der Verstand aussetzen kann. Ich wette, hätte Aidan vor ein paar Stunden nicht die Notbremse gezogen, wäre es passiert. Letzte Nacht wäre es passiert. Fast bin ich jetzt enttäuscht. Aber diese unglaublichen Stunden mit ihm hier in meinem Bett, von denen niemand etwas weiß, stimmen mich wieder versöhnlich. Außerdem habe ich etwas, was vermutlich sonst niemand hat. Diesen handgeschriebenen Zettel mit einer der schönsten Liebeserklärungen, die man sich wünschen kann. Es ist doch eine, oder nicht?

Als ich den kleinen Zettel auf meinen Nachtschrank legen will, rutscht er mir aus der Hand und fällt auf den Teppichboden. Erst jetzt sehe ich, dass auch die Rückseite beschrieben ist.

Tu mir einen Gefallen: Schick mir endlich 'ne Freundschaftsanfrage.

Ich muss lachen. Diese paar Worte sagen mir noch so viel mehr als nur das, was da geschrieben steht. Wollte ich noch gestern darauf achten, mich nicht zu sehr in Aidan zu verlieben, muss ich gestehen, dass es längst passiert ist. Und eine kleine Stimme in mir flüstert mir zu, dass es ihm vielleicht sogar ähnlich geht.

Ich fahre den Computer hoch und schicke ihm wie gewünscht die Anfrage. Danach gehe ich duschen. Schließlich ist heute Samstag. Und samstags habe ich immer einen straffen Zeitplan.

* * *

Mir fällt es heute wirklich schwer, mich auf meine Arbeit zu konzentrieren. Das kleine Café, in dem ich arbeite, ist gerade am Wochenende immer gut besucht. Frühmorgens sind wir da schon am Rennen und jonglieren Körbe voll frisch gebackener Brötchen und gefüllte Kaffeetassen.

Als ich nach meiner Mittagspause wieder ins Café komme, winkt mich eine meiner Kolleginnen zu sich. Sie ist gerade dabei, Torte auf einem Pappteller zu verteilen.

»Gut, dass du kommst.« Mein Blick folgt dem ihren. Kiki kommt bereits direkt auf mich zu. Ihren Rucksack fest geschultert, fixiert sie mich mit funkelnden Augen.

»Hi«, presse ich schuldbewusst hervor. In letzter Zeit habe ich meine beste Freundin ziemlich vernachlässigt. Zwar ist sie es gewohnt, dass ich hin und wieder einen Rappel kriege und mich mal ein paar Tage nicht melde, weil ich meine Ruhe brauche, doch gerade sieht sie nicht so aus, als würde sie mir dieses Mal einfach so verzeihen.

»Sag mal«, legt sie auch gleich los, »wann wolltest du mir eigentlich von Aidan erzählen?« Erschrocken beiße ich mir auf die Unterlippe.

»Was?«, entfährt es mir. Wie hat sie das denn herausbekommen? Im nächsten Moment kann ich mir aber schon denken, woher sie ihre Infos bezogen hat. Geräuschvoll stöhne ich auf. Ihrem fordernden Blick und den vor der Brust verschränkten Armen nach scheint Kiki fest entschlossen, sich nicht mit fadenscheinigen Ausreden abspeisen zu lassen. Leugnen ist demnach wohl zwecklos. »Leon, richtig?« Sie nickt.

Während ich meine Arbeit wiederaufnehme, beginne ich also ganz leise, Kiki alles zu erzählen. Angefangen beim Volksparkstadion bis hin zu heute Morgen, als ich den Zettel von ihm auf dem Kopfkissen vorfand. Die ganze Zeit über steht ihr dabei der Mund sperrangelweit offen.

Kapitel 16

Aidan

»Mann, Alter«, schnauzt Ole mich von der Seite an. Dabei verpasst er mir einen heftigen Schubs gegen die Schulter. »Jetzt konzentrier dich mal. Oder lass mich fahren, wenn du es nicht gebacken kriegst.« Ja, er hat recht. Im Moment ist nicht viel mit mir anzufangen. Ständig muss ich an Lea denken. Trotzdem kein Grund, gleich so auszuflippen.

»Bleib locker«, nuschele ich, während ich bei nächster Gelegenheit den Wagen wende und uns wieder auf Kurs bringe. »Ich hab alles im Griff. Jetzt komm mal runter. Ist gar nichts los, Mann.«

»Ach, komm. Erzähl doch nix. Mit dir stimmt doch in letzter Zeit was nicht.« Während ich den Wagen nun auf den Parkplatz vor dem Fußballstadion lenke, werde ich von meinem besten Freund ausgiebig abgecheckt. Doch ich zucke nur mit der Schulter.

»Was soll sein? Is' nix.«

»Glaube ich dir nicht«, bekomme ich zu hören. »Und ich wette, es hat was mit dem kleinen Nerdy zu tun, wegen dem du letztens auf dem Dom so ausgetickt bist.«

»Denk doch, was du willst«, gebe ich zurück.

»Hmpf«, macht Ole, während er sich abschnallt. Dann hole ich meine Kippen hervor und halte ihm die Packung hin. Wir zünden uns jeder eine an. Dicker Qualm kommt aus seinen Lungen, nachdem er einmal kräftig gezogen und wieder ausgeatmet hat.

»Und?«, fragt Ole. »Wie sieht's aus? Gehen wir nach dem Spiel später noch ins Roxy?«

»Nee, lass stecken. Ein andermal gern. Hab noch was vor.« Ich werde nervös. Warum, weiß ich nicht so genau. Vielleicht, weil Ole mich schon wieder so komisch von der Seite anglotzt. Er lehnt sich zu mir rüber.

»Ich sag es dir: Pass auf, dass du es dir nicht mit Tessa verscherzt. Wenn die spitzkriegt, dass du mit 'ner anderen rummachst, dann wird die ganz schön ungemütlich.«

»Alter. Ich lass mir bestimmt nicht vorschreiben, wen ich ficke und wen nicht«, blubbert es aus mir raus. »Außerdem mache ich nicht einfach mit ihr rum«, muss ich dann noch feststellen, denn seine Wortwahl klingt echt mies.

Ole zieht an seiner Kippe. Mit seinem Blick versucht er mich zu durchleuchten. »Ich sag's ja nur.«

Ich schnalle mich ab, öffne den Wagen und steige aus, ohne ihm noch einmal ins Gesicht zu schauen. Würde ich das tun, würde er garantiert wissen, wie recht er doch mit allem hat. Doch darüber will ich mir jetzt keine Gedanken machen. Jetzt will ich das Spiel genießen.

* * *

Später zu Hause rattert mein Hirn wieder. Beim Gedanken an Tessa kriege ich schlechte Laune. So im Nachhinein ärgere ich mich. Warum habe ich mich damals nur auf sie eingelassen? War schließlich nie verliebt in sie. Während ich mir schnell ein paar Cornflakes mit Milch in eine Müslischale fülle, kommt mein Vater um die Ecke getrottet. Er sieht mich, hält kurz an und verzieht dann seine Visage.

»Kriegt man dich auch mal zu Gesicht.«

»Muss ich mich hier jetzt ab- und anmelden, oder was?«, frage ich genervt zwischen zwei Löffeln Flakes.

»Sieh du mal besser zu, dass du dein Abi schaffst. Sonst …«

»Sonst was?«, schnauze ich los.

Mein Vater erhebt den Zeigefinger. Drohend steht er vor mir. Doch ich kann ihn nicht ernst nehmen. Viel zu lange versucht er mir jetzt schon seinen Willen aufzuzwingen. Ich habe schon lange auf Durchlauf geschaltet. Der kann mich mal! »Nicht so, Freundchen. Ich erwarte von dir, dass du tust, was wir beschlossen haben.«

Wortlos drehe ich mich von ihm weg und futtere weiter. Hinter mir höre ich, wie mein Vater einen weiteren Schritt in meine Richtung wagt. »Nach dem Abi hast du wie geplant zwei Monate für dich. Dann kommst du zu mir in die Firma. Ist das klar?!« Ich antworte nicht. Meinem Vater wird es zum Glück schon bald zu blöd und er geht endlich.

* * *

Als ich die Tanzschule betrete, werde ich von allen Seiten richtig derbe angestarrt. Keine Ahnung, warum. Sehe ich etwa aus wie ein Alien?

Ist eigentlich ganz nett hier. Vom Eingang aus bin ich direkt nach links gelatscht. Einen schmalen, kurzen Gang lang. Ich habe quasi die Theke von der Tür aus gerochen, könnte man so sagen. Sieht zwar bei näherem Hinsehen mehr nach Saftbar aus, aber egal. Bar ist Bar. Also lass ich mich erst mal auf einen dieser Hocker sinken und schau mich in Ruhe um. Die Bar hat geschlossen. Kein Barkeeper weit und breit. Na toll. Ganz hinten am anderen Ende steht zwar jemand, doch der Typ dreht nur an einer großen Musikanlage in regelmäßigen Abständen Schwanensee auf und wieder ab, zu der die Kids auf der Tanzfläche dann immer ein paar Takte ihre Hüften schwingen lassen. Alleine nach fünf Minuten bluten mir davon schon die Ohren. Ist kaum auszuhalten. Wirklich. Außerdem macht mich das Hin und Her richtig nervös.

Bei den Kids steht auch Lea. Mit ihren streng nach hinten geknoteten Haaren und den Ballettklamotten hab ich sie zuerst gar nicht erkannt. Mir fallen beinahe die Augen raus, als ich registriere, was für eine hammermäßige Figur sie in ihrem engen Trikot hat. Der kurze schwarze Rock, den sie drübergezogen hat, ist aus ganz zartem Stoff. Viel bleibt nicht der Phantasie überlassen. Ich bin kein Profi, und eigentlich habe ich auch überhaupt keine Ahnung, was die da vorne auf der Tanzfläche so veranstalten, doch selbst ich habe nach kurzer Zeit begriffen, dass Lea versucht, den Kids bei den Übungen unter die Arme zu greifen. Die Lehrerin sagt, was gemacht werden soll, und die Kids versuchen sich dann genau so zu verbiegen. Lea geht dann von einem zum anderen und korrigiert hier und da. Manchmal macht sie es auch vor und ich bin ehrlich überrascht, wie geschmeidig sie sich bewegen kann. Das Tanzen scheint tatsächlich ihr Ding zu sein. Himmel! Wenn sie sich nur ansatzweise auch im Alltag so bewegen würde … Ich lehne mich ganz gemütlich gegen den Tresen. Die Kids sehe ich gar nicht mehr. Hab nur noch Augen für Lea und kann mich gar nicht an ihr sattsehen. 'ne Peepshow auf der Reeperbahn ist der reinste Dreck dagegen.

Irgendwann sind die Kids fertig. Die Tanzlehrerin und Lea unterhalten sich. Wenig später kommt die Arschgeige von letztens dazu. Er trägt auch heute wieder eine Hose, mit der ich nie im Leben vor die Tür gehen würde.

Während ich das Geschehen beobachte, werde ich selbst gemustert. Der Mann, der vorhin noch ständig am Plattenteller gedreht hat, kommt auf mich zu. Auf der anderen Seite der Theke lehnt er sich gegen das Spülbecken.

»Hey. Kann ich dir irgendwie helfen? Suchst du jemanden?« Ich schüttele den Kopf, ohne den Blick von Lea und der Arschgeige in Strumpfhosen zu wenden. Der Typ hat nämlich gerade damit angefangen, sie an den unmöglichsten Stellen anzufassen, sie hochzuwerfen und zu verdrehen. Das alles unter dem Blick der Tanzlehrerin, die die verschiedenen Positionen kommentiert oder manchmal korrigiert.

»He«, schiebt sich der Typ jetzt in mein Gesichtsfeld. »Alles klar bei dir?«

»Äh, was?« Ich brauch ’nen Moment, bis ich wieder zu mir finde. »Nein, nein. Alles klar bei mir. Ich warte nur auf Lea.«

Der Typ mir gegenüber schaut überrascht. »Ach ja? Das wird da drüben aber noch ’ne ganze Weile dauern. Und Lea hat das auch nicht so gerne, wenn hier Zuschauer hocken.«

Ich nicke. »Ja, ja. Ich weiß. Ihre Publikumsphobie.«

»Ah«, mein Gegenüber nickt. Er weiß also, was ich meine. Gemeinsam blicken wir jetzt zu Lea und ihrem Tanzpartner rüber, die ohne Musik eine Choreo zu tanzen scheinen. Sieht ehrlich gesagt ziemlich dämlich aus.

»Ja«, lässt der Typ mich an seinen Gedanken teilhaben. »Das ist schon ’ne Schande mit unserer Lea. Im Prinzip könnte sie es weit bringen. Ist ein richtiges Naturtalent.« Er wendet den Blick erneut mir zu und wir schauen uns kurz ins Gesicht. Wieder nicke ich.

»Ja, denke ich auch«, stimme ich ihm zu. »Sieht so aus, als gehört das so, was sie da drüben macht. Wobei ich von der Hopserei ja keinen blassen Schimmer habe.«

Der Typ lacht kurz auf. »Glaube ich dir aufs Wort. Wie ein Tänzer siehst du nun wirklich nicht aus.« Er überlegt kurz. Dann streckt er mir seine Hand über der Theke zu. »Ich bin Gregor.« Bevor ich die Hand ergreife, mustere ich ihn ausgiebig. Gregor wird wohl so um die Mitte dreißig sein, trägt einen Vollbart und kann vermutlich keiner Fliege etwas zuleide tun. Trotzdem ist er mir sympathisch.

»Aidan«, sage ich knapp und schüttele kurz seine Hand. Dann ziehe ich meine Zigaretten aus meiner Manteltasche und halte sie hoch. »Darf man hier rauchen?«

Er schüttelt den Kopf. Hab ich mir fast schon gedacht. »Alles klar, Gregor«, sage ich und erhebe mich von meinem Hocker. Mit meiner Hand schlage ich kurz auf die Theke. »Dann halt mir mal den Platz frei. Ich komm gleich wieder, wenn’s recht ist.«

»Klar doch«, bekomme ich als Antwort.

Während ich nach draußen schlendere, höre ich ihn rufen: »'n Bier, wenn du wieder da bist?«

»Klar.«

Draußen friere ich mir den Arsch ab, doch die Zigarette habe ich jetzt echt nötig. Außerdem kann es nicht schaden, sich etwas abzukühlen. Dass mir dieses enge Getanze und Angetatsche zwischen Lea und dieser Arschgeige so viel ausmacht, hätte ich selbst nicht gedacht. Aber Gregor scheint ganz cool zu sein.

Lea

Zum Glück sehe ich erst viel zu spät, dass Aidan mit Gregor an der Bar sitzt und uns beobachtet, sonst hätte ich mich keine Sekunde mehr auf den Unterricht konzentrieren können. Wie lange sitzt er da wohl schon? Ich muss zweimal hinsehen, bevor ich es glauben kann. Die beiden trinken tatsächlich ein Bier zusammen.

Nach dieser Stunde bin ich echt außer Atem. Ich fühle mich zwar gut nach der Einheit, bin aber trotzdem noch tierisch verzweifelt. Dabei klappt alles wunderbar. Leon und ich sind wirklich gut aufeinander eingespielt. Die Chemie zwischen uns ist perfekt. Und die Solonummer für die Akademie nächste Woche tanz ich auch im Schlaf. Warum nur kann das nicht vor Fremden so gut klappen?

Ich schnappe mir mein Handtuch und wische mir den Schweiß aus dem Nacken. Leon steht vor mir und hält mir die Trinkflasche hin. Dabei nickt er in Aidans Richtung.

»Hast du gesehen, wer da hinten hockt?« Ich greife nach der Flasche.

»Yep.« Verstohlen huschen meine Augen noch mal in seine Richtung, während ich trinke. Er hat bemerkt, dass wir zu ihm hinübersehen, und nickt mir zu.

»Der Typ gefällt mir nicht«, lässt Leon mich wissen. Seine Stimme klingt ganz besorgt. Ich verschließe die Wasserflasche und drehe mich wieder zu Leon um. Er macht zwei Schritte auf mich zu und packt mich am Unterarm. »Lea, pass bloß auf, worauf du dich da einlässt.«

Überrascht von der Heftigkeit seiner Worte muss ich schwer schlucken.

»Du kennst ihn doch gar nicht.« Wieder wandert mein Blick zu Aidan hinüber. Vermutlich sieht man mir gerade an, wie verliebt ich in den Kerl da drüben bin. Das scheint Leon aber nicht im Geringsten zu beruhigen.

»Und überhaupt … seit wann stehst du auf finstere Kerle, die Dreck am Stecken haben?«

Ich zwinkere Leon zu.

Meine Lippen zu einem verschmitzten Grinsen verzogen, necke ich ihn: »Etwa eifersüchtig?«

Leon blickt mir tief in die Augen, grinst ebenso verschmitzt zurück und entzieht mir dabei wieder seine Trinkflasche. Demonstrativ macht er einen weiteren Schritt auf mich zu und hält meinem Blick stand. »Ja! Was denkst du denn?«

Ich wuschele ihm über den Kopf und wir beide müssen lachen. Neben Kiki ist Leon so ziemlich die einzige Person, die mich wirklich kennt und die bislang immer zu mir gehalten hat, egal, was war. Ich kann nur hoffen, dass das auch weiterhin so sein wird.

»Denn ist ja gut«, lasse ich ihn wissen. Ich setze mich und ziehe mir meine Trainingshose und den Sweater über das Trikot. Die Ballettschuhe tausche ich gegen meine Sneakers. »Du solltest ihn kennenlernen.«

Leons Blick spricht Bände. »Gehst du etwa mit ihm? Ich meine … so richtig?«

Ich zucke verlegen mit den Schultern. »Weiß nicht. Vielleicht.« Meinem langjährigen Freund und Tanzpartner entgleiten sämtliche Gesichtszüge. Verschwörerisch rückt er mir auf die Pelle.

»Erzähl. Sofort.«

Energisch schüttele ich den Kopf. »Du spinnst wohl.« Ich bin bereits aufgestanden und habe mir meinen Rucksack über die Schulter geworfen, als Leon mich festhält und zurückzieht.

»Dann eben nur die Kurzfassung. Aber ich lasse dich hier nicht eher weg, als bis ich weiß, was zwischen dir und diesem finsteren Typen da drüben abgeht.«

Ich muss kurz lachen. »Finsterer Typ. Ist das dein Ernst?« Doch auf Leons Stirn zeichnen sich wirklich ein paar Sorgenfalten ab. Währenddessen beobachtet Aidan uns mit Argusaugen. »Nun komm schon«, drängele ich. »Gib ihm 'ne Chance.« Murrend gibt er nach. Gemeinsam gehen wir zu Aidan und Gregor rüber.

Aidan

Mein Herz pumpt auf Anschlag, als Lea auf uns zuhält. Diesen Leon hat sie im Schlepptau. Ich merke gleich, sie weiß nicht, wie sie mich begrüßen soll. Also steige ich vom Hocker herunter und lege ihr meinen Arm um die Taille. Immerhin ist sie ja jetzt irgendwie mein Mädchen. Das kann ruhig jeder sehen. Ich find's süß, wie ihr das Blut in die Wangen schießt und sie verlegen zur Seite sieht. Ja, sie ist doch so ganz anders als die Mädels, mit denen ich sonst so abhänge.

»Hey«, raune ich in ihr Ohr. Ich fühle ihre Fingerspitzen, die sich ganz leicht an meine Hüfte krallen.

»Hey«, flüstert Lea. Sie räuspert sich und dreht sich zu Leon und Gregor um. Doch weg lasse ich sie nicht. Mein Arm liegt fest um ihrer Taille. Muss mich direkt zusammenreißen, um mit meiner Hand nicht aus Versehen abzurutschen und auf ihrem Arsch zu landen.

»Seit wann gibt es hier Bier?«, will Lea von Gregor wissen. Ich nehme einen weiteren Schluck aus der Flasche und halte sie ihr hin. Sie lehnt ab.

»Schon immer«, antwortet Gregor. »Doch die hole ich nur für besondere Gäste raus«, zwinkert er Lea jetzt zu. Das Rot auf ihren Wangen wird immer dunkler.

»Ähm«, macht sie und schaut mir in die Augen, »was machst du hier?«

Ich zucke mit den Schultern. »Nichts Besonderes. Wollte nur mal vorbeischauen. Hab Gregor kennengelernt.« Ich proste ihm zu. Scheint ihm zu gefallen. »Ist nett hier.« Natürlich spüre ich, wie sehr Lea meine Anwesenheit hier zuwider ist. Obwohl ich es nicht verstehen kann. Aber egal. Irgendwie süß, wie ihr das hier grad so peinlich ist, in meinen Armen zu stehen und von allen Seiten beobachtet zu werden.

Leon, die Strumpfhose, gibt keinen Ton von sich. Soll mir recht sein. Kann den Kerl nicht ausstehen.

»Soll ich dich nach Hause fahren, Süße?«, frage ich sie ganz einfach, weil es mir total egal ist, was die anderen von uns halten. Für meinen Geschmack denkt Lea dann aber doch einen winzigen Moment zu lange über mein Angebot nach.

Sie wendet den beiden Kerlen den Rücken zu und kommt mir mit ihrem Gesicht näher. »Bitte, Aidan. Nicht falsch verstehen, ja? Aber ich fahre mit dem Rad heim.«

Mir ist wohl anzusehen, dass ich was anderes erwartet habe. Und verstehen tue ich ihre Abfuhr schon zweimal nicht. Obwohl sie mich hier ganz eindeutig abserviert, krallt sie ihre Finger noch immer in meine Hüfte und sucht meine Nähe. Dann fragt sie mich etwas, das ich längst hätte regeln können. Das muss ich zugeben. »Hast du mit Tessa gesprochen?«

Seufzend schüttele ich den Kopf. Ich kann mir denken, dass ich mich jetzt komplett ins Aus geschossen habe. Und, wie ich es geahnt habe, nickt sie nur.

»Sorry, aber … Ich bin heute auch schon verabredet. Mit meiner Freundin Kiki und … mit Leon. Okay?«

Ob das okay ist? OB DAS OKAY IST? Nein, verdammt! Doch ich nicke nur. Wenn es das ist, was sie will, werde ich sie nicht davon abhalten.

»Schon gut, Süße.« Im nächsten Moment spüre ich ihre warmen, weichen Lippen auf meiner Wange. Ich drehe den Kopf und klaue mir einen flüchtigen Kuss. Perplex erwidert sie meinen Kuss, den sie nicht hat kommen sehen. Mit ihrer Zunge leckt sie sich flüchtig über ihre Lippen. Sofort muss ich grinsen, weil ich sie ausgetrickst habe. Scheu wandern ihre Augen von mir weg erst zu Gregor und schließlich zu Leon.

»Also, Leute. Ich bin dann mal weg.«

Ihre Finger lassen meine Hüfte los und mit einem Stechen im Herzen muss ich mit ansehen, wie Lea auf Leon zugeht und ihm einen flüchtigen Abschiedskuss auf die Wange gibt. Ohne sich noch einmal nach mir umzudrehen, geht sie. Mir bleibt nichts weiter übrig, als ihr nachzusehen.

Ich kann dieser Arschgeige ganz genau ansehen, wie köstlich es ihn amüsiert, dass Lea mich abserviert hat. »Du kannst mich nicht leiden, stimmt's?«, spreche ich ihn direkt an, nachdem Lea verschwunden ist. Ich setze mich wieder und trinke weiter mein Bier. Nickend lässt Leon sich neben mir an der Bar nieder. Zumindest muss ich nun nicht länger auf seine Hose starren.

»Korrekt«, ist alles, was er dazu zu sagen hat.

Gut. Das wäre geklärt. Ich nehme den letzten Schluck aus meiner Flasche. »Kann ich mit leben. Ich mag dich auch nicht besonders.«

Gregor nimmt die leere Flasche entgegen und verabschiedet sich. »Macht keinen Ärger, Jungs.«

Stumm nicken wir ihm zu.

»Dabei hast du mir eine reingewürgt und nicht umgekehrt«, erinnere ich Leon an unsere letzte Begegnung, als Gregor außer Hörweite ist.

»Ja, schon richtig. Aber du hast nur deshalb nicht zurückgeschlagen, weil du es dir mit Lea nicht verscherzen willst.«

Anerkennend nicke ich. Sieh mal einer an. Das Kerlchen ist gar nicht so blöde, wie es aussieht.

»Auch wieder wahr«, muss ich ihm da zustimmen. Ich greife nach meinem Mantel, denn ich sehe keinen Grund, noch länger hier rumzuhängen.

»Das hat dich richtig gewurmt, nicht wahr?«

»Was?«, will ich wissen. Sein breites Grinsen treibt meinen Puls hoch.

»Lea und mich so tanzen zu sehen.«

Na, toll. Jetzt fängt der Kerl schon wieder an zu stänkern. Ich fass es nicht. Auf dem Absatz mache ich kehrt, gehe auf ihn zu und schau ihm in seine dumme Visage.

»Jetzt mach hier mal nicht so 'n Aufriss, nur weil du dich in deiner Strumpfhose im Takt bewegen kannst.« Ich merke richtig, wie ich hochfahre. Alleine sein Blick geht mir grad tierisch auf die Eier. »Was grinst du so blöd?«, setze ich nach, denn ich kann es nicht leiden, wie dämlich der dreinschaut.

»Na, sieh mal einer an. Du bist ja richtig eifersüchtig. Muss mich wohl bei dir entschuldigen. Scheinst ja doch irgendwelche Gefühle für Lea in dir zu haben.«

Ich pruste kurz auf. »Pah! Eifersüchtig? Worauf denn? Auf deine Strumpfhose etwa?« Er wägt ab. Das macht mich rasend. Meine Fäuste sind kaum noch unter Kontrolle zu halten.

»Wohl kaum«, triezt er weiter.

»Was denn dann? Etwa deine Tanzerei?« Wieder schnaube ich laut auf. Der Typ hat mich auf hundertachtzig gekriegt. »Nur mal so fürs Protokoll«, setze ich nach, »so ein bisschen herumhopsen ist ja wohl nicht das Problem. Das könnt ich auch, wenn ich wollte.«

Leon dreht sich auf dem Hocker nun volle Breitseite zu mir um. »Okay«, sagt er, »dann lass mal sehen.«

Geräuschvoll atme ich aus. »Bitte?« Der Typ spinnt doch voll.

Er verschränkt die Arme vor der Brust und betrachtet mich

ausgiebig. »Warum eigentlich nicht?«, höre ich ihn mit sich selbst reden. »Das wäre vielleicht sogar die Lösung!«

So wie der mich anstarrt, komm ich mir vor wie 'ne verdammte Kuh auf dem Viehmarkt. Das wird mir jetzt zu blöd. Ich gehe. Doch die Arschgeige lässt nicht locker. Ich bin schon fast aus der Tür raus, als ich ihn hinter mir erneut sprechen höre.

»Dir liegt doch was an Lea, oder etwa nicht?« Boah, der ist echt die Pest. Wütend drehe ich mich zu ihm um.

»Ich habe zwar keine Ahnung, was du dich da unbedingt einmischen musst, aber ja. JA! Lea bedeutet mir etwas. Zufrieden?« Er grinst. Grinst!

»Du hast mitbekommen, dass Lea Probleme mit offiziellen Auftritten hat.«

»Ja, und weiter?« So langsam verliere ich echt die Geduld.

»Und du hast mitbekommen, dass Lea nur etwas mehr als eine Woche Zeit hat, um dieses Problem in den Griff zu bekommen.«

Ich stutze. »Ja.«

Er lässt die Schultern sinken. Schaut resigniert drein. »Ich habe alles versucht. Ich krieg die Panik einfach nicht aus ihr raus.«

»Verdammt! Jetzt spuck's endlich aus. Was willst du?«

Verschwörerisch schaut Leon sich nach allen Seiten um. Er greift nach meinem Arm und zieht mich ein Stück mit sich zur Seite.

»Vielleicht sollten wir unsere Abneigung gegeneinander erst einmal auf Eis legen. Ich habe da nämlich so eine Idee.«

Kapitel 17

Lea

»Ich kann nicht glauben, dass Aidan hier in deinem Bett gelegen hat«, bringt Kiki voller Staunen hervor, während sie direkt davor steht und unentwegt auf die Laken starrt. Peinlich berührt schüttele ich vor ihren Augen die Decke auf und falte sie ordentlich. Heute Morgen habe ich in der Eile vergessen, mein Bett zu machen.

»Bitte«, sage ich und deute auf die Bettstätte. »Nimm doch Platz.« Das lässt sie sich nicht zweimal sagen. Während ich eines meiner wenigen abendtauglichen Oberteile aus dem Kleiderschrank hervorziehe, um es mir überzustreifen, lässt Kiki sich genüsslich in die Kissen sinken. Ungeniert schnüffelt sie an meinem Kopfkissen.

»He«, rufe ich aufgebracht, »das ist widerlich.«

Doch davon wenig beeindruckt verdreht Kiki nur träumerisch die Augen. »Hm«, stöhnt sie. »So langsam fange ich an, dir zu glauben. Das Kissen riecht ja echt voll nach Bad Boy. Süßlich-herb mit einer feinen Tabaknote.«

Skeptisch begutachte ich meine Freundin von der Seite, wie sie so vor sich hin schwärmt.

»Du machst mir Angst«, lasse ich sie wissen. Sie lacht auf. Im selben Moment geht die Tür auf und Leon kommt herein.

»Hey. Alles klar bei euch? Seid ihr schon in Stimmung?«, fragt er. Dabei drückt er mir einen Kuss auf die Wange und geht dann rüber zu Kiki, um ihr ebenfalls zur Begrüßung den Arm um die Schulter zu legen und ihr einen Schmatzer zu geben.

»Hier, riech mal«, hält Kiki ihm gleich mein Kopfkissen unter die Nase. Genüsslich nimmt Leon eine Nase voll. Sein Blick wirkt dabei ähnlich versonnen wie der von Kiki kurz vor ihm. Ich gehe rüber zu den beiden und nehme ihnen das Kissen weg.

»Oh, wie geil«, stöhnt Leon dann auch gleich los. »Da hat er drauf gelegen?« Sorgfältig streiche ich das Kissen glatt, nachdem ich es wieder am Kopfende meines Bettes platziert habe. »Ich wüsste zu gerne, welches Aftershave er benutzt.«

»Jetzt hört auf mit dem Blödsinn!« Ich strafe Kiki mit einem scharfen Blick, weil meine ach so beste Freundin genüsslich vor sich hin grinst. »Also«, versuche ich vom Thema abzulenken, »wer ist für Kino? Kann ich mir gerade noch so leisten.«

Leon lässt sich neben Kiki aufs Bett fallen und ich setze mich auf den Drehstuhl vor meinem Schreibtisch. Erwartungsvoll schaue ich zu den beiden rüber. Leon scheint mein Vorschlag nicht so zuzusagen, so sehr wie er sein Gesicht verzieht.

»Nach der harten Woche, die wir hinter uns haben, wäre ich dafür, dass wir es heute mal ordentlich krachen lassen.«

»Ja, das klingt gut«, zwitschert Kiki. Beide schauen mich an.

»Okay«, gebe ich resigniert nach. »Und was schwebt euch da so vor?« Die beiden tauschen kurze, verschwörerische Blicke. Dann klatschen sie ab.

»Alles klar«, bricht es aus mir heraus. »Was genau habt ihr vor?« Doch dass mir die Antwort nicht gefallen wird, weiß ich jetzt schon.

* * *

Ins *Roxy*, das haben die beiden vor. Am Samstagabend gegen Mitternacht stehe ich mit meinen beiden besten und einzigen Freunden in der langen Schlange vor der Diskothek und warte zitternd vor Kälte drauf, dass es vorangeht. Leon legt mir seinen Arm um die Schulter.

»Jetzt mach doch nicht so ein Gesicht. Wird Zeit, dass du mal wieder die Sau rauslässt. Du arbeitest zu viel in letzter Zeit. Das bekommt deinen Gesichtszügen nicht.« Unwirsch befreie ich mich aus seiner Umarmung. Gequält lächele ich ihn an.

»Geschenkt.« In Hamburg gibt es so viele tolle andere Läden, in denen ich viel lieber bin. Zugegeben, der Weg ist unschlagbar kurz, aber ich mag das *Roxy* nicht besonders, weil hier so viele von unserer Schule abhängen. Das Problem hat Leon natürlich nicht. Der ist ja bereits in der Ausbildung und muss sich nicht mehr mit nervigen Mitschülern rumärgern, die einen bis aufs Blut triezen.

Wir warten insgesamt fast zwanzig Minuten, bis wir drinnen sind. Notgedrungen gebe ich meine Jacke an der Garderobe einer jungen Frau. Mein Geld habe ich gemeinsam mit meinem Handy in die Hosentasche gestopft. Die Masse an Gästen bahnt sich ihren Weg ins Innere der Location. Die Laser flackern zum Takt der Musik in dem abgedunkelten großen Raum. Kiki zieht mich gleich hinter sich her und stürmt die Tanzfläche. Mir ist aber jetzt nicht nach tanzen, also lasse ich sie los und postiere mich etwas abseits. Zum Glück springt Leon ein. Während ich die beiden beobachte, stellt sich jemand zu mir und spricht mich an.

»Du bist die Kleine vom Dom, richtig?« Mein Blick geht zur Seite. Es ist Ole, einer von Aidans Freunden, und zwar derjenige, der uns damals im Autoscooter so fies gerammt hat und der jetzt darauf wartet, eine Antwort von mir zu bekommen.

Verlegen nicke ich nur. Ich frage mich, wie viel Aidan ihm wohl von uns erzählt hat.

»Hast meinen Bro ja ganz durcheinandergebracht, was?«

Mir fällt nichts Besseres ein als ihn fragend anzusehen. Er nickt. »Bist nicht sehr gesprächig, wie?«, ruft er mir wieder zu. Er hat keine Probleme damit, gegen die laute Musik anzubrüllen.

Lächelnd schüttele ich den Kopf. Er grinst kurz. Seine Augen wandern über die tanzende Menge. Verweilen für einen Augenblick auf Kiki und Leon. Dann lehnt er sich ein Stück weit zu mir herunter und redet direkt in mein Ohr. »Ich weiß zwar nicht genau, was zwischen Aidan und dir abgeht, doch mit Sicherheit hast du keine Ahnung, worauf du dich da einlässt.« Prüfend schaut er mir nun in die Augen.

Mein Blick ist verhalten, denn ich weiß wirklich nicht, was er mir damit sagen will. Will er andeuten, dass Aidan in einer anderen Liga spielt als ich? Denn das weiß ich selbst. Bin ja nicht von gestern.

Seine Hand streicht kurz über meine Schulter. »Pass auf dich auf«, sagt er noch zu mir, dann geht er ohne ein weiteres Wort und taucht wieder in der Menschenmenge unter.

Leon tänzelt an mich heran. »Wer war das denn bitte?« Er schaut Ole nach.

»Niemand«, sage ich. »Bloß ein Freund von Aidan.« Verstohlen beobachtet Leon jeden von Oles Schritten, der sich weiterhin durch die Menge bewegt, sein Ziel für uns unbekannt. Für meine Begriffe schaut Leon ihm etwas zu intensiv nach.

»Der ist okay«, versuche ich ihn auch gleich zu beruhigen. Seine Augen scheinen direkt auf ihm festgefroren zu sein. Er hört mich nicht einmal. Ich knuffe ihn in die Seite.

»Was?«, fragt er jetzt, doch noch immer löst sich sein Blick nicht.

»Jemand zu Hause?«, rufe ich direkt in sein Ohr. Endlich reißt er sich von Ole los und schaut mir ins Gesicht.

»Sicher«, grinst er wieder ganz normal, so wie ich es von ihm gewohnt bin. »Kiki ist rüber zur Theke. Willst du auch was?«

Ich verneine. »Nee, später vielleicht. Geht schon mal. Ich komme gleich nach.«

Während ich der tanzenden Menge weiter zusehe, huscht Leon zu Kiki. Ich mag es, den Menschen beim Tanzen zuzusehen. Vor allem, wenn die Musik so gut ist wie heute Abend. Selbst tanze ich in Diskotheken nur sehr selten. Das Beobachten macht mir meist mehr Freude und entspannt mich genauso sehr. Irgendwann schweift mein Blick von der Tanzfläche ab und ich beobachte eine Gruppe auf der anderen Seite, die nahe der Bar um ein paar Stehtische herumsteht. Und dann sehe ich ihn. Aidan. In lässige Jeans und ein helles Hemd gekleidet steht er bei seinen Freunden und betrachtet ebenfalls die Menge vor sich. Instinktiv drücke ich mich etwas von der Brüstung der Tanzfläche weg, damit er mich nicht aus Versehen entdeckt. Ich komme mir direkt mies vor, wie ich ihn jetzt aus dem Hinterhalt beobachte, doch ich kann einfach nicht anders. Einer seiner Kumpels reicht ihm ein Schnapsglas. Gemeinsam stürzen sie die dunkelbraune Flüssigkeit ihre Kehlen hinunter. Meine Augen huschen über seinen Oberkörper, dessen Muskeln tanzen, während er den Kopf beim Trinken in den Nacken legt. Unweigerlich beiße ich mir auf die Unterlippe. Meine Gedanken schweifen ab. Unsere gemeinsame Nacht kommt mir in den Sinn und die Erinnerungen daran, wie sich unsere Körper aneinanderschmiegten und er sich unter meinen Berührungen bewegte, lassen meinen Herzschlag in die Höhe schnellen. Dann sehe ich sie. Tessa. Flankiert von ihren beiden Freundinnen scharwenzelt sie auf Aidan zu. Augenblicklich versetzt mir ihre Anwesenheit einen tiefen Schlag in meine Magengrube. Ihre Freundinnen gehen auf andere Typen zu und Tessa setzt ihren Weg alleine fort. Ihr Ziel, Aidan, immer fest vor Augen. So wie es scheint, hat er Tessa noch gar nicht entdeckt. Vollkommen in ein Gespräch mit seinem Trinkfreund vertieft, bemerkt er Tessa erst, als sie bereits ihren Arm um ihn legt und die andere Hand vertraut an seinem Bauch landet. Ich kann gar nicht in Worte fassen, wie sehr mich dieser Anblick aus der Fassung bringt. Dass mir dabei die Augen feucht werden bemerke ich erst, als es bereits geschehen ist. Energisch schlucke ich den Kloß in meinem Hals hinunter und blinzele die aufkommenden Tränen fort. Schnell wird mir klar: Ich will so schnell wie möglich hier weg. Doch Kiki und Leon stehen circa zehn

Meter von der Gruppe um Aidan und Tessa entfernt am Tresen und amüsieren sich köstlich. Da kann ich jetzt nicht rübergehen.

Mit offenem Mund muss ich mit ansehen, wie Tessa Aidans Kinn zu sich heranzieht, sich ihm entgegenstreckt und ihn auf den Mund küsst. Nur flüchtig, ja, aber mir zerreißt es das Herz. Will er das überhaupt?

»Das ist doch völlig egal«, rede ich leise mit mir selbst. Immerhin hatte er seit bestimmt dreißig Sekunden die Gelegenheit dazu, sie auf Abstand zu bringen. Hat er aber nicht.

Vollkommen machtlos, irgendetwas gegen das, was da drüben gerade passiert, zu unternehmen, stehe ich starr da und gaffe weiter rüber zu den beiden. Innerlich schicke ich bereit Stoßgebete zum Himmel, das alles möge nur ein Traum sein.

Hektisch drehe ich mich weg. Unmöglich kann ich weiter mit ansehen, wie die beiden miteinander rummachen. Toiletten, kommt mir in den Sinn. Von Panik getrieben will ich zu den WCs rennen. Plötzlich stellt Leon sich mir in den Weg. Kiki folgt ihm auf dem Fuß. Als er meine Aufregung bemerkt, wird er selbst ganz ernst.

»Ist was passiert? Wir waren doch nur zehn Minuten weg.« Ich ringe um Fassung. Aus dem Augenwinkel heraus sehe ich, wie Aidan von Tessa an der Hand auf die Tanzfläche gezogen wird, und schaue wieder in ihre Richtung. Leon folgt meinem Blick. Kiki ebenfalls. Sie entdecken ihn gleichzeitig. Sofort steht Kiki neben mir und legt mir ihre Hand auf den Rücken. Es wäre besser, sie würde das lassen. So fällt es mir doch nur noch schwerer, Haltung zu bewahren.

»Was für ein Arsch!«, schießt es aus ihr hervor. Ich muss zugeben, ihre Wortwahl ist durchaus treffend.

»Ich«, stammele ich, »Ich … ich möchte gehen, okay?« Mein Tonfall jagt mir selbst eine Gänsehaut über den Rücken, so bitter klinge ich. Leon hält mich an der Hand gepackt, als ich an ihm vorbei das Weite suchen will.

»Du willst abhauen? Flüchten? Vor dem? Schnuffel, das hast

du überhaupt nicht nötig.« In dem Moment, als er mich zurückzieht, schaue ich Aidan direkt in die Augen. Sein Körper gerät in Schockstarre, als er begreift, dass ich es bin, die keine fünf Meter von ihm und Tessa entfernt steht. Sein nächster Augenaufschlag gilt Leon, der noch immer mein Handgelenk umfasst hält und jetzt dicht vor mir steht. Seine Augen verengen sich zu schmalen Schlitzen. Ist das etwa Eifersucht, die in ihm aufflackert?

»Küss mich«, sage ich zu Leon, ohne den Blick von Aidan abzuwenden.

»Was?!« Verständlicherweise klingen diese Worte aus Leons Mund leicht irritiert. So etwas habe ich noch nie zu ihm gesagt. In mir kocht der Trotz hoch. Aidan ist eifersüchtig? Dazu hat er kein Recht. Jedenfalls noch nicht. Also gebe ich ihm jetzt einen Grund, wirklich eifersüchtig zu werden, und zeige ihm gleichzeitig, dass er keinesfalls der Einzige für mich ist, auch wenn er immer so tut.

Ich löse mich von Aidans Anblick und verringere den Abstand zwischen Leon und mir nochmals. Dann tue ich es. Ich presse meine Lippen fest auf Leons Mund, dem im ersten Moment der Schreck in die Glieder fährt. Dann versteht er und spielt mit. Seine Arme schlingen sich um mich und halten mich fest gepackt. Seine Lippen treffen erneut auf meine, dieses Mal finden sie den Takt und wir beide verschmelzen in einem langen Kuss miteinander. Ich kann wirklich nicht behaupten, Leon wäre ein schlechter Küsser. In der Tat empfinde ich diesen Kuss als sehr angenehm und fühle mich auch keineswegs unwohl … Doch ist es nicht Aidan, den ich da küsse, und das alleine reicht, um auf meinem Mund einen fahlen Geschmack zu hinterlassen, als unsere Lippen sich wieder voneinander trennen.

Ganz zärtlich fährt mir Leon noch kurz über die Wange und raunt mir ins Ohr: »Dafür schuldest du mir was, Schnuffelhase.« Seine Stimme klingt ganz heiter. Ihn scheint die kleine Showeinlage amüsiert zu haben. Erleichtert lächele ich ihm ins Gesicht und nicke.

Kiki steht staunend vor uns. »Ihr habt sie echt nicht mehr alle, Leute.« Mehr fällt ihr dazu nicht ein.

»Kommt«, sagt Leon, während ich mich jetzt mit einem raschen Blick davon überzeuge, dass Aidan auch wirklich alles mitbekommen hat. »Lasst uns woanders hingehen. So wie es aussieht, ist die Party hier heute vorbei.«

Eisig funkeln mich Aidans Augen an, während Tessa bereits angefangen hat, um ihn herumzutänzeln. Sie hat mich noch gar nicht zur Kenntnis genommen. Vermutlich ist sie auch schon viel zu high, um überhaupt noch irgendetwas wahrnehmen zu können. Ich lasse mich von Leon hinter sich herziehen. Meine Augen jedoch kann ich nicht von Aidan abwenden. Bis zum Schluss nicht.

Unsere Jacken haben wir schnell ausgelöst.

»Leute«, hören wir Kiki hinter uns quengeln, bevor wir durch den Ausgang treten, »ich muss noch mal schnell aufs Klo.« Entsetzt schaue ich ihr nach, denn sie ist bereits losgelaufen.

»Ja, ich müsste eigentlich auch noch mal kurz …«

»Nee, oder?«, presse ich die Worte von purer Panik getragen aus mir heraus. »Ich will hier weg!« Leon eilt bereits ebenfalls in Richtung der Toiletten.

»Sorry. Es geht auch wirklich ganz schnell. Das Bier, du verstehst?« Dann ist auch er verschwunden.

Ängstlich drücke ich mich in die hinterste Ecke an der Garderobe. Direkt neben den Eingang. Dabei knabbere ich an meinem Fingernagel. Nicht auszudenken, wenn jetzt in diesem Moment … Da sehe ich ihn auch schon. Mit festen Schritten geht er auf den Ausgang zu, der vielleicht zwei Meter von mir entfernt ist. In meiner Verzweiflung drehe ich mein Gesicht zur Wand hin. Ich kann nur hoffen, seine Wut ist so groß, dass er mit Scheuklappen vor den Augen direkt nach draußen rennt.

Die Tür schwingt auf und ein eisiger Windhauch flutet den Eingang. Kalt weht mir der Wind um die Beine. Dann schlägt die Tür geräuschvoll wieder zu. Ich riskiere einen Blick durch das Glasfenster, das in die Tür eingefasst ist. Ich hätte es lassen sollen. Vermutlich hätte er mich wirklich nicht erkannt. So aber schaut er mir direkt ins Gesicht, als er sich nach allen Seiten suchend umdreht. Meine Atmung setzt kurz aus. Ohne zu wissen, was ich da mache, sehe ich zu, dass ich Land gewinne, und renne an der Garderobe vorbei wieder in den Club hinein. Ich traue mich gar nicht mich umzusehen, sondern laufe einfach blindlings drauflos, immer weiter.

Mein Herz schlägt mir bis zum Hals. Was macht der Typ nur mit mir? Gerade habe ich panische Angst davor, ihm gegenüberzutreten. Ich frage mich, warum. Weil ich Angst vor ihm habe? Nein. Weil ich mich wegen des Kusses gerade eben schäme? Vermutlich. Oh, ich fühle mich ganz schrecklich. Dabei hat er doch damit angefangen.

Wie ein Wiesel schlängele ich mich durch mehrere Gruppen von Menschen hindurch. Bis die Menge plötzlich dicht aneinandergedrängt wie eine Mauer vor mir steht.

Abrupt bleibe ich stehen. Im nächsten Augenblick packt mich eine kräftige Hand am Oberarm und wirbelt mich herum. Ganz dicht steht Aidan vor mir und war vermutlich noch nie so außer sich wie jetzt. Sein Mund öffnet sich, als wolle er etwas sagen. Dann schließt er ihn wieder. Er schaut nach rechts. Seine Hand schiebt sich unter meinen Arm und zerrt mich mit sich.

»Komm«, fordert er mich auf. Mir bleibt nichts weiter übrig, als es geschehen zu lassen. Selbst wenn ich mich wehren wollte, bezweifle ich, dass ich die nötige Kraft dafür aufbringen könnte. Aidan wirkt so entschlossen. Er zieht mich durch den halben Saal hinter sich her. So lange, bis wir abseits des Gewühls in einer Nische stehen. Mit beiden Armen greift er nach mir und drängt mich gegen eine Wand. Sein Atem geht keuchend. Ob vor Wut oder Anstrengung, weil er mich so energisch hinter sich hergezogen hat, kann ich nicht beurteilen.

»Was sollte das gerade eben?«, kommt er direkt zur Sache.

Trotzig funkele ich zurück. »Na, das fragt der Richtige«, bringe ich hervor.

Er wirkt wie vor den Kopf gestoßen, der eisige Glanz in seinen Augen fährt einen Gang zurück.

»Du hast ihn geküsst«, stellt Aidan jetzt fest. Die Härte, mit der er die Worte ausspricht, lässt mich direkt erschauern.

»Und?«, frage ich ihn.

»So, wie du mich geküsst hast. Letzte Nacht«, wirft er mir jetzt vor. Verzweifelt schließe ich für einen Augenblick meine Lider. Dann bricht es aus mir heraus.

»Du doch auch. Du hast sie doch auch geküsst.« Erst scheint es so, als verstünde er nicht, doch dann begreift er, was ich damit meine. Das kalte Glitzern in seinen Augen tritt noch mal temperamentvoll zutage. Seine Hände um meine Handgelenke intensivieren den Druck und nageln mich buchstäblich an der Wand fest. Ganz dicht tritt er an mich heran. Sein Atem schlägt mir ins Gesicht. Seine Augen wandern fassungslos über mein Gesicht.

»Tu das ja nie wieder. Hörst du?«

»Was?«, presse ich haltlos durch die Lippen.

»Du«, stößt er aus, »du machst mich wahnsinnig.« Ehe ich darauf reagieren kann, fühle ich seine Lippen auf meinen. Dicht an mich gedrängt höre ich ihn aufatmen. Der Griff um meine Handgelenke lockert sich, jedoch nur so lange, bis unsere Finger eng miteinander verflochten sind, dann intensiviert er den Druck wieder. Ganz fest hält er meine Hände, während unsere Zungen sich berühren. Nach Luft ringend schmiege ich mich an ihn. Trotz meiner Wut muss ich einfach zugeben: Dieser Kuss ist um ein Vielfaches besser als der, den ich vor ein paar Minuten mit Leon hatte. Im Rücken von der kalten Mauer und von vorne von Aidans Körper aufrechterhalten, lasse ich mich tief in dieses prickelnde Gefühl fallen, das Aidan mit seinem spontanen Kuss in mir auszulösen weiß.

»Fuck«, höre ich ihn während unseres Kusses raunen. »Ich will nicht, dass andere Männer dich küssen. Ich will sie nicht einmal in deiner Nähe wissen.« Seine Küsse sind intensiv. Fast fordernd. Von seinen Worten irritiert halte ich inne. Trotzdem neckt und liebkost er mich weiter, indem er ganz kurz meine Unterlippe zwischen seine Zähne zieht. Es erregt mich, ja. Doch seine Worte lassen mich aufhorchen. »Für einen Moment habe ich geglaubt, du hättest was mit der Strumpfhose am Laufen.«

Der Zauber des Augenblicks verfliegt so rasend schnell, dass ich ihm zum Abschied noch nicht einmal hinterherwinken kann. Scheinbar aus dem Nichts heraus winde ich mich unter seinem Kuss.

»Lass mich los. Sofort.« Wie wild versuche ich meine Hände zu befreien. Es muss einem kleinen Ringkampf gleichen, so sehr, wie wir uns winden.

»Hey, was ist …« Noch immer lässt er mich nicht los. Dann endlich. Meine Hände sind frei. Im gleichen Atemzug legen sich seine Hände dann aber rechts und links an mein Gesicht. Ob ich will oder nicht, ich muss ihm in die Augen blicken, die mich so fragend anschauen. Ich bin rasend vor Wut. »Hey! Was soll das? Was hab ich getan?«

»Wenn du glaubst, du könntest mir Vorschriften machen und dich selbst wie der letzte Arsch aufführen, dann irrst du dich aber gewaltig. Ich kann küssen, wen ich will. Ich bin nicht dein Besitz!«

Endlich versteht er. »Heilige Scheiße. Natürlich nicht. So meine ich das doch auch gar nicht. Ich meine …«

»Und außerdem«, unterbreche ich ihn jetzt, »Tessa …« Hilflos flackert mein Blick durch den Saal an ihm vorbei. Ich will jetzt nicht heulen. Nein. Ganz sicher nicht. Aber alleine ihren Namen auszusprechen und an den Kuss zu denken, den ich vor ein paar Minuten mit ansehen musste, lässt mich um Fassung ringen. Aidan hält mich. Fängt mich auf, als mir die Knie weich werden.

»Ich habe sie hier zufällig getroffen. Hätte ich ihr vor allen Leuten eine Szene machen sollen?«, versucht er zu erklären. »Außerdem: *Sie* hat *mich* geküsst. Nicht umgekehrt.« Für den Moment tun diese Worte aus seinem Mund wirklich gut. Nehmen sie doch etwas von der Bitterkeit, die die Erinnerung an diese Zärtlichkeit in mir auslöst.

»Doch du hast es zugelassen.«

Sein Brustkorb hebt und senkt sich spürbar, als er tief durchatmet, so nahe sind wir uns. Sanft streicht er mir eine Haarsträhne aus dem Gesicht. Er macht einen Schritt zurück, entfernt sich von mir. Im nächsten Moment tritt er wieder ganz eng an mich heran und küsst mich erneut. So drängend. So verzweifelt. So einnehmend.

»Ich verarsch dich nicht. Wirklich!« Dann geht er.

Seine Worte hallen noch einen Augenblick nach, da ist er längst in der Menschenmasse untergetaucht. Noch ganz benommen von dieser Begegnung finde ich nur langsam in die Realität zurück. Schließlich gehe ich zum Ausgang. Leon und Kiki wundern sich bestimmt schon, wo ich abgeblieben bin.

* * *

Leon steht am Ausgang und sieht beunruhigt aus, als er mich entdeckt.

»Wo warst du? Wir haben uns schon Sorgen um dich gemacht.« Die beiden schauen mich neugierig an.

»Nachdem ihr weg wart, kam Aidan und …« Ich muss einmal tief Luft holen, so sehr wühlt mich die Begegnung von eben auf. Dann berichte ich, was geschehen ist, während die beiden auf dem Klo waren. Fassungslosigkeit macht sich vor allem bei Leon breit. In ihm kocht der Beschützerinstinkt hoch.

»Also ehrlich«, hören wir ihn rufen, während er bereits dabei ist, zurück in den Club zu laufen. »Der wird mich jetzt mal kennenlernen.«

Wirklich recht ist mir eine erneute Konfrontation nicht gerade, doch Leon ist nicht mehr aufzuhalten. Resigniert hake ich mich bei Kiki unter und wir folgen Leon mit einem kleinen Abstand.

Kapitel 18

Aidan

Vier Kurze später setzt sich die Arschgeige neben mich. Er scheint wütend. Vermutlich auf mich.

»Ohne deine Strumpfhose hätte ich dich fast nicht erkannt vorhin«, stichele ich. Er geht nicht drauf ein, sondern kommt direkt zur Sache.

»War das echt nötig?«

Ich pruste kurz, nehme Blickkontakt mit der Barkeeperin auf und zeige auf das Glas vor mir. Sie schenkt neu ein.

»Dito«, sage ich, dann kippe ich mir das Zeugs hinter die Binde.

»Ehrlich, Mann. Wenn du Lea nur verarschen solltest, dann …« Im Bruchteil einer Sekunde halte ich den Typen schon fest am Kragen gepackt in die Luft.

»Wenn du sie noch einmal küsst, dann breche ich dir sämtliche Knochen, so dass du nie wieder Pirouetten drehen kannst. Das schwöre ich dir«, zische ich ihm zwischen zusammengepressten Lippen mitten ins Gesicht. Er ist weniger beeindruckt, als ich erwartet hätte.

»Eigentlich finde ich es ja ganz cool, wie du gerade abgehst. Immerhin zeigt es, dass Lea dir anscheinend nicht ganz egal ist. Aber dein Verhalten ist extremst daneben.«

»Anscheinend«, fasele ich ihm nach. Wenn der wüsste. Unbeirrt spricht er weiter. Noch immer halte ich ihn am Kragen gepackt. Dass ihn das nicht sonderlich irritiert, imponiert mir … ein wenig. Ein ganz kleines Bisschen jedenfalls.

»Das mit der anderen da vorhin, das war echt nicht korrekt, Mann.«

»Ja, Mann! Das weiß ich selbst«, werde ich jetzt lauter und merke, wie mir die Kontrolle abhandenkommt. Etwas ruppiger als geplant gebe ich Leon einen Schubs, als ich ihn loslasse. Wie in Zeitlupe – jedenfalls kommt es mir so vor – stürzt er rückwärts vom Hocker. In der Luft versucht er sich zu drehen, schafft es aber nicht so richtig und kommt mit dem linken Bein unter sich begraben auf dem Boden auf. Während ich blöd danebenstehe, kommt Ole hinzu, geht in die Hocke und kümmert sich um den am Boden liegenden, jetzt leicht wimmernden Leon.

»Hey. Bist du schlimm verletzt? Komm, ich helfe dir auf.«
»Verflucht, ja! Ich glaube, ich habe mir den Knöchel verstaucht.« Leons Stimme treibt mir den kalten Schweiß auf die Stirn. Wie aus dem Nichts heraus ist da plötzlich Lea.

»Ach du Scheiße, Leon! Kannst du noch aufstehen?« Sie und Ole versuchen herauszufinden, wie schlimm die Verletzung tatsächlich ist. Leon lässt es aber kaum zu, dass sie sein Bein berühren. Sobald Ole seinen Knöchel bewegt, zuckt er zusammen und keucht vor Schmerzen.

»Wir sollten dich ins Krankenhaus fahren«, schlussfolgert Ole. Leon nickt nur und hält sich sein verletztes Bein. Lea tätschelt ihm den Rücken und weicht nicht von seiner Seite. Ich weiß, das sollte jetzt das Letzte sein, was ich fühle, doch genau hier und jetzt in diesem Moment bin ich rasend vor Eifersucht – und dank des Jägermeisters besoffen, das auch. Ach, fuck! Gemeinsam versuchen Ole und Lea, ihm aufzuhelfen.

»Mensch, Leon. Du kannst ja nicht mal auftreten. Sollen wir einen Krankenwagen rufen?«, fragt sie. Doch ihr von mir ramponierter Tanzpartner verneint energisch.

»Ach, Quatsch. Ich bin doch kein Notfall.«

»Aber mit der Bahn wird es schlecht gehen«, entgegnet sie wieder.

»Wir fahren natürlich. Mit dem Auto«, wirft Ole ein.

* * *

Gemeinsam verfrachten sie Leon auf den Beifahrersitz meines Ford Granadas. Etwas umständlich zwar, und es dauert länger als erwartet, doch endlich hockt er warm und trocken im Inneren des Wagens. Ist halt nur ein bisschen grün um die Nase. Ich habe einen ganz trockenen Mund. Ich fühle mich schlecht. Ole blickt mir einmal kurz in die Augen und packt mich dann an den Schultern.

»Hau dich auf die Rückbank zu den Mädels. Ich fahre«, befiehlt er mir. Ich nicke und lasse mich ins Wageninnere plumpsen.

Ich krieg voll Atembeklemmungen hier hinten. Meine Beine haben kaum Platz und ich bin eingequetscht zwischen Lea und dem Seitenfenster. Auf der anderen Seite von Lea sitzt ihre Freundin, deren Name ich nicht kenne und bei der ich mir nicht sicher bin, ob ich sie schon jemals in meinem Leben gesehen habe. Vermutlich ist sie im selben Jahrgang wie Lea, Ole und ich, und ich habe sie bisher nur nicht bemerkt.

Wortlos kurvt Ole durch die Straßen auf dem Weg zum nächsten Krankenhaus. Bei jeder Beschleunigung oder Kurve kommt es mir beinahe hoch. Würde mich nicht wundern, wenn ich mittlerweile genauso grün im Gesicht bin wie Leon auf dem Beifahrersitz.

Leas Knie liegt dicht an meinem Bein. Ihre linke Hand tippt nervös auf ihrem Oberschenkel herum. Ohne lange zu überlegen greife ich mit meiner Hand nach ihrer. Dabei drehe ich meinen Kopf in ihre Richtung. Ihre Augen ruhen für den Bruchteil einer Sekunde auf unseren Händen, dann richtet sie ihren Blick wieder zwischen den beiden Vordersitzen nach draußen in die Ferne und entzieht mir ihre Hand.

* * *

Im Krankenhaus geht dann alles ganz schnell. Leon wird von Ole und dem Mädchen, das ich nicht kenne, gestützt. Vorneweg geht Lea, die uns den Weg zur Notaufnahme bahnt. Ich torkele einfach mal hinterher, weil ich in meinem Zustand eh zu nichts nütze bin. Selten habe ich so eine miese Aktion geschoben wie heute. Am Empfang höre ich, wie die Frau hinter dem Tresen fragt, was passiert sei.

»Er ist vom Barhocker gestürzt und hat sich dabei den Knöchel verletzt«, erklärt mein Kumpel.

Während Leon behandelt wird, warten wir auf dem Gang. Da mir das Stehen zurzeit echt nicht liegt, habe ich mich etwas abseits auf eine schmale Bank fallen lassen und sitze meine Zeit hier erst einmal ab. Innerlich hoffe ich, dass niemandem vom Personal auffällt, wie hackedicht ich bin. Zum Glück interessiert es niemanden. Außer Ole natürlich. Und Lea. Nach einem unserer vielen kleinen Blickkontakte steuert sie auf mich zu und setzt sich neben mich.

»Sorry, das mit Leon«, nuschele ich. Sie nickt nur. Während ich sie anschaue, sieht sie an mir vorbei und beobachtet ein paar weitere wartende Menschen, die auf dem Gang herumlungern.

»Du solltest dich auf jeden Fall entschuldigen.« Ihre Stimme klingt bitter. Ich lasse meinen Kopf gegen die Wand hinter mir fallen und schließe kurz die Augen. Das bekommt mir nicht. Mit einem Seufzen lehne ich mich schnell wieder vor, den Blick auf den Fußboden gerichtet.

»Das war echt nicht meine Absicht, wirklich.«

»Und trotzdem bist du handgreiflich geworden. Was hast du dir nur dabei gedacht? Man kann seine Probleme auch anders lösen. Schon mal darüber nachgedacht, das Hirn einzuschalten?«

Ich halte mir den Kopf. »Kannst du mir einen Gefallen tun und vielleicht nicht ganz so schrill reden? Ja?« Anstatt auf meine

Bitte einzugehen, schaut sie mich bitterernst an. Ihre Lippen sind aufeinandergepresst. Ihre Augen schauen ganz traurig drein.

»Du hast meinen besten Freund angegangen«, stellt sie fest.

»Ich weiß. Sorry, Süße.«

Für eine Weile hängt jeder von uns für sich seinen Gedanken nach, während wir das Treiben auf dem Flur beobachten und darauf warten, etwas von Leon zu hören.

»War es Absicht?«, höre ich Lea plötzlich neben mir fragen. Ich schaue zu ihr rüber, doch sie sieht weg. »Wegen diesem blöden Kuss vielleicht?« Ganz brüchig ist ihre Stimme, als sie diesen Satz ausspricht.

»Nein, verdammt!« Spinnt die?

Jetzt schaut sie mich an. Sieht mir mitten ins Gesicht, und wieder blickt sie weit in mein Innerstes hinein, und ich kann nichts dagegen machen. In mir kocht so ein seltsames, beklemmendes Gefühl hoch. Zum ersten Mal in meinem Leben hab ich so was wie Schiss. So richtig Schiss! Was, wenn sie mir nicht glaubt? »Du glaubst mir doch. Nicht wahr? Lea!«

Sie zögert. Und dieses Zögern reißt viel mehr an mir, als wenn sie mir einfach mitten in die Fresse getreten hätte.

»Keine Ahnung«, gibt sie schließlich zaghaft zu. Ich dichter an sie heran, will nach ihrer Hand greifen, doch sie rückt sofort ein Stück von mir ab. Was soll das?

»Hey, ehrlich, Mann! Ich bin kein Unschuldsengel. Das weiß ich selbst, aber das … So etwas würde ich nicht bringen. Wirklich! Das darfst du nicht denken.«

»Nun, du hast dich auch von Tessa küssen und umarmen lassen, obwohl du mir das Gefühl gegeben hast, das zwischen uns würde dir etwas bedeuten.«

»Aber das tut es doch auch.«

»Okay. Und warum hast du noch immer nicht mit ihr darüber gesprochen und die Sache beendet?«

Ich schüttele nur den Kopf. »Weil es da eigentlich überhaupt nichts zu beenden gibt!« Ist das denn so schwer zu kapieren?

Gleichzeitig plagt mich dann aber doch etwas, und ich könnte meinem Innersten dafür eine scheuern. »Okay, ich gebe es zu: Das mit dem Kuss war nicht okay. Aber Tessa und ich sind wirklich kein Paar. Wir hatten 'ne Zeit lang Spaß miteinander. Da ist man halt vertraut. Tessa und ich sind, waren und werden nie zusammen sein«, versuche ich ihr zumindest etwas zu erklären.

»Glaube mir. Das sieht sie vollkommen anders.« Sie druckst herum. Ich spüre, sie hat mir noch etwas zu sagen, und ich habe das Gefühl, dass es mir nicht gefallen wird. »Es tut mir leid, Aidan. Ich kann das nicht. Du musst das klären. Das mit Tessa und auch das mit Leon. Bis dahin … sorry, bis dahin will ich dich nicht sehen.«

»Und was dann?«, frage ich direkt. »Ist dann alles wieder gut oder wie?« Meine Stimme klingt dabei patziger, als ich will, dabei ist es die in mir hochsteigende Panik. Eine Antwort bekomme ich sowieso nicht mehr. Während Lea zu den anderen geht, ohne mich noch einmal eines Blickes zu würdigen, zücke ich mein iPhone und wähle. »Pat? Ich bin's. Kannst du mich aus dem Krankenhaus abholen?«

* * *

Ordentlich verkatert stehe ich ein paar Stunden später vor dem Krankenzimmer, in dem Leon sein Dasein fristet. Die Nacht war kurz und der Restalkohol tut sein Übriges. Trotzdem habe ich keine Ruhe gefunden, weil mich tatsächlich so etwas wie ein schlechtes Gewissen quält. Tief hole ich noch einmal Luft, bevor ich klopfe und gleich darauf die Tür öffne und eintrete.

Leon liegt in einem der zwei Betten und sieht staunend zu mir rüber. Das andere Bett ist unbenutzt. Wir sind alleine im Zimmer.

»Was ist das denn? Nicht mal Blumen hast du mir mitgebracht?«, stänkert er, nachdem er den ersten Schock über meine Visage überwunden hat.

»Bist du ’n Mädchen, oder was?« Leon verschränkt die Arme vor der Brust. Meine Augen wandern zu seinem eingegipsten Knöchel. Augenblicklich fahre ich wieder ein, zwei Gänge runter.

»Bist du hergekommen, um dich weiter mit mir zu streiten?«, fragt er.

»Quatsch. Wollt mal schauen, wie es dir geht.«

»Mir geht es gut. Bis auf den Gips, der wird mich wohl noch eine Weile begleiten. Zum Glück nur ein einfacher Bruch. In ein paar Wochen bin ich wieder ganz der Alte.«

Ich nicke erleichtert. »Okay. Das ist cool, Mann. Wenigstens etwas. Sag einfach Bescheid, wenn du in den nächsten Wochen Hilfe bei was brauchst. Ich bin dann da, okay?« Die Tür geht erneut auf und Ole kommt herein. Für einen Moment schaut er genauso dämlich aus der Wäsche wie ich, als wir uns erkennen.

»Moin«, ist dann auch schon alles, was er herausbringt.

»Moin«, erwidere ich. Ole löst sich aus seiner Starre und geht an mir vorbei, um sich auf einen Stuhl neben Leons Bett zu setzen. Erst jetzt fällt mir seine Jacke auf, die schon vorher über dem darüber hing. Nervös wippt Ole hin und her.

»Bist du schon länger hier?« Die beiden tauschen Blicke, die mir irgendwie nicht gefallen. Hab ein ungutes Gefühl im Magen, doch das kann auch vom Saufen kommen.

»Noch nicht lang«, nuschelt Ole.

»Er wollte sich auch nur nach meinem Bein erkundigen«, fügt Leon hinzu. Ich nicke, stehe weiter dumm in der Gegend herum und vergrabe meine Hände in den Hosentaschen.

»Hätte jetzt nicht damit gerechnet, dass du vor Mittag aus deinem Delirium findest«, versucht Ole zu rechtfertigen, dass er im Alleingang hierhergefahren ist.

»Kein Thema, Mann«, lenke ich ein und suche mir nun doch selbst eine Sitzgelegenheit, weil mir das Stehen zu blöd wird. Ich ziehe mir einen Stuhl heran und lasse mich drauf fallen. Bevor drückende Stille aufkommen kann, sage ich meinen Text auf. Schließlich bin ich deswegen hergekommen.

»Ja, es tut mir leid, Mann.« Ich fahre mir kurz mit der Hand über die Augen. Bin halt doch noch nicht wieder ganz bei mir. »Wollte bestimmt nicht, dass du dich so verletzt.«

Einen Moment lang hält Leon inne, dann sagt er endlich seinen Spruch auf. »Du hast echt die Kontrolle verloren, das ist dir schon klar, oder?« Strafende Blicke, nicht nur von ihm, sondern auch von meinem besten Kumpel von der anderen Seite des Bettes, treffen mich.

»Shit. Ist mir klar. Kommt nicht wieder vor. Versprochen.«

»Na, wie gesagt: Mein Bein ist bald wieder wie neu. Nur das Tanzen, das fällt solange aus.«

»Ja, das ist voll kacke. Keine Ahnung, wie ich das wiedergutmachen kann«, rede ich drauflos.

»Och, ich wüsste da schon was«, macht Leon gleich eine klare Ansage. Ole rutscht unsicher auf seinem Stuhl hin und her, während Leon seinen Blick sucht und herumdruckst. »Okay. Und was?«, will ich wissen, denn die beiden sehen aus, als hätten sie was vor.

»Nun«, richtet Ole sich jetzt auf und sabbelt mich direkt an, »ich denke, du kennst Leons Idee, wie man Lea helfen könnte, ihre Angst vor Publikum in den Griff zu bekommen, bevor ihr Vortanzen stattfindet.«

»Nee, oder?« Bäm! In meiner Schläfe fängt es furchtbar an zu pochen. »Ihr meint aber nicht diese Tanzerei auf dem Schulfest nächstes Wochenende?«, frage ich noch mal unsicher nach, denn ich muss mich verhört haben.

»Es ist die beste Lösung … Wirklich. Das Timing ist perfekt. Sonntag tanzt ihr auf dem Winterfest – die brauchen sowieso noch Leute, hat Ole erzählt – und am nächsten Tag ist das Vortanzen in der Akademie«, versucht Leon mich gleich zu überzeugen.

Ich halte inne. Mit verschränkten Armen schaue ich vom einen zum anderen. »Ist schon klar, dass ich meinen Bockmist irgendwie wiedergutmachen soll. Damit hab ich auch kein Problem … Aber da fällt euch Vollspackos nichts Besseres ein als diese lahme Schulveranstaltung? Ich hab dir gestern in der Tanzschule schon gesagt, dass die Idee voll lahm ist«, funkele ich Leon giftig an.

Leon schmunzelt. »Du willst kneifen? Wo wir gerade davon reden: Darf ich dich bei der Gelegenheit an unser Gespräch erinnern, als du mir gegenüber …«

»Nein, darfst du nicht«, unterbreche ich ihn, denn ich weiß auch so, dass ich mich gestern ganz schön weit aus dem Fenster gelehnt habe, als ich behauptet habe, das bisschen Tanzen wäre kein Problem.« Schnaubend lasse ich mich tief in den Stuhl sinken, denn mir geht es wirklich nicht gut. Ich und meine große Klappe. Shit!

»Komm schon, Aidan«, versucht Ole mich zu überreden. »Mach jetzt nicht so 'n Fass auf deswegen. Schließlich ist es deine Schuld, dass Leon im Krankenhaus liegt und sein Bein die nächsten Wochen kaum bewegen kann.«

Böse funkele ich zu ihm hinüber. Na, toll! Jetzt kommt er mir auch noch mit der Nummer. Doch ein Ass habe ich auch noch im Ärmel.

»Ist ja furchtbar süß, was ihr da ausgeheckt habt, aber Lea hat mich gestern Abend gehörig abserviert. Die will ganz sicher nicht so 'ne alberne Tanznummer mit mir einstudieren.«

»Und warum hat sie dich abserviert?«, bricht es aus Leon heraus. Er ist ganz aufgebracht und richtet sich in seinem Krankenbett weiter auf. »Weil du Arschloch mit der anderen immer noch rummachst.«

Seine Worte treffen mich härter, als ich eigentlich zugeben will. Für einen kurzen Moment überlege ich, kontra zu geben, doch die dämliche Strumpfhose hat leider nicht so ganz unrecht. Das muss wirklich aufhören, wenn Lea mir noch mal eine Chance geben soll.

»Ja, fuck. Okay! Ich weiß das ja. Ich will doch auch gar nichts mehr von Tessa«, sage ich schließlich. Leon scheint noch nicht ganz überzeugt. Er sieht rüber zu meinem besten Freund, der ganz zuversichtlich guckt.

»Ich glaube Aidan, dass er Lea nicht verarschen will. Der ist voll verknallt in sie.«

»Hey!«, rufe ich aus.

»Was denn? Ist doch so. Oder willst du etwa abstreiten, dass du, seitdem du Nerdy kennst, voll verpeilt bist und komische Dinge machst?«

»Ist das wahr?«, will jetzt auch Leon wissen. »Liebst du Lea?«

Er ist ganz versessen auf meine Antwort, total sensationsgeil, der Typ. Ich fühle mich in die Enge getrieben. Ich ziehe mein rechtes Bein übers Knie und halte es mit beiden Händen, weil ich sonst nicht weiß, wohin mit ihnen. Weiß auch nicht so recht, wo ich hinsehen soll. Dann ziehe ich geräuschvoll meine Nase hoch und starre an die Decke.

»Alter, ihr fuckt mich total ab. Wisst ihr das?«

»Er ist verknallt in sie«, höre ich Ole zu Leon sagen, während meine Augen sich auf die Zimmerdecke konzentrieren.

»So was von«, antwortet Leon. Ich höre, wie die beiden abklatschen.

»Na, meinetwegen«, lenke ich schließlich ein. »Bin dabei. Und wie bringen wir Lea dazu?«

Kapitel 19

Lea

Als Kiki und ich die Tanzschule betreten, brennt dort Licht. Das wundert mich, weil hier für gewöhnlich montagnachmittags niemand ist. Ich hole den Reserveschlüssel aus seinem Versteck und will die Tür aufschließen, doch sie ist bereits offen.

»Okay«, sage ich zu Kiki, während wir eintreten, »das ist ungewöhnlich.« Gemeinsam betreten wir den Tanzsaal. Die Theke sowie der vordere Bereich der Tanzfläche sind beleuchtet. Hinter dem Mischpult mit der Musikanlage entdecke ich Gregor. Wir gehen zu ihm hinüber.

»Hi, Gregor.« Er sieht uns und lächelt.

»Hey, Lea.« Dann wendet er sich meiner Freundin zu und begrüßt auch sie. »Hi, Kiki. Wie schön, dich mal wieder zu sehen.« Kiki lässt ihre Tasche auf einen der Barhocker sinken und macht es sich auf dem Platz daneben gemütlich.

»Hi, Gregor. Ja, ist lange her. Aber das kann ich mir unmöglich entgehen lassen.« Die beiden grinsen einander verschmitzt an.

»Kann ich gut verstehen«, höre ich Gregor antworten.

»Ähm«, bringe ich hervor und zeige auf den Nebenraum. »Keine Ahnung, wovon ihr sprecht, aber … Leon hat mich aus dem Krankenhaus angerufen und gebeten, ihm eine von den Jogginghosen vorbeizubringen, die er in seinem Spind hat. Dann sind wir auch gleich wieder weg und stören dich nicht weiter.« Gregor hört mir nur mit halbem Ohr zu, denn er widmet fast seine gesamte Aufmerksamkeit dem Computer, der mit der Soundanlage verbunden ist.

»Hm, wie du meinst. Was zu trinken?«, richtet er sich jetzt an Kiki.

»Gerne. Wenn du ein Wasser für mich hättest, wäre das super.«

Das Verhalten der beiden irritiert mich total. Doch soll sie ruhig ihr Wasser trinken. Erst einmal führe ich meinen Auftrag aus und hole Leons dunkelblaue Jogginghose aus dem Schrank. Während ich die Tür des Spinds wieder verschließe, höre ich eine weitere Stimme aus dem Saal nebenan. Als ich mich wieder auf den Weg zu den anderen mache und Leon selbst und wahrhaftig am Tresen drüben stehen sehe, verstehe ich so rein gar nichts mehr. Auf Krücken gestützt lehnt er an der Theke. Der verletzte Knöchel, der in einen festen Gips gehüllt und mit einer dicken Socke drüber warm eingepackt ist, sticht mir sofort ins Auge. Etwas unbeholfen und mit Kikis Unterstützung lässt er sich auf einem der Barhocker nieder. Dann erblickt er mich und nickt mir zu.

»Ah, wie schön, Lealein. Auf dich ist wirklich Verlass.« Er zwinkert erst mir zu und wechselt dann einen vielsagenden Blick mit den anderen beiden. So langsam wird es mir unheimlich. Was haben die vor? Ich halte ihm seine Hose hin.

»Klar doch. Aber scheinbar hast du dran gezweifelt. Oder wieso bist du jetzt selbst hier?«

Er lächelt mich verstohlen an, gibt aber keine Antwort, sondern wendet sich gleich Gregor zu, der noch immer wie gebannt auf den Monitor schaut.

»Hast du es schon draufgespielt?«, will er jetzt von ihm wissen.

Gregor kratzt sich am Kinn. »Bin dabei. Noch ein paar Klicks und dann … ah, ja! Genau. Jetzt hab ich es. In einer Minute läuft es.« Dies scheint genau die Antwort zu sein, die Leon sich erhofft hat.

»Supergenial, dass du uns hilfst, Gregor.«

»Ehrensache.« Gregor schaut zu mir rüber. »Setz dich doch. Bekommst auch was zu trinken von mir.« Stumm und ganz langsam lasse ich mich ebenfalls auf einem der Plätze nieder.

»Was genau läuft hier?«, frage ich. Wieder schauen sie sich verschwörerisch an.

»Sorry, dass wir dich herlocken mussten. Aber …« – wieder dieser Blick zu Gregor – »wir erklären dir gleich alles, sobald alle da sind. Versprochen!«, sagt Leon.

»Wieso? Wer kommt denn noch?«, will ich von ihm wissen. Kiki sitzt direkt neben mir und tätschelt mir das Knie. »Wirst du gleich sehen.«

»Es ist wirklich nichts Schlimmes«, versucht Leon mich zu beruhigen. Dabei sucht er für sich und sein lädiertes Bein auf dem Barhocker eine gemütlichere Sitzposition. »Aber wir konnten es dir nicht vorher schon sagen, weil du sonst nicht hergekommen wärst. Sorry für den kleinen Schwindel.«

Ich atme einmal tief durch. »Ey, Leute. Am liebsten würde ich direkt wieder gehen. Ihr macht es echt spannend. Zu spannend für meinen Geschmack.« Mein Tanzpartner überlegt noch einen Moment hin und her, dann rückt er endlich mit ein paar Informationen heraus.

»Also gut. Es geht um deine Tanzprüfung. Wir alle haben uns so unsere Gedanken gemacht, wie wir dich dabei unterstützen können, deine Angst vor Publikum loszuwerden. Dabei kam uns dann eine Idee. Besser gesagt, mir kam da so eine Idee, als ich letztens mit …«

In diesem Moment geht die Tür zum Saal erneut auf. Gleich darauf betreten Aidan und sein Freund Ole den Raum und kommen direkt auf uns zu. Aidan hat eine Sporttasche unter seinem rechten Arm klemmen. Mir stockt der Atem. Seit vorletzter Nacht im Krankenhaus habe ich nichts mehr von ihm gehört oder gesehen. Obwohl ich es partout nicht will, hüpft mein Herz bei seinem Anblick. In der Sekunde, in der auch er mich ansieht, wirkt er direkt verhalten.

»Moin zusammen«, spricht er in die Runde. Er baut sich vor uns auf und lässt seine Tasche zwischen die Beine fallen. Ganz kurz wandert sein Blick erneut zu mir rüber. Sein Mundwinkel zuckt, verzieht sich kurz. Hat er gerade versucht, mich anzulächeln? Nervös knispele ich an meinen Fingernägeln. Meine Hände liegen verkrampft in meinem Schoß. Ihn hier zu sehen wirft mich total aus der Bahn.

Auch er sieht alles andere als entspannt aus. Gewollt lässig versucht er sich seine Nervosität nicht anmerken zu lassen. Dass er es dennoch ist, erkenne ich sofort. Sein linkes Knie zuckt ganz leicht unruhig hin und her. Außerdem ist es für Aidan vollkommen unüblich, dass er einem Blick nicht länger als den Bruchteil einer Sekunde standhalten kann. Seine Augen huschen hastig von einem zum anderen, betrachten den Raum, in dem wir uns befinden, fast schon auf panische Art und Weise. Während ich ihn weiter von der Seite still betrachte, begrüßen alle einander. Das ist so skurril – Aidan und Ole hier in meiner Tanzschule.

»So, jetzt hab ich es«, unterbricht Gregor die Begrüßungsrunde. »Et voilà.« Er drückt noch zwei-, dreimal auf der Maus herum, bevor ein Fernseher anspringt, der sich für gewöhnlich nicht dort befindet, wo er jetzt steht. Gebannt schauen wir alle zu, wie auf der großen Leinwand der Videoclip zu Ed Sheerans Lied *Thinking Out Loud* anläuft. Die Anlage, die mit dem Fernseher verbunden ist, lässt den Sound durch den ganzen Saal hallen. Ich schaue zwischendurch in die Runde, doch alle starren gebannt auf die Mattscheibe. Als das Musikvideo nach ein paar Minuten endet, drückt Gregor auf die Pausentaste. Das Bild friert ein.

»Okay«, spricht Gregor als Erster. »Das ist die Choreo. Hab ich selbst schon ein paarmal mit Brautpaaren einstudiert. Sollte also machbar sein.« Gregors Augen wandern von Leon zu Aidan hinüber, dem mittlerweile jegliche Farbe aus dem Gesicht gewichen ist. Ole neben ihm sieht im Gegensatz zu seinem Freund deutlich amüsierter aus. Mit verschränkten Armen vor der Brust versucht er, nicht laut loszulachen.

»Nun«, legt Leon los, »dann klär ich euch jetzt mal auf. Vor allem Lea, die ja noch überhaupt keine Ahnung hat. Nicht wahr?« Er schaut mich an. Dabei wirkt er so überaus zuversichtlich. Mir selbst gelingt nur ein verkniffenes Lächeln. Mit schweißnassen Händen fummele ich weiterhin an meinen Nägeln.

»Also«, beginnt er. Ich halte mich vorsichtshalber am Tresen fest. Wer weiß, was ich jetzt zu hören bekomme. Ich möchte schließlich nicht in Ohnmacht fallen und vom Stuhl kippen. »Wie bereits angedeutet hatten wir eine Idee. Das ergab sich so in dem Gespräch mit Aidan, als du letztens nach dem Training abgezogen bist, Lea.« Alle schauen mich an. Ich nicke nur und warte, dass Leon fortfährt. »Wir haben dich und Aidan gemeinsam beim Winterfest in eurer Schule für diese Tanznummer, die wir gerade gesehen haben, angemeldet.«

Mein Herz schlägt mir bis zum Hals. Geradezu herausfordernd blicken mich alle an. Warten auf eine Reaktion. Außer Aidan. Der starrt vor sich auf den Boden.

»Das könnt ihr vergessen«, bringe ich hervor. Und meine Stimme klingt genauso aufgebracht, wie ich mich gerade fühle. »Das könnt ihr doch nicht einfach so über meinen Kopf hinweg entscheiden. Und überhaupt: Was soll das bringen?«

»Publikum«, schaltet sich Kiki ein. »Süße, du brauchst dringend Erfahrung mit Publikum. Wenn du ein Vortanzen überstehen möchtest, musst du endlich aufhören, dich selbst wahnsinnig zu machen.«

Gregor nickt. »Kiki hat recht. Wir wollen nichts weiter, als dass du endlich deine Ängste überwinden kannst. Dieser Auftritt könnte deine Chance sein. Das kommt wie gerufen. Du musst endlich der Welt da draußen zeigen, was du drauf hast. Sonst wird das nichts mit der Karriere.«

Auf Gregors große Ansprache folgt erst einmal verhaltenes Schweigen. So offen und ehrlich hat er bislang nie mit mir gesprochen. Mir war zwar bewusst, was mein Problem ist, doch irgendwie habe ich immer noch gehofft, es gehe von alleine weg. Jetzt so sehr die Pistole auf die Brust gesetzt zu bekommen, bringt mir Atembeklemmungen.

»Selbst wenn«, druckse ich. Dabei muss ich mich einmal räuspern. Meine Kehle ist furchtbar trocken und ich trinke einen Schluck von dem Wasser, das Gregor vor geraumer Zeit vor mich hingestellt hat. »Aidan kann doch gar nicht tanzen. Ich denke auch nicht, dass er dazu bereit wäre.« Meine Stimme begleitet ein leicht hysterischer Unterton. Aidan weicht meinem Blick aus. »Aidan?!« Ich schaue zu ihm hinüber. Verzweiflung macht sich in mir breit. Alleine der Gedanke daran, vor Publikum aufzutreten, erfordert meine ganze Phantasie. Aidan als Tanzpartner sprengt dabei mein Vorstellungsvermögen. Aus mehreren Gründen. Er braucht etwas, bis er mir in die Augen schauen kann.

»Glaub mir«, bringt er endlich selbst ein paar Worte hervor, »ich hätt's auch besser gefunden, wenn Leon selbst ...« Er bricht ab. Leon räuspert sich und funkelt ihn so eindringlich an, dass es ihm für einen kurzen Moment die Sprache verschlägt. Dann holt er tief Luft und vollendet seinen Satz vermutlich etwas anders als vorgesehen. »Aber ja doch. Ich bin dabei.«

Ich neige meinen Kopf zur Seite und mustere ihn prüfend. Ungeniert fixiere ich ihn mit meinen Augen und versuche herauszufinden, was er damit bezwecken will. Reine Hilfsbereitschaft wird es mit Sicherheit nicht sein. Aber ich kann mir schon denken, warum er mitmachen will. Ich erhebe mich. Schäle mich von diesem Barhocker herunter und baue mich vor Aidan auf. Meine Gefühle fahren Achterbahn. Diese unverkennbare Mischung aus Tabakgeruch und Aftershave haftet an ihm. Genauso habe ich den Geruch in Erinnerung und er gefällt mir immer noch unglaublich gut. Wut und Sehnsucht wechseln sich im Sekundentakt ab. Meinen Rücken überzieht eine Gänsehaut, als er mir direkt in die Augen sieht und meine weitere Reaktion abwartet.

»Komm, gib es zu. Das sagst du doch jetzt nur, weil du Leon

was schuldig bist und ein schlechtes Gewissen hast. Uns beiden gegenüber«, sage ich und deute mit dem Kinn in Leons Richtung.

Der ganze Saal ist so still, dass man die Anspannung fast greifen kann. Aber egal. Ich muss es sagen. Denn bei allem, was ich für diesen Kerl auch empfinde, es kann nicht angehen, dass er sich als rettender Helfer aufspielt, obwohl ihn vermutlich nur sein schlechtes Gewissen quält. Mit den Armen vor der Brust verschränkt bin ich es nun, die auf eine Reaktion von ihm wartet. Sein Mund wirkt verkniffen. Die Stirn in Falten gelegt denkt er nach. Doch er weicht meinem Blick nicht aus, sondern hält ihm stand. Ob ihn meine Provokation wütend gemacht oder verletzt hat, kann ich nicht erkennen.

»Korrekt«, presst er schließlich hervor. Dabei kommt er mir noch ein Stückchen näher. »Ist 'n Deal zwischen Leon und mir. Weiter nix.«

Seine Worte treffen mich härter als erwartet, doch lasse ich es mir nicht anmerken. Er kommt noch näher. Herausfordernd steht er nun so dicht vor mir wie es nur geht und schaut auf mich nieder. Trotzig weiche ich keinen Zentimeter zurück. »Und?«, fragt er. »Wirst du damit klarkommen?«

»Sicher«, zische ich zurück, denn genau in diesem Moment hat die Wut auf ihn in mir den Kampf gegen die Sehnsucht gewonnen.

Während wir uns weiter anfunkeln, höre ich Leon im Hintergrund. »Ähm. Ich deute das jetzt mal als ein Ja. Oder was meint ihr?« Zustimmendes Gemurmel von den anderen hallt durch den Saal.

»In Ordnung, ihr Turteltauben«, quetscht er sich jetzt zwischen uns. Mit seinen Krücken ist das gar nicht so einfach. »Kiki, das ist dein Einsatz. Gib Lea ihre Sachen.« Kiki nimmt mich beiseite und drückt mir meine Trainingskleidung in die Hand.

»Wo hast du die her?«, will ich wissen.

»Von Denise«, offenbart Kiki mir. Ich staune. »Deine Schwester hat ein schlechtes Gewissen wegen letztens und hat mir geholfen, deine Sachen vorhin herauszuschmuggeln.« Sie greift in ihre Tasche und zaubert zuletzt auch noch meine Ballettschuhe hervor. Ich bin ganz gerührt. Sollte meine Schwester am Ende doch so etwas wie ein Herz besitzen?

»So, Aidan«, holt mich Leons Stimme wieder aus meiner Trance. Ich drehe mich zu den beiden herum. »Dann zeige ich dir jetzt mal, wo du deine Sachen lassen kannst.«

Kapitel 20

Lea

Ehe ich begreife, wie mir geschieht, folge ich den beiden in den kleinen Nebenraum, in dem wir uns für gewöhnlich umziehen. Der Raum ist nichts Besonderes. Ein paar Spinde, ein paar Stühle, das ist es im Grunde schon. Leon zeigt Aidan seinen Schrank, dann verschwindet er wieder nach draußen zu den anderen.

Mit meinem kleinen Klamottenbündel fest vor den Bauch gepresst stehe ich ihm gegenüber. Auch er hält seine Sporttasche an sich gedrückt und sieht aus, als wäre er im falschen Film. Im nächsten Moment hören wir wieder das Lied im Hintergrund, zu dem wir die Choreographie einstudieren sollen. Gregors und Leons Stimmen sind zu hören. Vermutlich fachsimpeln sie bereits, wie es am besten umzusetzen ist. Ich lasse mich auf einen Stuhl fallen und ein hämisches Lachen bricht aus mir heraus.

»Das ist doch alles ein schlechter Scherz.«

Mit einem lauten Plumps fällt Aidans Tasche zu Boden. Im nächsten Moment bückt er sich und zieht geräuschvoll am Reißverschluss. Ungläubig beobachte ich ihn dabei, wie er sich die Klamotten vom Oberkörper schält und in ein Achselshirt schlüpft. Sekunden später hat er bereits die Jeans ausgezogen und steht in Unterhose vor mir. Verschämt wende ich den Blick von ihm und nestele selbst an meiner Jeans. Schließlich muss ich mich ebenfalls umziehen. Ihm ist mein Verhalten aufgefallen und nun schaut er provozierend zu mir herüber, während er sich seine Trainingshose überstreift. Sie sitzt perfekt auf seinen Hüften. Das kann ich aus dem Augenwinkel heraus deutlich erkennen. Unter dem Shirt spielen seine Muskeln, wenn er sich bewegt.

»Interessant. Vor Kurzem erst bist du fast über mich hergefallen. Jetzt schaust du sogar weg, wenn ich die Hose wechsele. Prüder geht's nicht mehr«, stichelt er.

Schnell wende ich mich nun ganz von ihm ab und schlüpfe selbst in meine Trainingskleidung. Lieber starre ich an die Wand, als ihn noch einen Moment länger anzusehen.

»Das ist keine Prüderie. Das ist einfach nur Desinteresse«, kontere ich. Flink ziehe ich meine Schläppchen über und gehe, ohne mich noch einmal nach ihm umzusehen, zur Tür. »Ich warte dann draußen auf dich.«

Aidan

»Alter! Steck sofort das Handy wech«, schnauze ich Ole an. Der hält nämlich gerade volle Breitseite auf mich drauf, als ich mich neben Lea auf die Tanzfläche stelle. »Wenn ich von dem hier auch nur ein Video oder Foto nachher im Netz finde, versenke ich dich mit 'nem Betonklotz an den Füßen in der Elbe. Ich schwör's!« Meine Laune ist voll im Arsch. Hab ich es echt versaut mit Lea, oder wie muss ich ihre Reaktion auf mich jetzt verstehen? Ach, fuck! Während ich wie ein Depp strammstehe, verbiegt Lea sich neben mir. Sieht aus, als würde sie sich selbst gleich verknoten.

»Du musst dich vorher warm machen«, gibt sie von sich. Mit beiden Beinen fest auf dem Parkett stemme ich lässig meine Hände in die Hüften und sehe mich in Ruhe noch einmal im Saal um.

»'n Scheiß muss ich.« Ich beobachte die beiden Kerle da drüben hinter der Anlage mit Argusaugen, während Gregor Leon erklärt, wie er sich das so vorstellt. Die beiden scheinen sich schon einmal einig zu sein. So viel steht fest.

Gefühlte drei Sekunden später versucht Gregor mir auch schon die ersten Schritte zu erklären.

»Ich denke, wir fangen ganz einfach an. So ähnlich wie im Video geht ihr langsam aufeinander zu.« Gregor ist mit uns zufrieden und geht zum nächsten Part über. »Das Meiste macht sowieso Lea. Versuche, die Schrittabfolge zu verinnerlichen, und lass dich von ihr leiten«, schwafelt er weiter, daraufhin greift er sich Lea, um mit ihr gemeinsam die nächsten Schritte abzulaufen. Ich versuche mir zu merken, was er macht. Sieht verdammt einfach aus. Trotzdem werde ich das Gefühl nicht los, dass ich heute Abend meinen Arsch nicht mehr bewegen kann. Dann muss ich mit Gregor als »Lea« den Quatsch ablaufen. Das wiederholen wir ein paarmal.

Schließlich platziert Gregor mich direkt Lea gegenüber, die keinen Ton mehr von sich gibt. Sieht nervös aus, die Gute. Ihre Hand zittert, als sie sie an meine Brust lehnt und anfängt, sich im Takt, den Gregor vorgibt, zu bewegen.

»Und eins, und zwei, und drei, und vier …«, hören wir ihn direkt neben uns rufen, während er die Schritte kritisch beobachtet. Angespannt versuche ich ihren Bewegungen zu folgen und mich so zu bewegen, wie Gregor es eben vorgemacht hat. Doch mit ihrem unvergleichlichen Lea-Duft in der Nase ist es weitaus schwerer, als es eben noch bei Gregor war. Sofort fühle ich mich wie besoffen. Schwindel überkommt mich. Im nächsten Moment stolpere ich auch schon über ihren Fuß.

»Autsch«, zischt sie leise und bringt sich vor mir in Sicherheit.

»Sorry«, murmele ich. »Beim zweiten Mal wird's besser. Versprochen.« Verlegen schaue ich ihr in die Augen. Mir ist unangenehm, sie getreten zu haben.

Ich muss es einsehen. Die Nummer hier wird anstrengender als gedacht. Doch Kneifen ist nicht! Ich zieh das jetzt durch. Mit diesem Gedanken im Kopf lächele ich verkrampft zu ihr hinüber. Ihr Mundwinkel zuckt. Mehr bekomme ich von ihr nicht.

»Für den Anfang nicht schlecht«, lässt Gregor uns wissen. »Bis zu dieser Stelle gleich noch einmal. Diesmal mit Musik.« Stumm bringen wir uns wieder in Position. Ihr so nah zu sein, obwohl gerade Welten zwischen uns liegen, ist die reinste Folter.

Als das Lied einsetzt, klappt es mit der Schrittfolge schon besser als beim ersten Mal. Ein paar Einsätze später läuft alles bereits wie geschmiert. Wenn wir in dem Tempo so weitermachen, sind wir in zwei Stunden fertig mit der Tanzerei. Davon bin ich fest überzeugt. Doch leider sieht Gregor das vollkommen anders.

»Sehr schön«, lobt er uns. Lea lässt von mir ab und dehnt sich kurz die Arme. »Wir sollten allerdings an deinem Gefühl arbeiten, Aidan.« Ich stutze, während ich tief Luft hole. Dieses Gehopse bringt meinen Kreislauf tatsächlich in Schwung.

»Was meinst du?«, will ich wissen.

Hinten am Tresen höre ich Leon kurz auflachen. »Du sollst den Stock aus dem Arsch ziehen. Das meint er.«

Bevor ich auf die dämliche Strumpfhose reagieren kann, nimmt mich Gregor an der Hand und stellt mich Lea gegenüber wieder auf. Dieses Mal ohne Musik. Ganz dicht stehen wir uns gegenüber. Flink bringt er Lea in eine Position, in der ich ihr Becken an meiner Hüfte spüren kann. Ihr rechtes Bein steht zwischen meinen. Als Gregor dann meine Hände um ihre Hüften führt und mir zu verstehen gibt, ich solle sie fest an mich pressen, ist es schon schwieriger, ruhig zu bleiben. Schließlich fühlt sich Lea in meinen Armen wunderbar an. Am liebsten möchte ich sie an mich ziehen und sie küssen. Egal, was war. Verlegen schaut sie weg. Sie knabbert auf ihrer Unterlippe herum. Das macht sie für gewöhnlich doch nur, wenn sie nervös ist. Geht es ihr ähnlich wie mir?

»So«, sagt Gregor, »ich erkläre dir, was ich meine. Du musst in der Hüfte locker werden und den Takt mitgehen. Wenn Lea sich nämlich gleich schwungvoll nach hinten in deine Arme fallen lässt und du sie von links nach rechts schwingst, kriegst du das ohne Hüfteinsatz nicht hin.« Gregor hat die Worte kaum ausgesprochen, da fühle ich seine Hände rechts und links von meinen Hüftknochen. »Lea, mach mal«, befiehlt er. Gleichzeitig verkrampft sich in mir alles. Lea lässt sich fallen, direkt in meine Arme. Wenn die Hände von Gregor an meinem Arsch nicht wären, der mich dirigiert und zeigt, was ich jetzt machen soll, dann könnte man das hier direkt genießen. Aber so …

Aus dem Augenwinkel heraus sehe ich Ole, wie er schon wieder dabei ist, sein iPhone zu zücken.

»Alter, ich warne dich!«, rufe ich durch den ganzen Saal. Mit einer Hand lasse ich Lea los und zeige mit dem Finger auf Ole. Meine Konzentration ist dahin, und fast hätten wir uns zu dritt auf dem Boden langgemacht, weil ich Lea nur noch mit einem Arm halte. Zum Glück haben die beiden Tanzbären an meiner Seite mehr Gleichgewichtssinn als ich und können das in letzter Sekunde verhindern. Wieder bringe ich knirschend ein »Sorry« hervor.

»Passt schon«, sagt Lea und sieht mir direkt ins Gesicht. Gregor entfernt sich, um die Musik erneut laufen zu lassen. Ihr Blick bannt mich. Bevor ich mich in ihm verlieren kann, schaut sie aber zur Seite auf den Boden. »Du machst das gar nicht schlecht«, murmelt sie.

Mit meinem Finger fahre ich unter ihr Kinn und hebe ihr Gesicht an, so dass wir uns wieder ansehen. »War das jetzt ein Kompliment?« Wie sie mich ansieht. Ich bekomme richtig Herzklopfen davon.

Anstatt mir zu antworten, wird Lea dann aber von den anderen an der Theke abgelenkt. Sie beobachten uns genau und stecken ihre Köpfe zusammen. Ihr Blick wandert zu den dreien hinüber.

»Ich wünschte, wir könnten alleine üben«, gibt Lea zu. Wieder ziehe ich energisch ihr Gesicht in meine Richtung.

»Aber genau deswegen veranstalten wir doch den ganzen

Kram hier. Unser Publikum da drüben ist Gold wert. Je arschiger sie sich benehmen, umso besser für dich.«

Jetzt muss sie tatsächlich kurz auflachen. »Wie schaffst du es nur immer, so locker zu bleiben?« Und in diesem Moment bemerke ich es selbst. Es ist dieser Augenaufschlag, der einmalig ist und mich in ihrer Gegenwart weich wie ein verschmuster Kater werden lässt.

Die Musik setzt wieder ein und Gregors Stimme fordert uns auf, die »Positionen einzunehmen«. Ich ergreife spontan Leas Hand und führe sie zum einen Ende des Saales, bevor ich mich auf den Weg zur anderen Seite mache.

Genauso schnell wie ich glaube, Lea könnte mir doch noch verzeihen, genauso schnell ist dieser Moment auch wieder vorbei. Die nächsten Stunden sind echt hart. Gregor kennt kein Erbarmen. Er quält mich so sehr mit Schrittfolgen und Körperhaltung, dass ich gar nicht dazu komme, mir weiter über uns Gedanken zu machen.

Ich weiß nur, sie ist es wert, diesen ganzen Scheiß auf mich zu nehmen. Sie ist es wert, mich zu verbiegen und zum Deppen zu machen. Das habe ich heute begriffen. Ganz eindeutig. Ich muss um sie kämpfen. Schlussendlich habe ich bisher noch immer alles bekommen, was ich wollte. Zumindest … fast.

Lea

Die Sonne ist längst untergegangen, als Gregor endlich ankündigt, dass es allmählich genug wäre. Den zweiten Teil der Choreographie müssten wir in einer weiteren Tanzeinheit einstudieren.

Mir reicht es für heute auch. Diese ganze Tanznummer, die sich die anderen für mich ausgedacht haben, muss ich erst einmal verdauen. Natürlich freue ich mich über die Chance, und die Idee an sich ist auch gar nicht mal so schlecht. Doch muss es ausgerechnet Aidan sein, mit dem ich das durchziehen soll?

Ich bin gerade auf dem Weg zu meinem Rad, als ich ihn hinter mir herpfeifen höre. Am liebsten würde ich ihn links liegen lassen, denn ich will einfach nur noch weg. Die Nähe zu ihm die ganze Zeit hat mich fertiggemacht.

»Lea, warte doch mal«, ruft er jetzt. Ich bleibe also stehen und drehe mich nach ihm um. Innerlich muss ich schmunzeln, denn er sieht vollkommen abgekämpft aus.

»Du siehst scheiße aus«, nehme ich kein Blatt vor den Mund. Er geht nicht weiter auf meine Bemerkung ein, sondern schultert seine Tasche.

»Komm, ich fahr dich heim«, sagt er.

Ich überlege. Vom Training noch ganz verschwitzt fröstelt es mich schon unter meiner Jacke, doch wenn ich jetzt nachgebe, dann hat der Kerl am Ende noch gewonnen und kommt mit all seinen Unverschämtheiten davon. »Danke, nein«, entgegne ich daher schroff und gehe weiter zu den Rädern.

»Ach, komm schon. Sag, willst du das wirklich durchziehen? Machst jetzt einen auf unnahbar oder was?«

So, jetzt reicht es! Entschlossen drehe ich mich zu ihm um und gehe auf ihn zu.

»Hör mal gut zu, ja? Du knutschst mit 'ner anderen rum und beförderst meinen besten Freund ins Krankenhaus. Da wunderst du dich, dass ich dir nicht in die Arme falle? Nicht mit mir!«

»Und dass ich zu Leon ins Krankenhaus gefahren bin, um nach ihm zu sehen, zählt wohl gar nicht, wie?« Schnell wende ich mich von ihm ab, denn ich muss schon wieder schmunzeln. Dass er ins Krankenhaus gefahren ist, ist mir neu, und irgendwie auch süß, doch ich bleibe eisern.

»Nein«, rufe ich tapfer. »In diesem Fall zählt das tatsächlich nicht. Ich an deiner Stelle würde, anstatt mir nachzulaufen, die Sache mit Tessa endlich klären.«

»Boah, das jetzt schon wieder.«

»Ja, genau. Das schon wieder!«, werde ich jetzt laut. »Ich lass mir von dir nicht erzählen, ich wäre dir wichtig, während du noch mit anderen rummachst. Das vergiss mal ganz schnell wieder.« Intensiv betrachtet er mich auf eine Art und Weise, dass sich mir die Nackenhaare aufstellen.

»Okay«, spricht er jetzt wieder ganz ruhig und geht langsam an mir vorbei. Ich sehe ihm nach. »Okay«, wiederholt er. Dann weiß ich ja jetzt Bescheid.« Mit festen Schritten hält er auf seinen Ford zu, reißt die Fahrertür auf und steigt ein, ohne ein weiteres Wort. Im nächsten Moment rast er auch schon an mir vorbei.

Mir bleibt nichts anderes übrig, als aufs Rad zu steigen und nach Hause zu fahren, wenn ich hier nicht noch festfrieren will.

* * *

Als die Schulglocke am nächsten Morgen klingelt, sitze ich bereits auf meinem Platz. Träge warte ich darauf, dass der Unterricht losgeht. Die letzte Nacht habe ich kaum ein Auge zugetan. Die ganze Zeit musste ich an Aidan denken. Die Frage, ob er nach unserem Streit gestern die Sache mit Tessa noch geklärt hat oder nicht, nagt an mir. Vielleicht wollte er es ja, ist am Ende aber doch wieder mit ihr im Bett gelandet. Tessa weiß ihre Vorzüge sicher besser einzusetzen als ich es könnte.

Nach der letzten Stunde bekomme ich meine Antwort, als ich gemeinsam mit Kiki zu den Fahrradständern gehe und Tessa bei Aidan entdecke. Sie berühren sich zwar nicht und Aidan redet mit ein paar Kumpels, während sie sich mit ihren Freundinnen unterhält, doch sie stehen beieinander. Aidans Blick trifft mich nur ganz kurz. Fassungslos gehe ich weiter.

»Sag mal, wie lange willst du dir das eigentlich noch gefallen lassen?«, wirft Kiki ein, während ich mit verschwommenem Blick mein Fahrrad hervorhole.

»Gar nicht«, bringe ich knirschend hervor. »Der kann mich mal!« Mehr habe ich dazu nicht zu sagen.

Als wir bei meinem Wohnblock ankommen, will ich mich schon von Kiki verabschieden, doch sie hält mich zurück.

»Wollen wir reden?«, fragt sie mich. Ich halte inne und atme einmal tief aus. Ich muss mich sammeln.

»Ach. Worüber denn? Darüber, dass ich mich in den größten Arsch der Schule verknallt habe?«

»Nun … vielleicht.« Kiki ist total lieb. Und ich rechne es ihr hoch an, dass sie mir beistehen will. Liebevoll nehme ich sie umständlich mit unseren Fahrrädern zwischen uns in den Arm.

»Nimm es mir nicht übel, aber ich wäre jetzt lieber alleine. Außerdem muss ich lernen.«

Sie nickt und streicht mir einmal kurz über die Wange.

»Schon klar. Aber igele dich nicht zu sehr ein. Wenn du jemanden zum Quatschen brauchst, dann ruf mich an. Versprochen?«

»Geht klar. Und nun mach, dass du weiterkommst.«

* * *

In den darauffolgenden Nächten wälze ich mich hin und her. Mir ist kalt. Innerlich ärgere ich mich darüber, wie sehr ich mich danach sehne, Aidans warmen Körper zu spüren. Ich will das nicht! Ich will ihn nicht vermissen! Noch viel weniger will ich mir immer und immer wieder unsere gemeinsame Nacht hier in meinem viel zu engen Bett vorstellen. Doch ich tue es. Die ganze Zeit. Seine Hände auf meiner Haut, seine Lippen auf meinem Mund … Das Raunen, das durch seinen Körper ging, als ich ihn berührte.

Seit dem Tanztraining am Montag habe ich nichts von ihm gehört. Keine Versuche, mich in der Schule anzusprechen, und ich kann noch so oft in die Äste des Baumes vor meinem Fenster starren. Es ist weit und breit nichts von Aidan zu sehen. Ich ziehe mir mein Kissen über den Kopf und stöhne in die Laken: »Arrrgh, das darf doch nicht wahr sein!«

Kapitel 21

Lea

Als ich am Freitag die Tanzschule betrete, rechne ich fest damit, dass Aidan nicht kommen wird. Umso überraschter bin ich, als er bereits gemeinsam mit Gregor die Schrittfolge übt.

»Hey«, ruft Gregor mir zu und winkt. »Zieh dich schnell um, dann proben wir den zweiten Teil der Choreo. Wir haben schon mal angefangen und Aidan macht das echt super. Wenn ich das richtig einschätze, habt ihr es in ein paar Stunden drauf. Das wird cool!«

Drüben an der Theke sehe ich Leon, der sich angeregt mit Ole unterhält. Unsicher nestele ich an dem Henkel meines Rucksacks herum. Aidans Wangen glühen bereits vom Training. Ich habe keine Ahnung, was ich davon halten soll. Das habe ich nicht erwartet. Aber ich gehe brav in den Nebenraum und ziehe mich um.

Zehn Minuten später sind wir wieder mitten im Training. Aidan hat nicht eine Schrittfolge vergessen seit dem letzten Mal und auch bei den komplizierteren Posen stellt er sich geschickter an als ich gedacht hätte. Er ist überhaupt heute total aufmerksam und konzentriert. Zwar hatte er nicht mehr als ein Nicken für mich übrig, als ich zu ihnen gestoßen bin, doch dafür kommen wir wirklich gut voran. Mittlerweile sind wir dabei, die Hebefiguren einzustudieren, und zum Reden – oder gar Nachdenken – bleibt dabei einfach keine Zeit. Unsere ganze Konzentration legen wir in das Training. Ich muss gestehen, Aidans Einsatz imponiert mir tatsächlich. Doch eine Frage quält mich, seit ich ihm wegen Tessa so zugesetzt habe und zwischen uns Funkstille herrscht: Warum tanzt er noch mit mir? Ist es, weil er es Leon versprochen hat? Plagt ihn weiterhin sein schlechtes Gewissen? Ich jedenfalls wünschte, ich könnte mich ebenso distanzieren wie er. Denn noch immer brennen seine Hände bei jeder Berührung auf meiner Haut. Noch immer bekomme ich eine Gänsehaut, wenn er mich in den Arm nimmt – auch wenn es nur im Tanz ist. Ich kann nicht leugnen, dass ich ihn am liebsten an mich ziehen und küssen möchte, doch zwischen uns herrscht eine komische, drückende Stimmung, die uns beide lähmt. Und leider muss ich mir eingestehen, dass ich daran nicht ganz unschuldig bin. Gleichzeitig bin ich aber auch der Meinung, dass es richtig war, ihn so entschieden vor die Wahl zu stellen. Tessa oder ich: Er hat sich offensichtlich gegen mich entschieden. Damit muss ich wohl klarkommen.

* * *

»Das war richtig gut«, lobt Gregor uns Stunden später. Mir läuft der Schweiß den Rücken hinab und Aidan kann sich kaum noch auf den Beinen halten. Keuchend hockt er vor uns. Auch er ist ganz verschwitzt. »Los. Geht euch umziehen. Ihr seid fit für den Auftritt. Mehr kann ich euch nicht beibringen.«

»Cool. Dann brauchen wir morgen nicht mehr zu proben?«, will Aidan wissen.

»Meinetwegen nicht. Ihr könnt es zur Sicherheit noch einmal gemeinsam durchgehen. Aber übertreibt es nicht.«

Aidans Blick trifft mich von der Seite. »Okay.«

Ich schaue Leon entgegen, der sich gemeinsam mit Ole zu uns gesellt.

»Kommt ihr morgen auch zu Aidan?«, fragt Ole in die Runde. Leon und ich zucken nur mit den Schultern, denn wir haben keine Ahnung, was genau er damit meint.

»Aber sicher doch«, antwortet Aidan für uns, während er noch immer heftig nach Luft schnappt. Seine Kondition ist gut, aber mit Gregors Pensum halten nur die wenigsten von Anfang an mit.

»Cool«, sagt Ole knapp. »Ich kann Leon mitnehmen. Und Kiki holen wir auf dem Weg zu dir auch noch ab.«

»Was genau ist denn geplant?«, möchte ich wissen.

»Pat schmeißt eine Party. Also feiern wir ein bisschen mit«, klärt Ole uns auf. Ich bin mir nicht sicher, ob ich wirklich mit Aidan gemeinsam feiern möchte. Da aber alle anderen dies für eine super Idee halten und ich mal keine Spaßbremse sein möchte, nicke ich freundlich und lächele. Immerhin hat er mit mir zusammen diesen Tanz einstudiert, da kann ich jetzt nicht einfach seine Einladung ausschlagen. Nach einem schnellen Blickwechsel nicken Leon und ich. Dann verschwinde ich im Nebenraum und ziehe mich um. Als Aidan ebenfalls den Raum betritt, bin ich bereits dabei, mir die Sneakers zuzubinden und meinen Kram einzusammeln. Wortlos verlasse ich den Raum.

* * *

Mein Fuß steht bereits auf dem Pedal und ich will kräftig hineintreten, als Aidan mein Rad energisch festhält und mich mal wieder vom Fahrrad drängelt.

»Steig ein«, sagt er in einem Tonfall, der keinen Widerspruch duldet, und deutet auf sein Auto, das am Straßenrand parkt. »Wir müssen reden.« Ich füge mich, denn er hat recht. Wir sollten reden.

Während er mein Fahrrad im Kofferraum verstaut, nehme ich auf dem Beifahrersitz Platz. Das haben wir beide in der Vergangenheit jetzt schon so oft gemacht, dass die Handgriffe zur Routine geworden sind. Trotzdem schlägt mir das Herz bis zum Hals, als er einsteigt, den Motor startet und losfährt. Anders als sonst läuft heute keine Musik im Auto. Ihm scheint es mit dem

Reden also ernst zu sein. Nur leider kommt während der gesamten Autofahrt auf dem Weg zu mir nach Hause nicht ein einziges Wort über seine Lippen. Auch ich habe keine Ahnung, wie ich das Gespräch beginnen soll. Also bleibe ich stumm wie ein Fisch neben ihm hocken und weiche seinen Blicken aus, indem ich aus dem Seitenfenster schaue.

Als der Ford Granada vor unserem Wohnblock parkt und der Motor verstummt, herrscht eine schwere Stille im Wageninneren, die uns beinahe zu erdrücken droht.

»Sag doch was«, bringe ich quälend hervor, denn ich halte diese Stimmung nicht mehr länger aus. Nervös tippt Aidan mit dem Zeigefinger seiner rechten Hand auf dem Lenkrad rum, während er unverwandt durch die Windschutzscheibe auf das parkende Auto vor uns starrt.

»Du fehlst mir«, bekomme ich schließlich zu hören. Elektrisiert schaue ich zu ihm hinüber. Absolute Aufrichtigkeit liegt in seinen Augen. Ihm ist anzusehen, wie schwer es ihm fällt, diese paar Worte auszusprechen. Im nächsten Moment greift er nach meiner Hand, die trotz eisiger Temperaturen vor lauter Aufregung verschwitzt und kalt zugleich ist. Zärtlich fährt er mit seinem Daumen über meinen Handrücken und ich kann nicht abstreiten, dass diese Geste etwas mit mir macht.

»Aidan«, wimmere ich, während ich auf unsere Hände starre, »ich kann das nicht.«

»Was? Was kannst du nicht?«

»Ich will dich entweder für mich alleine oder gar nicht. Auch wenn das vielleicht egoistisch scheint.«

Für einen Moment schaut Aidan mich überrascht an, dann lacht er los. »Okay! Eines wollen wir mal klarstellen: Du bist alles andere als egoistisch. Ja?«

Verlegen lächele ich.

Er räuspert sich und wird dann wieder todernst. »Ich habe mit Tessa gesprochen. Zwischen uns wird nie wieder etwas laufen. Hast mein Wort drauf.«

Mir steht der Mund offen. Niemals hätte ich gedacht, dass er das tatsächlich tut. Für mich!

»Aber …«, bringe ich hervor. Doch ich habe keine Ahnung, was ich dazu sagen soll, also breche ich ab.

»Sie hat keine Ahnung von dir. Ich weiß ja, wie krass sie sein kann, wenn ihr was nicht passt. Wollte nicht, dass du da zwischen die Fronten gerätst. Verstehst du?«, versucht Aidan mir jetzt zu erklären. Wie fremdgesteuert schüttele ich den Kopf. Immer noch starre ich ihn mit großen Augen an. Ich kann nicht glauben, was ich da höre.

»Also nicht?«, interpretiert er mein Kopfschütteln richtig. Tief hole ich Luft. Noch immer hält er meine Hand. »Lea«, höre ich ihn flüstern. »Ohne dich bin ich nur noch ein Dämlack, der vollkommen orientierungslos durch die Gegend läuft. Völlig verpeilt, ohne jede Konzentration. Meine Kumpels ziehen mich schon auf deswegen.«

Mein Herz rast. Mein Körper ist so sehr mit Adrenalin vollgepumpt, dass ich aufspringen und die Energie in mir freilassen will, aber ich will auch hören, was er mir noch zu sagen hat.

»Die letzten Tage ohne dich waren grausam«, offenbart er mir. »Ich glaube …« Er räuspert sich. Durch seinen Körper geht ein Zittern, das ich so nicht kenne. »Ich glaube …«, setzt er noch einmal an, dieses Mal mit festerer Stimme, als wolle er sich selbst überzeugen, »… ich habe mich in dich verliebt.«

Und da ist es passiert. Ich habe mein Herz endgültig verloren. An ihn. Wild schlägt es mir bis zum Hals, als ich seine Worte in mich aufnehme.

Ungewohnt ängstlich sitzt Aidan mir gegenüber und wartet auf eine Reaktion von mir. Nervös wandert sein Blick hin und her. Es fällt ihm schwer, meinem standzuhalten.

»Oh Mann! Was mache ich hier eigentlich?«, höre ich ihn sagen. Er belächelt sich selbst, als er weiterredet: »Ich hab es doch schon vermasselt. Warum tue ich …«

Entschieden lege ich ihm meinen Zeigefinger auf die Lippen,

damit er aufhört zu reden. »Nicht«, sage ich, »mach es nicht kaputt.« Unter meiner Berührung wird er wieder ruhiger.

»Lea.«

Ich schlucke schwer. Ich bräuchte mich nur etwas weiter vorzulehnen, um ihn direkt auf den Mund zu küssen. Doch ich tue es nicht. »Ich gehe jetzt besser rein.«

Überrumpelt nickt er. »Okay.« Gemeinsam steigen wir aus dem Wagen. Aidan holt mein Fahrrad hervor und hält es mir hin. »Hier hat alles angefangen.« Wir schauen uns direkt in die Augen, als ich mein Fahrrad entgegennehme.

»Ich weiß.« Meine Stimme bricht bei diesen paar Worten. Er hält mich noch kurz am Handgelenk fest.

»Das hier ist nicht das Ende, oder?« Ich lächele ihm gequält zu. Natürlich will ich nicht, dass es endet, bin mir aber auch nicht sicher, ob wir überhaupt eine Chance haben.

»Hast du Hunger?«, frage ich ihn nach kurzer Überlegung. Und währenddessen bereue ich es auch schon wieder. Noch nie habe ich freiwillig jemanden in mein Leben gelassen.

Aidan

Mit einer Einladung zum Essen habe ich jetzt so gar nicht gerechnet. Aber okay. Ich bin bereit, alles zu tun, damit sie mich endlich wieder in ihr Leben lässt. Denn ohne sie ist es nicht mehr das Gleiche. Unsicher fährt Lea sich mit den Fingerspitzen durch die Haare und knabbert nervös an ihrer Unterlippe. Vermutlich bereut sie schon wieder, mich gefragt zu haben, doch nun ist es zu spät dafür.

»Wenn du mich zum Essen einladen willst, geht das klar für mich«, sag ich also schnell, bevor sie es sich doch noch anders überlegt. »Könnte schon was vertragen – nach dem Training.«

Sie sieht mich noch für einen Moment unentschlossen an, doch dann nickt sie schließlich. »Okay. Dann komm mit.«

Gemeinsam verfrachten wir ihren Drahtesel im finstersten Kellerloch.

In der Wohnung ziehe ich mir brav die Schuhe aus. Da ich an der Garderobe keinen freien Haken für meine Jacke finden kann, behalte ich sie fürs Erste einfach an. Ist vielleicht auch besser so. Wer weiß, in was für einer Verfassung ihr Alter heute ist. Sicher nicht verkehrt, wenn ich schnell die Flucht ergreifen kann. Ich trotte einfach hinter Lea her in die Küche. Sie wäscht sich die Hände am Spülbecken. Meine Jacke werfe ich spontan über einen der Stühle und wasche mir dann ebenfalls die Flossen.

»Hey, Papa. Ich bin zu Hause. Hab Besuch mitgebracht. Was willst du essen?«, ruft Lea von der Küche aus, während sie bereits ein paar Schränke aufreißt und Töpfe und so 'n Zeugs hervorholt. Sie setzt einen Topf mit Wasser auf den Herd und reißt eine Packung Nudeln auf, noch bevor sie eine Antwort bekommt.

»Egal«, grummelt ihr Vater zurück. Als ob sie es geahnt hätte.

»Über dir im Schrank ist ein Glas Fertigsoße. Gibst du sie mir bitte?«

Mach ich doch glatt. Sie öffnet das Glas und lässt dieses zähflüssige Zeugs in einen weiteren, kleineren Topf platschen. »So, die Soße braucht nicht lange. Sobald das Nudelwasser kocht, dauert es nur noch ein paar Minuten, dann können wir essen.« Ich stehe an der einen Seite der Arbeitsplatte und muss grinsen. Will sie mich vergraulen, indem sie mir aufzeigt, wie unterschiedlich wir leben? Dass wir in ihren Augen nicht zusammenpassen? Ist es das, was sie hiermit bezwecken will? Falls ja, wird sie damit bei mir kein Glück haben.

»Soll ich den Tisch decken?«, frage ich, während ich bereits die Schränke nach Geschirr absuche.

»Ähm …«, macht sie und beobachtet mich dabei.

Keineswegs hat sie jetzt mit meiner Hilfe gerechnet. Das ist ihr deutlich anzusehen. Ich grinse sie weiter an. Denn ich habe mir fest vorgenommen, dass ihr Plan nicht aufgehen wird.

»Drei Teller? Oder kommen noch mehr zum Essen?« Ich

halte ein paar Teller in die Höhe, die vor einigen Jahrzehnten bestimmt mal in Mode waren. Die Verzierung ist kaum noch vorhanden und ein Teller hat 'nen gehörigen Sprung.

»Drei«, sagt sie schnell. »Keine Ahnung, wann und ob Denise heute nach Hause kommt. Mama ist noch Arbeiten. Sie ist Krankenschwester.« Sie versucht es mit einem gequälten Lächeln, doch ich sehe ihr an, sie ist vollkommen durcheinander.

Eine Viertelstunde später sitzen wir am Tisch. Leas Vater braucht ein paar Anläufe, bis er sich vom Sofa zu uns rüberbequemt. Als er mich sieht, bleibt er stehen und starrt mich an.

»Was will der denn hier?!«

Ich stehe noch mal auf und reiche ihm über den Tisch hinweg meine Hand. »Tag auch«, sag ich schnell. »Ich bin Aidan.«

Ganz verdattert schüttelt er meine Hand und lässt sich mir gegenüber auf seinem Platz nieder. Lea hat ihm in der Zwischenzeit den Teller befüllt und er beginnt, still zu futtern. Lea und ich schauen uns an. Keine Ahnung, was in ihrem Kopf gerade vorgeht. Ein paar Happen später lässt ihr Vater die Gabel geräuschvoll auf den Teller knallen.

»Kriegt man nicht mal 'n Bier zum Essen in diesem Haushalt?« Ich höre Leas Stuhl nach hinten rücken, doch bevor sie aufstehen kann, halte ich sie am Handgelenk fest.

»Ich mach das«, sage ich bestimmt. »Im Kühlschrank, nehme ich an?« Sie nickt. Ich hole eine Flasche, öffne sie mit meinem Feuerzeug und stelle sie ihm direkt vor die Nase. Dann esse ich weiter. Beherzt setzt er die Flasche an und leert sie in wenigen Zügen. Dann steht er auf. Er hat deutlich Schlagseite.

»Ich will hier in der Wohnung keine Kerle. Über Nacht schon gar nicht. Wenn du das Rumhuren anfängst, dann fliegst du raus. Klar?« Wie einstudiert funkelt er sie jetzt böse an. Ich muss mich direkt zusammenreißen, um nicht sofort dazwischenzugehen.

»Ich bin achtzehn. Mich kann besuchen, wer will.« Ihre Stimme zittert zwar ganz leicht, doch ich bin trotzdem mächtig stolz auf sie. Ihr Vater scheint im ersten Moment baff und nicht zu wissen, was er darauf erwidern soll. Kein Wunder, ist ja hackedicht, der Gute!

Er hebt den Zeigefinger. »Du! Ich warne dich!« Doch dann verliert er jedes Interesse an uns und taumelt zurück auf sein Sofa. Das Essen hat er kaum angerührt.

Lea neben mir atmet tief durch. »So. Nun hast du einen wunderbaren Eindruck von meinem Leben bekommen. Du kannst jetzt gehen, wenn du willst.« Sie steht auf und kramt hektisch die Teller zusammen, obwohl wir noch gar nicht zu Ende gegessen haben. Ich entziehe ihr meinen Teller und nehme in aller Ruhe eine Gabel voll.

»Fehr gaftfreundlich bift du ja nicht gerade«, nuschele ich mit halbvollem Mund, während ich weiterkaue. »Daf muff ich fugeben.« Ich schlucke runter. »Aber damit kann ich leben. Kein Grund für mich, zu gehen.« Eine weitere Gabel voll Soße durchtränkter Nudeln findet den Weg in meinen Mund. Boah, das Zeugs ist echt widerlich, aber das behalte ich besser für mich. Lea lässt sich neben mir wieder auf den Stuhl sinken und beobachtet mich ungläubig.

»Du brauchst gar nicht so zu gucken. Ist mir scheißegal, wie abgefuckt dein Vater ist oder wie winzig die Bude, in der ihr hier lebt.«

»Ja, noch ist es dir vielleicht egal. Aber warte mal ab«, gerät Lea neben mir jetzt so richtig in Fahrt. »Ich kann mir zum Beispiel nicht jedes Wochenende leisten, in die Disko zu gehen. Oder Shoppen, das ist auch nicht drin. Alles, was ich mit meinem Job verdiene, fließt in die Tanzausbildung. Hast du eine Ahnung, wie lange ich schon mit meinen alten Sneakers rumlaufe? Glaube mir, das wird dir schon recht bald alles viel zu öde werden. Also wäre es besser, wenn wir es gleich lassen.« Jetzt ist der Moment gekommen, in dem ich den Nudelbrei mit einem Schluck Wasser hinunterspüle, sie einfach an mich ziehen und küssen muss. Ich muss ihr unbedingt das Maul stopfen, bevor sie noch mehr Blödsinn von sich geben kann. Zuerst scheint es so, als wolle sie sich dagegen wehren, doch es braucht nicht lang, bis sie in meine Arme sinkt und mich genauso leidenschaftlich küsst wie ich sie. Ihre Küsse sind so viel besser als alle Küsse zusammen, die ich jemals bekommen habe.

»Oh Mann«, lasse ich sie wissen, während ich nach unserem spontanen Kuss um Atem ringe, »was hab ich dich vermisst.« Ihre Hände an meiner Brust und im Nacken, schlinge ich meine Arme um ihre Taille und presse sie an mich. Mir entfährt ein Stöhnen. Sie fühlt sich so unfassbar geil an.

»Du kämpfst unfair«, raunt sie mir ins Ohr.

»Ja«, gebe ich zu und kuschele mein Gesicht an ihre Halsbeuge. »Fairness hin oder her. Wenn es die einzige Möglichkeit ist, dich zu überzeugen, dann bin ich gerne wieder einmal der Arsch!«

An der Haustür tut sich etwas. Ein Schlüssel wird im Schloss herumgedreht. Lea lässt von mir ab und räumt weiter das Geschirr zusammen. Als Denise mich entdeckt, schaut sie ziemlich dämlich aus der Wäsche.

»Äh, was willst du denn hier?«

»Moin auch«, mehr sage ich nicht. Denn die Kleine geht es überhaupt nichts an, was ich hier mache. Lea kommt zurück. Mit einem feuchten Lappen wischt sie über den Tisch.

»Oh Mann«, stöhnt Denise, »seid ihr etwa …? Ich mein, ihr seid jetzt aber nicht zusammen oder so?« Ihr angewidertes Gesicht amüsiert mich direkt. Beherzt greife ich Lea, die dabei ist, den Tisch zu scheuern, um die Taille und ziehe sie auf meinen Schoß. Denise dabei blöde ins Gesicht zu grinsen macht mir richtig Spaß.

»Aber so was von«, lasse ich sie wissen.

Damit hab ich sie vollends aus der Fassung gebracht. Angeekelt schüttelt sie sich und läuft vermutlich in ihr Zimmer. Begleitet von den Worten: »Is' ja widerlich!«

Ich spüre Leas Finger, die mir sanft den Nacken kraulen, und fühle mich sauwohl.

»So ist das also. Zusammen, ja?«

Ich schaue zu ihr auf. Da nimmt sie mein Gesicht in ihre Hände und küsst mich. Mitten auf den Mund. Ganz kurz nur, und trotzdem bedeutet es mir so viel. Ihre Augen sprühen.

»Ja«, hauche ich. Und damit wäre alles gesagt. Stirn an Stirn genieße ich ihre Nähe. Nehme jede ihrer Bewegungen wahr und streiche ihr von der Hüfte aufwärts über den Rücken. Ja, es stimmt. Es ist das erste Mal, dass ich mit jemandem zusammensein will, und jeder darf das wissen.

»Ich mag es kaum sagen, aber du solltest bald gehen.« Scharf ziehe ich die Luft zwischen den Zähnen ein, weil diese Info schmerzt. Jetzt zu gehen ist das Letzte, was ich will.

»Du willst mich vor die Tür setzen?«

»Von Wollen kann keine Rede sein, aber ich muss dringend duschen. Außerdem muss ich unbedingt lernen. In den letzten Tagen bin ich kaum dazu gekommen, für die Prüfungen zu büffeln. Ich habe eine Menge nachzuholen.«

»Okay. Erstens: Duschen könnten wir super gemeinsam. Und zweitens: Dir ist schon klar, dass die Abiprüfungen nicht in ein paar Tagen, sondern in ein paar Wochen sind, oder?«, frage ich. Dabei streiche ich ihr eine Strähne aus der Stirn, die sich aus dem Haarband freigekämpft hat.

»Was nicht bedeutet, dass man erst zwei Wochen vorher anfangen darf, sich drauf vorzubereiten.« Skeptisch betrachtet sie mich jetzt. »Was ist mit dir? Hast du noch gar nicht angefangen?«

Ich winke ab. »Nö. Brauche ich nicht. Ich schmeiß vorher hin.« Ehe ich sie wieder an mich ziehen kann, um sie erneut zu küssen, hält sie mich eine Armlänge auf Abstand und schaut mich total entgeistert an.

»Bitte was?! Du … du willst hinschmeißen?« Ihre Stimme überschlägt sich beinahe.

»RUHE DA DRÜBEN. SONST FLIEGT IHR, KAPIERT!!« Aha. Der Besoffene fühlt sich in seiner Privatsphäre gestört. Na, wenigstens fährt Lea jetzt wieder ein paar Gänge runter.

»Das kann doch nicht dein Ernst sein.«

»Doch«, lasse ich sie wissen. »Ist mein voller Ernst. Brauch das Scheißabi sowieso nicht.«

»Und warum? Ich meine, was willst du stattdessen machen?« Sie ist interessiert an mir und an dem, was ich so denke. Eines der Dinge, die ich so sehr an ihr liebe. Obwohl ich zu diesem Thema jetzt eigentlich nicht so viel sagen möchte, versuche ich es ihr zu erklären.

»Von Wollen kann keine Rede sein. Soll beim Alten mit in die Firma. Aber da hat er sich geschnitten. Ohne Abi kein Studium. Und ich möchte gerne sehen, wie er mich ohne Universitätsabschluss in die Firma einschleusen will. Bevor ich das mache, gehe ich lieber auf den Bau und schleppe Zementsäcke. Das sage ich dir.« Zum ersten Mal erzähle ich von meinem Plan. Jetzt, wo ich ihn selbst ausgesprochen höre, klingt er aber irgendwie gar nicht mehr so genial.

»Das klingt ehrlich gesagt schrecklich, was du da sagst«, pflichtet sie mir unwissend direkt bei. Doch ich behalte meine Gedanken für mich.

»Pah«, schnaube ich auf, »wenn du wüsstest.« Doch über dieses Thema wurde in letzter Zeit zu Hause schon mehr als genug geschwafelt. Für meine Begriffe schaut sie zu besorgt drein. »Lass uns das Thema wechseln«, bringe ich knurrend über meine Lippen. Dabei streiche ich ihr über den Unterarm, während ich aufstehe. »Ich lass dich dann jetzt mal lernen, Süße.« Ihr Lächeln tut gut.

»Danke«, sagt sie.

An der Tür verabschieden wir uns. Erst etwas zaghaft, weil keiner von uns beiden irgendwie weiß, wie wir das anstellen sollen, doch am Ende drücke ich sie kurz ganz fest an mich und küsse sie. Ihre Hände an meinen Wangen.

Kapitel 22

Aidan

Mir tut alles weh. Alles! Komme kaum aus dem Auto raus, als ich zu Hause bin. Mit steifen Knochen quäle ich mich die Treppen hoch. Eigentlich will ich nur noch auf die Couch – Kippe und 'n Bier in der Hand, das wär's jetzt –, doch ich hab so das Gefühl, wenn ich erst mal liege, komme ich nicht mehr hoch. Also sammele ich mir frische Klamotten und Handtücher aus dem Schrank zusammen. Der Weg ins Bad führt mich direkt an meinem Sofa vorbei. Ach, scheiß drauf! Mit letzter Kraft lasse ich mich dann doch erst einmal darauf fallen.

Mein iPhone piepst.

Nachricht von Unbekannt: Hey. Wie geht es dir?

Für einen Moment überlege ich, von wem die Nachricht kommt. Bis mir einfällt, dass ich Lea vor ein paar Tagen meine Nummer aufgeschrieben habe.

Aidan: Lea?

Lea: Ja

Aidan: Kann mich nicht mehr bewegen.

Lea: Dachte ich mir.

Aidan: Könnt ’ne Massage gebrauchen.

Lea: Massieren kann ich. Behaupten zumindest Kiki und Leon.

Aidan: Wie jetzt? Die Strumpfhose kriegt Massagen von dir?

Lea: Die Strumpfhose??

Aidan: Leon

Lea: Haha! Und ja.

Aidan: Gefällt mir nicht.

Lea: Wieso?

Aidan: Exklusivrechte? Das gilt doch ab sofort für beide, oder?

Lea: Leon zählt nicht.

Aidan: Hä?!

Lea: Du hast keine Ahnung, oder?

Aidan: Wollen wir jetzt über Leon reden?

Lea: Nein

Aidan: Was hast du an?

Lea: Ernsthaft?

Aidan: Ja

Lea: Gar nichts.

Aidan: Ernsthaft?

Lea: Nein

Aidan: Er steht trotzdem.

Lea: Machst du mich gerade an?

Aidan: Ja. Ich bin voll scharf auf dich, Mann.

Lea: Nach *dem* Training?!

Aidan: Hab gerade deinen Arsch vor Augen. Wie du dieses Pirouetten-Dings machst, beim Tanzen. Das macht mich voll an.

Sie braucht vermutlich ein paar Anläufe, denn es vergehen ein paar Minuten, ehe ich wieder etwas von ihr höre.

Lea: Geh duschen. Das kühlt dich erst mal ab.

Aidan: Gute Idee. Dank Kopfkino könnte das sogar ein Erlebnis werden.

Lea: ?

Aidan: Ich stell's mir grad vor: Du … unterm heißen Wasser … nackt!

Lea: Ich merk schon. Mit dir hätte ich mehr Spaß gehabt als alleine, wie?

Aidan: Jederzeit. Wenn du willst, sofort!

Lea: Okay. Bin gespannt, wie schnell du den Baum hochkommst.

Aidan: Oh, fuck! Nee, das schaff ich heut nicht mehr.

Lea: Loser!

Aidan: Nervensäge!

Lea: Stehst du auf Nervensägen?

Aidan: Ich steh auf dich!!

Ich greife wieder nach meinen Sachen, denn ich beginne allmählich zu muffeln.

Aidan: Okay. Lass später weiterschreiben. Ich geh jetzt wirklich duschen. Stinke wie ein Tier!

Lea: :-)

* * *

Als ich nur mit dem Handtuch bekleidet aus dem Bad komme, sitzt Tessa auf meinem Bett und hält mein iPhone in der Hand. Irgendwie unpraktisch, dass meine Ex eine gute Freundin meiner Schwester ist.

»Was ist das?«, will sie wissen. Dabei hält sie mir in der nächsten Sekunde das Display so dicht vor die Linse, dass ich überhaupt nichts erkennen kann. Schroff packe ich sie beim Handgelenk und halte das Handy weiter von mir. Jetzt sehe ich besser.

»Tickst du noch ganz sauber?«, schnauze ich los. Liest die doch glatt meinen Chatverlauf. Aber ich will mich jetzt nicht aufregen. Dafür bin ich viel zu platt. Also lasse ich sie lieber einfach links liegen, werfe mein iPhone aufs Sofa zurück und verschwinde in meinem begehbaren Kleiderschrank.

»Das ist doch die Schlampe, die du letztens auf dem Dom geküsst hast«, höre ich sie nebenan keifen. Seelenruhig schlüpfe ich in frische Shorts und Jogginghose.

»Was geht es dich an?«, frage ich zurück.

»Was es mich angeht, willst du wissen?« Mittlerweile steht sie im Türrahmen und funkelt mich böse an.

»Ja«, antworte ich. Dabei schließe ich das Band meiner Jogginghose und zieh mir ein Shirt über. Ich gehe an ihr vorbei zurück ins Zimmer. »Was machst du überhaupt hier?«

Sie zuckt mit den Schultern. »Wollt dich halt sehen«, nuschelt sie. Ganz langsam fängt sie sich wieder. Deutlich ruhiger und mit einem aufgesetzten Lächeln kommt sie auf mich zu. »Ich dachte, wir könnten etwas Spaß zusammen haben. Vielleicht was unternehmen?« Im nächsten Moment wirft sie sich mir an den Hals. Anders kann man das nun wirklich nicht nennen.

Energisch löse ich ihren Klammergriff um meinen Nacken und bringe uns beide wieder etwas auf Abstand. »Was genau hast du bei unserem letzten Gespräch eigentlich nicht verstanden?« Perplex steht sie vor mir. Sie kann kaum glauben, wie sie gerade zurückgewiesen wird. Ist im Prinzip ja auch nicht meine Absicht, doch was kann ich denn dafür, wenn sie die Einschläge nicht mitbekommt und sich so anbiedert. »Ich meine«, rede ich weiter, weil sie halt so gar nichts sagt, »war ja ganz cool so zwischen uns. Aber …«

»Aber nun fickst du sie? Nun brauchst du mich nicht mehr? Willst du mir das damit sagen?«, fährt sie mir übern Mund.

Boah. Ich bin kurz vorm Ausrasten. Mir brennt jeder Muskel, ich bin hundemüde und habe immer noch mächtig Hunger, weil die paar Nudeln vorhin echt nicht gereicht haben, um meinen

Nährwerthaushalt wieder auf Vordermann zu bringen. Doch ich benehme mich. Schlucke einfach hinunter, was mir auf der Zunge liegt, und deute auf die Tür. Wahrscheinlich würde sie es eh nicht verstehen. Sie folgt meiner Hand mit den Augen.

»Du willst, dass ich gehe?«, keift sie weiter. Dabei zeigt sie mit dem Finger auf sich selbst.

»Ja, bitte. Wäre echt cool von dir, wenn du es endlich gut sein lassen könntest.« Sie hat Tränen in den Augen, als sie an mir vorbeifegt.

»Du bist so ein Arsch!« Sie lässt ordentlich die Tür aufschwingen, als sie hinausstürmt, so dass die voll gegen die Wand knallt.

»Bist nicht die Erste, die das von mir behauptet«, schreie ich ihr noch hinterher.

Lea

Weit nach Mitternacht werde ich vom Piepsen meines Handys geweckt. Sofort bin ich hellwach. Es kann nur eines bedeuten. Schnell klaube ich mein Telefon vom Nachtschrank und öffne die Textnachricht.

> Aidan: Sorry, bin eingeschlafen vorhin. Du hast mich total fertiggemacht.

Ich grinse selig in mich hinein und lasse mich wieder ins Kissen fallen. Dann schreibe ich zurück.

> Lea: Von dem bisschen Tanztraining?

> Aidan: Auch

> Lea: Was denn noch?

Aidan: Du alleine machst mich fertig. Bin nicht mehr ich selbst, seit ich dich kenne.

Lea: Das hört sich ja schrecklich an.

Aidan: Seit ich dich kenne, hab ich so was wie ein Gewissen.

Lea: Ist das jetzt gut oder schlecht?

Aidan: Weiß nicht.

Lea: Sag, was ist passiert?

Aidan: Tessa

Meinem Herzen versetzt es einen Stich, als ich den Namen lese.

Lea: Und?

Eigentlich weiß ich gar nicht, ob ich wissen will, was da los war.

Aidan: Du hattest wohl doch recht.

Lea: Womit?

Aidan: Na, gefühlsmäßig und so. So wie sie heute Abend drauf war, war's für sie wohl doch mehr. Normalerweise lasse ich so was ja einfach an mir abprallen. Aber nun tat sie mir irgendwie leid, als ich sie rausgeschmissen habe.

Ich lese die Nachricht noch zwei weitere Male. Er hat sie rausgeworfen! Er meint es also tatsächlich ernst mit mir.

Sofort wird meine Sehnsucht nach ihm noch größer. Am liebsten möchte ich ihn sofort in den Arm nehmen. Ich will ihn küssen, will ihn berühren … möchte ihm zeigen, wie viel mir das alles bedeutet. Und wie viel er mir bedeutet. Doch all das schreibe ich nicht, sondern einfach nur:

Lea: Mitgefühl ist prinzipiell nie verkehrt.

Es vergehen ein paar Minuten, in denen ich auf eine weitere Nachricht von ihm warte. Vermutlich habe ich es total vergeigt.

Gerade, als ich selbst etwas schreiben will, kommt wieder eine SMS herübergeflattert.

Aidan: Warum bist du jetzt nicht hier?

Lea: ??

Aidan: Kann nicht mehr einschlafen. Ohne dich!

Okay, denke ich. Das ist jetzt meine zweite Chance, die Initiative zu ergreifen.

Lea: Willst du herkommen?

Aidan: Muss ich durchs Fenster?

Ich überlege kurz. Soll ich es wagen?

Lea: Ich kann dich reinlassen.

Aidan: Wo rein?

Lea: Bin mir nicht sicher, was gerade durch deinen notgeilen Kopf schießt, aber ICH meine die Wohnungstür. Und DU?

Aidan: Auch, was sonst :-)

Lea: Dann komm.

Aidan: Aber so was von!

Kapitel 23

Lea

So leise wie möglich husche ich jetzt ins Bad und mache mich etwas zurecht. Das ist gar nicht so einfach, weil direkt neben dem Bad das Schlafzimmer meiner Eltern liegt. Um meinen Vater mach ich mir da weniger Gedanken, der schläft wie ein Toter, doch Mama hat immer einen leicht nervösen Schlaf, die ist beim kleinsten Geräusch meist schon wach. Dieses Mal aber geht alles gut. Keine halbe Stunde später bekomme ich eine weitere SMS.

Aidan: Bin jetzt da. Falls du mich noch sehen willst.

Mit klopfendem Herzen gehe ich zur Wohnungstür und drücke auf den Summer. Wenig später höre ich, wie Aidans Schritte ihn bis vor die Tür tragen. Als ich einen Spalt weit öffne, drückt er sich an mir vorbei. Eisige Kälte bringt er von draußen mit rein, so dass es mich augenblicklich an meinen Beinen fröstelt.

Flink zieht er seine Schuhe aus, hebt sie auf und greift nach meiner Hand. Blind lässt er sich von mir durch die im Dunkeln liegende Wohnung bis zu meinem Zimmer führen. Ganz leise schließe ich die Tür hinter uns, nachdem wir drin sind. Erleichtert atme ich auf, denn etwas mulmig war mir schon zumute.

»Komm her«, höre ich ihn flüstern. Ich kann nur seine Umrisse erkennen. Seine Jacke raschelt. Im nächsten Moment hat er sie ausgezogen und über meinen Schreibtischstuhl geworfen. Ich spüre seine Hand, die mich am Handgelenk zu sich zieht. Nur zu gerne schmiege ich mich an ihn. Sein Pullover ist ganz weich, der feste Stoff seiner Jeans reibt an meinen nackten Beinen. Er ist so unglaublich warm, obwohl er für mich gerade mitten in der Nacht durch die Kälte gelaufen ist. Sein Gesicht an meinem Hals und der Atem auf meiner Haut lässt mich erschauern. »Oh, du riechst so gut«, raunt er mir ins Ohr.

Meine Hände gehen auf Wanderschaft. »Geht es dir besser?«, frage ich.

»Jetzt ja«, schnurrt er mir entgegen. »Jetzt, wo ich dich spüren kann.« Von seinen Worten erwärmt beginnt mein Körper auf ihn zu reagieren. Feine Nackenhärchen stellen sich mir auf, als ich seine Fingerkuppen an meiner Wange fühlen kann und im nächsten Moment seine Lippen auf meinen spüre. Wieder überwältigt mich dieses über alle Maßen intensive Gefühl des Glücks. Dieses Mal lasse ich mich von der Woge davontragen. Lasse mich tief in das Gefühl der Lust hineinfallen und verschlinge ihn beinahe, als ich seinen Kuss erwidere. Ein Schauer geht durch seinen Körper und überträgt sich augenblicklich auf meinen. Heute Nacht will ich mehr, wird mir ganz deutlich bewusst.

Entschlossen lasse ich meine Hände seinen Oberkörper hinunterfahren. Zwei Atemzüge später beginne ich, mit zittrigen Fingern den Gürtel seiner Jeans zu öffnen. Dabei fühle ich seine Hände, die mich im Nacken und an meinem Po packen, während wir uns weiter küssen. Kurz muss ich aufseufzen, weil mich diese Berührung – so überraschend sie auch ist – dermaßen erregt. In meinem Inneren beginnt es zu brennen wie Feuer. Meine ganze Haut kribbelt.

»Shit. Ich will dich so sehr«, dringen seine Worte zu mir herüber. Ein Flehen liegt darin.

»Dann komm«, dränge ich und schubse ihn sanft in die Richtung meines Bettes. Denn auch ich will jetzt nicht mehr warten. Ich bin bereit.

Mit fließenden Bewegungen setze ich mich auf ihn. Zwischen

meinen Schenkeln kann ich spüren, wie hart er bereits ist. Flink schält er sich aus seinem Pullover, der dann auf den Boden fliegt.

»Ich nehme alles zurück«, höre ich ihn flüstern, während er mir ganz langsam von den Knien an aufwärts über die Oberschenkel streicht. »Du weißt sehr wohl, dich zu bewegen.« Er scheint seine Position direkt unter mir zu genießen. Unfassbar viel Zeit lässt er sich für die Fahrt seiner Hände über meine nackten Beine. Währenddessen komme ich ihm mit meinem Oberkörper näher, streichele ihm über die Brust. Als er bei meiner Hüfte angekommen ist, greift er beherzt zu und drückt sich mir entgegen. Mein Körper steht unter Strom. Alles kribbelt. Seine Hände fahren unter mein Longshirt und streichen mir über den Rücken hinauf bis in meinen Nacken.

Zitternd vor Aufregung lasse ich ihn gewähren. Dass es sich so unglaublich gut anfühlen würde, habe ich nicht geahnt. Ich kann es kaum erwarten, seine Hände überall zu fühlen, und will unbedingt erleben, was seine Berührungen mit mir noch alles anstellen werden.

Meine Lippen suchen seinen Mund. Ich liebe es, wie wild er mich daraufhin küsst. So rau, so heftig, und doch keine Sekunde ungestüm. Er weiß, was er tut.

»Kein BH?!«, flüstert er in die Nacht. Entschieden richtet er sich auf. Mir ist nicht klar, ob das als Frage oder Feststellung gemeint ist. Jedenfalls höre ich mich selbst wohlig aufstöhnen, während er mich mit einer Hand fest im Rücken an sich drückt und seine andere Hand ganz langsam nach vorne wandert und unter dem Shirt über meine Brust fährt. Sofort küsst er mich wieder. Sein Atem schlägt mir ins Gesicht. Und bei Gott: Ich liebe das! Ich fühle mich ihm so nah. Ich halte inne. Sein Gesicht in Händen haltend atme ich tief ein und erlebe, wie mich die bloße Berührung eines Mannes so sehr antörnt, dass ich beinahe zusammenbreche. Ich schließe meine Lider, beiße mir auf die Unterlippe und seufze erneut auf, als sich der Druck seiner Finger um meinen Nippel erneut erhöht.

»Das gefällt dir, ja?« Ich lächele in die Dunkelheit. Meine Stirn halte ich gegen seine gedrückt.

»Hör ja nicht damit auf«, wimmere ich.

»Oh, Süße. Das ist erst der Anfang«, raunt er zurück. Dann packt er mich an den Hüften und dreht sich mit mir im Arm schwungvoll herum, so dass ich im nächsten Moment mit dem Rücken auf der Matratze liege. Über mir Aidan, der mir mein Shirt bis zum Hals hinaufschiebt und anfängt, mich vom Bauch an aufwärts mit Küssen zu übersäen. Lustvoll strecke ich mich ihm entgegen, drücke den Rücken durch und lasse meinen Kopf tief ins Kissen fallen. Mit geschlossenen Augen genieße ich mit allen Sinnen. Seine Zunge fährt über meine Brust. Sanft aber bestimmt greift er nach meinem Shirt und streift es mir gekonnt über den Kopf, während er erst eine meiner Brüste mit seiner Zunge umspielt und sich dann genussvoll der anderen zuwendet. Entschlossen drängt er ein Bein zwischen meine Schenkel. Der Druck seines Beines macht mich nur noch mehr an. Noch immer trägt er ein Shirt, an dem ich jetzt zerre. Er versteht und lässt von mir ab, um sich selbst das Shirt über den Kopf zu ziehen.

Kurz halten wir inne und versuchen, einander in der schemenhaften Dunkelheit mit den Augen zu fixieren. Seine Pupillen funkeln. Neugierig streichele ich ihm über die Brust. Gleite mit meinen Fingern über seinen Bauch hinab und fühle, wie seine Muskeln unter meiner Berührung tanzen. Dann öffne ich den Knopf seiner Jeans. Wild entschlossen drücke ich sie, so weit es geht, hinunter. Meine Hände erkunden seine Hüfte, fahren über seinen Rücken und gleiten schlussendlich in seine Jeans. Angespannt und fest fühle ich seinen Hintern unter meinen Händen. Aidan selbst scheint von meinen Berührungen so angetörnt, dass ordentlich Bewegung in uns kommt. Unser Atem wird schwerer zwischen den vielen Küssen. Er selbst schiebt seine Jeans noch etwas weiter hinab. Eine seiner Hände fährt meinen Oberschenkel vom Knie an aufwärts entlang. Als er das erste Mal über meinen Slip fährt, entkommt mir wieder ein Stöhnen.

Neckisch zieht er meine Unterlippe zwischen seine Zähne und rutscht mit seinen Fingern seitlich unter meinen Slip. Ohne weitere Vorwarnung beginnt er, mich zwischen den Schenkeln erst ganz zart, dann immer intensiver zu streicheln. Rhythmisch bewegt er seine Finger genau dort, wo ich es brauche. Ich winde mich unter seiner Berührung und verliere jegliches Zeitgefühl. Genüsslich strecke ich mich ihm entgegen, atme in meine Mitte und gehe mit den Bewegungen und dem Takt, den er mir vorgibt. Währenddessen küsst und leckt er meinen Hals. Sein Atem an meiner Haut verursacht mir eine unglaubliche Gänsehaut, die mich erschauern lässt. Stoßweise geht meine Atmung, und während ich meinem Höhepunkt entgegenschwebe, fühle ich genau, wie sehr Aidan meine Reaktion auf das, was er da macht, erregt. Dann plötzlich fühle ich, wie einer seiner Finger in mich hineingleitet, während er mich weiter rhythmisch streichelt. In mir gibt es kein Halten mehr. Ich schlinge meine Arme um seinen Hals und drücke ihn ganz fest an mich, während mein Körper unkontrollierbar anfängt zu zucken und ich aufstöhnen muss. Wellenartig überkommt mich ein heftiger Orgasmus, wie ich ihn noch nicht erlebt habe.

Nur ganz langsam finde ich wieder in die Gegenwart zurück. Dabei begleitet mich ein seliges Lächeln auf den Lippen. Immer wieder streiche ich ihm über den Nacken. Drücke mich an ihn. Küsse ihn auf die Lippen, während ich noch nach Luft schnappe.

»Das war unglaublich heiß, Süße«, raunt er mir entgegen.

»Oh. Mein. Gott!«, ringe ich um Atem. »Das war der Wahnsinn«, wispere ich zurück. Dieser Kerl macht mich so unglaublich glücklich. Gerade eben, als wir uns wieder einem innigen Kuss hingeben wollen und meine Hände hinab zu seinen Hüften wandern, geht die Tür auf und das Deckenlicht an. Reflexartig zieht Aidan die Decke über mich und ich presse sie gegen meinen nackten Busen. Zweimal Blinzeln reicht, um erkennen zu können, dass es Denise ist, die mit offenem Mund im Türrahmen steht und uns ungläubig anglotzt.

»Denise!«, flüstere ich. Von Panik getragen starre ich meine Schwester an. Wenn sie jetzt losbrüllt, dann ist alles aus. Aidan steht ganz langsam auf, sagt aber kein Wort. Geschmeidig wie eine Raubkatze schält er sich aus meinem Bett. Dabei fällt Denise' Blick auf seinen unbekleideten Oberkörper. Dieser Anblick bannt sie so sehr, dass sie in der Bewegung einfriert. Sein Muskelspiel bei Licht betrachtet ist aber auch wirklich faszinierend anzusehen. Unglaublich definiert, unfassbar hübsch, dieser Kerl! Die Jeans noch immer offen und nur noch knapp auf der Hüfte sitzend, geht er in Denise' Richtung. Mit dem Zeigefinger auf den Lippen befiehlt er meiner Schwester, weiterhin ruhig zu bleiben. Beinahe scheint es so, als würde er sie geradezu hypnotisieren, denn sie fügt sich. Ihrem Mund entkommt tatsächlich nicht ein Ton. Aidan greift nach der Türklinke. Mit einem sanften Schubs befördert er meine Schwester wieder vor die Tür und lässt diese mit einem leisen Klacken zurück ins Schloss fallen. Dann dreht er sich zu mir um. Ich muss in mich hineingrinsen, weil diese Situation einfach einmalig ist. Ich merke, wie überaus zufrieden ich gerade bin. Mir wäre es beinahe egal, wenn meine Eltern uns jetzt ertappen würden. Sollen sie doch ruhig wissen, wie glücklich er mich macht.

»Du brauchst einen Schlüssel«, stellt Aidan fest. Dabei schaltet er das Licht wieder aus, schlüpft aus seiner Jeans und krabbelt zu mir unter die Decke.

Eng aneinandergekuschelt streicheln und küssen wir uns. Erst denke ich, er möchte dort weitermachen, wo wir eben unterbrochen wurden. Auch wenn ich selbst noch nie dabei war, weiß ich, dass da noch mehr geht – gehen würde. Ich hätte auch nichts dagegen. Aber Aidan scheint vollkommen zufrieden und glücklich zu sein, genau so, wie es gerade ist. Entschieden dreht er mich irgendwann leicht von sich und kuschelt sich von hinten an mich heran. Wieder schiebt er seinen Arm unter meinen Kopf und legt ihn auf der anderen Seite auf meiner Schulter ab. Ganz so, wie er es bei seinem letzten Besuch getan hat. Wieder greift er mit der anderen Hand über meine Hüfte und legt meine Hand in seine. Doch dieses Mal tragen wir nichts weiter als unsere Unterwäsche.

»Alles okay?«, frage ich, denn ich bin nun doch etwas unsicher.

»Klar, wieso auch nicht?«

»Nun«, druckse ich herum, »wir haben noch nicht … Ich meine, du …«

»Alles cool, Süße. Du bist der Hammer! Mach dir keinen Kopf. Ich habe alles, was ich brauche.« Dann schmust er sich so richtig an mich und gibt mir das Gefühl, ihm voll und ganz zu genügen. Ganz eng liegen unsere Körper beieinander. Haut an Haut. Ich fühle mich behütet wie nie zuvor, als er mich noch ein paarmal in den Nacken küsst, bis wir schließlich irgendwann einschlafen.

Kapitel 24

Aidan

Ich muss pinkeln. Ist jetzt blöd. Aber ich kann es auch nicht ändern. Okay, denke ich. Ich riskier's.

Wenig später stehe ich im Flur und habe keine Ahnung, welche Tür jetzt zum Klo führt. Ist ein bisschen wie Roulette, was ich hier mache, doch ich kann ja schlecht aus dem Fenster pinkeln. Zum Glück habe ich den richtigen Riecher und ziehe direkt an der ersten Tür den Jackpot.

Als ich das Bad wieder verlasse, das im Übrigen für meine Eltern selbst als Gästeklo viel zu klein und unkomfortabel wäre, renne ich Leas Mum direkt in die Arme. Mit großen Augen steht sie im Türrahmen der Küche. Ihr Morgenmantel wirkt abgetragen, das Haar wirr. Beschwichtigend mache ich ganz langsam zwei Schritte auf sie zu und halte ihr meine Hand hin.

»Oh, sorry!«, rede ich gleich auf sie ein. »Tut mir wirklich leid. Ich wollte Sie nicht erschrecken. Ich bin Aidan, Leas Freund. Ist gestern Abend etwas spät geworden, da wollten wir Sie nicht mehr wecken«, lüge ich, was das Zeug hält. Denn tatsächlich habe ich ja überhaupt keine Ahnung, wie der gestrige Abend hier noch verlaufen ist. Ganz zaghaft greift sie nach meiner Hand.

»Guten Morgen, Aidan.« Zum Glück habe ich mir vorhin wenigstens meine Jeans übergezogen. Sonst wäre das Ganze wirklich peinlich geworden. Vor allem für die Mum. Wir stehen uns gegenüber. Keiner sagt etwas. Sie versucht es zwar mit einem freundlichen Lächeln, doch ich merk auch so, dass sie keine Ahnung hat, wie sie jetzt reagieren soll.

»Gut«, sage ich dann halt und deute auf Leas Zimmertür, die direkt neben dem Esszimmer liegt. »Ich sollte jetzt wohl auch gehen, glaube ich.« Ich öffne die Tür und seh zu, dass ich hier wegkomme.

»Ich koche grad Kaffee«, ruft sie mir hinterher. »Wenn ihr welchen wollt.« Ich lehne mich von innen gegen die geschlossene Tür und atme erst mal kräftig durch. Lea ist von dem Trubel gerade aufgewacht und schaut mich panisch an.

»Ist Papa wach? Hat er dich gesehen?« Ich gehe zu ihr hinüber und setze mich auf die Bettkante. Ich streiche ihr beruhigend durchs Haar, dann über die Wange. Sie hat so wundervolle Haut. Sie braucht kein Make-up. Dann küsse ich sie.

»Nee, alles cool. Aber deine Mum hat mich erwischt. Konnte ja nicht ahnen, dass sie so früh aufsteht. Meine kriegt man vor Mittag nie zu Gesicht.«

»Und? War sie sauer?«, will Lea von mir wissen.

»Nee. Eher … überrascht.« Wir beide müssen grinsen.

»Kann ich mir denken«, sagt sie.

»Vermutlich …«, sage ich, dabei ziehe ich Lea das Laken ein Stück hinunter und lege ihren Busen frei, der rosig und einladend auf mich wirkt. Langsam streiche ich ihr zwischen den Brüsten entlang und greife sie dann um die Taille. Genüsslich lecke ich ihr über den Busen. »Vermutlich ist man hier Männerbesuch nicht gewohnt. Kann das sein?« Ich griene sie an. Statt mir zu antworten zieht sie mich kraftvoll zu sich zurück ins Bett und fängt an, mich anzufassen. Im nächsten Moment hören wir die Tassen drüben im Esszimmer scheppern. »Okay«, stöhne ich auf, denn was sie dort gerade mit ihrer Hand über meinem Ständer tut, macht mich tierisch an. »Deine Mum kocht Kaffee … für uns. Wir sollten also vielleicht nicht unbedingt …«

»Hast du etwa Schiss?«, raunt mir Lea ins Ohr, während sie

mich weiter streichelt und intensive Küsse auf meinem Hals platziert.

»Schiss? Nee, aber Respekt. Will es mir auch nicht gleich mit deiner Mum verscherzen.« Liebevoll schaut sie mich an. Dann lässt sie von mir ab. Streichelt mir nur noch ganz sanft durchs Haar, während sie mich mit ihrem Blick fixiert. Ihr Lächeln macht mich richtig glücklich.

»Mama ist in Ordnung. Wenn du willst, trinken wir 'ne Tasse mit ihr zusammen, bevor ich zur Arbeit muss. Solange Papa im Saufkoma liegt, ist das kein Problem.«

»Na, dann los«, antworte ich und drücke ihr einen festen Schmatzer auf die Lippen.

Lea

Nach dem gemeinsamen Kaffee mit meiner Mutter ist Aidan nach Hause gefahren. Schließlich muss ich bald zur Arbeit und möchte vorher noch duschen.

Als ich wieder in mein Zimmer komme und mich anziehen will, entdecke ich ein paar Handschuhe, die auf meinem Kopfkissen liegen. Ich nehme sie an mich und bin noch ganz verdattert, als mir der kleine Zettel auffällt, der direkt danebengelegen hat. Ich hebe ihn auf und lese:

Oh, es ist meine Liebe! Oh, wüsste sie nur, dass sie es ist!

Diese kleinen Zitate aus Shakespeares *Romeo und Julia* rühren mich. Wie oft muss er das Buch gelesen haben, dass er es so hervorragend zitieren kann? Wieder hat er auf der anderen Seite noch etwas dazugeschrieben:

Ich will nie wieder, dass du frieren musst! Bis später.

Mit einem seligen Lächeln lasse ich mich auf mein Bett fallen. Welch ein Poet in Aidan steckt war mir nicht klar. Vermutlich gibt es auch nicht viele Menschen in seiner Umgebung, die davon wissen. Dass es so ist, muss ich indirekt schon immer geahnt haben.

Die Party heute Abend ist mir nicht geheuer, doch ich habe versprochen, dabei zu sein. Und Aidan gehört jetzt zu meinem Leben. Also sollte ich mich aus meinem Schneckenhaus wagen und seinen Freunden und seiner Familie eine Chance geben. Auch wenn mir das so gar nicht liegt, bin ich mir sicher, mit Aidan an meiner Seite wird es schon irgendwie klappen.

Aidan

Ich glaube, Lea war noch nie in ihrem Leben so nervös. Als wir gemeinsam nach unten gehen und der Musik immer näher kommen, halte ich ihre zittrige Hand in meiner.

»Alles okay?«, frage ich. Nicht, dass sie hier gleich in Ohnmacht fällt.

Sie nickt. »Wird schon.« Ich drücke sie an mich und lege ihr den Arm um die Schulter. Eigentlich möchte ich sie damit etwas beruhigen, habe aber das Gefühl, genau das Gegenteil damit zu bewirken.

»Komm«, sage ich so lässig wie möglich, denn tatsächlich bin ich selbst etwas nervös. »Ich stell dich ein paar Freunden vor, die du noch nicht kennst.«

Und das mache ich auch. Mein Freundeskreis ist für gewöhnlich voll cool drauf. Bisher haben sie allerdings meine Eroberungen niemals so angestarrt oder haben so komisch herumgedruckst. Okay, ich muss zugeben: Bisher sah mein Beuteschema auch etwas anders aus. Doch ich meine es ernst. Das mit Lea ist etwas vollkommen anderes. Und ich für meinen Teil bin fest davon überzeugt, dass ich mich definitiv verbessert habe. Vermutlich ist es das, was alle irritiert.

»Vielleicht war es doch keine so gute Idee herzukommen«, flüstert mir Lea wenig später ins Ohr, als wir für uns stehen. Die Anspannung sieht man ihr an. Provokativ greife ich ihr in die Taille und ziehe sie ganz nah zu mir herüber. Auch mir sind die Blicke, die auf uns liegen, durchaus bewusst, doch die können mich alle mal. Wenn sie nicht verstehen wollen, was für eine wundervolle Frau ich seit Kurzem an meiner Seite habe, dann eben nicht.

»Was interessieren uns die anderen? Ist doch unser Ding, wenn wir zusammensein wollen.«

»Ich denke, wir sollten die Tanznummer morgen sausen lassen.«

Ich stutze. »Aha«, kommt mir nur über die Lippen. Mehr fällt mir dazu in der Sekunde nicht ein. Mir tut jetzt noch jeder Knochen im Leib weh von dem verfickten Training. Das soll jetzt mit einem Mal umsonst gewesen sein? »Klär mich mal auf: Wo kommt das jetzt her?«, fange ich mich wieder und warte auf eine Antwort.

»Nun, du siehst doch, wie uns alle anstarren. Morgen wird es dann noch tausendmal schlimmer. Glaube mir. Dein Ruf wäre nach morgen Abend komplett ruiniert. Das könntest du nie wieder hinbiegen.« Jetzt verstehe ich zwar, doch mehr als einen müden Lacher habe ich dafür nicht übrig.

»Ich bin hart im Nehmen. Um mich brauchst du dir überhaupt keinen Kopf zu machen.«

Gedankenversunken schweift ihr Blick über die Party hinweg.

»Das stempelt dich auf alle Zeiten als Sonderling ab. Das ist dir schon klar, oder? Bin mir nicht sicher, ob du dafür geboren bist.«

Tessa und meine Schwester stehen gemeinsam mit ein paar Freundinnen etwas abseits und glotzen aus dem Hinterhalt zu uns herüber. Ich versuche die Situation mit Leas Augen zu sehen.

Kann mir schon denken, dass es respekteinflößend sein kann, wenn einen die Weiber so fies anstarren. Doch so leicht lasse ich mich nicht von meiner Mission abbringen.

»Opfer wird man nur, wenn man sich zum Opfer machen lässt. Scheiße, Mann. Die können uns doch alle mal«, versuche ich Lea zu beruhigen. Dabei gebe ich mir alle Mühe, möglichst überzeugend zu wirken. Ihr Blick fängt meinen ein. In ihr arbeitet es. Aber sagen tut sie nichts weiter dazu.

Während ich für uns beide etwas zu trinken organisiere, trifft Ole mit den anderen ein.

»Schau«, zeige ich in deren Richtung und drücke ihr eine Coke in die Hand. »Verstärkung naht.« Über ihr Gesicht huscht ein erleichtertes Lächeln, als sie Ole gefolgt von Leon und Kiki sieht.

»Sie will kneifen«, hau' ich raus, sobald sich alle begrüßt haben.

»Nein, auf keinen Fall! Das lassen wir nicht zu«, protestiert Leon gleich wie erwartet.

Ein strafender Blick von Lea streift mich. Sie hat mich durchschaut.

»Jetzt, wo ihr so viel dafür geübt habt. Das kannst du Aidan nicht antun«, legt Leon gleich einmal nach. Auf die Strumpfhose ist Verlass. Hab' mich auch schon fast an seine sonderbare Art gewöhnt. Wenn ich es mir recht überlege, ist er am Ende doch nicht so eine Arschgeige wie ich immer dachte.

»Ganz ruhig, Leute«, versucht Lea die Meute wieder zu besänftigen. »Ich habe vorhin nur laut gedacht und Aidan noch einmal erklären wollen, worauf er sich da einlässt.

»Stell für die nächsten vierundzwanzig Stunden am besten das Denken ein!«, setzt ihre Freundin Kiki noch einmal nach. Wir alle müssen lachen. Selbst Lea.

»Ja, wäre doch echt schade um die schönen Kostüme«, wirft Ole ein, ohne zu ahnen, was er damit lostritt. Ich halte den Atem an, während Leas Aufmerksamkeit sich auf Ole richtet. Das Lachen verstummt.

»Was hast du da gerade gesagt?«, hakt sie nach. Er wirkt ganz verdattert.

»Hast du etwa noch nicht …?«, schaut er mich an.

»Äh … nein, Alter«, bringe ich ihn auf den neuesten Stand.

»Ja, dann. Sorry.« Im nächsten Moment trifft mich Leas Blick.

»Es gibt *Kostüme*?«

Kapitel 25

Aidan

Als ich wenig später in voller Montur in meinem Kleiderschrank stehe, bricht mir tatsächlich der Schweiß aus. Noch einmal tief durchatmend gehe ich mit strammen Schritten zu Lea, die es sich in der Zwischenzeit auf dem Bett gemütlich gemacht hat. Die Hände in den Hosentaschen vergraben drehe ich mich einmal um die eigene Achse. Ihre Augen kleben auf meiner schwarzen Hose, die perfekt zur Anzugweste und dem weißen Hemd passt, das ich mir ausgesucht habe. Die Schuhe glänzen. Gracia hat sie vorhin noch ordentlich für mich aufpoliert.

Lea verschränkt die Arme vor der Brust. »Okay«, sagt sie und räuspert sich. »Ich bin mir nicht sicher, ob ich sehen will, was du für mich geplant hast.«

»Wieso das?«, frage ich. Dabei muss ich mir das Grinsen aber schon echt verkneifen, denn ich weiß ganz genau, worauf sie anspielt. Ehrlich gesagt hatte ich auch wirklich Schiss vor dem Moment, in dem sie checkt, was ich vorhabe.

»Ja, schau dich doch nur einmal an.« Sie weist mit ihrer Hand auf meinen Körper. Von oben bis unten. »Du siehst aus wie Ed Sheeran in dem Video.« Ich folge ihrem Blick und lasse meine Augen über meinen Anzug gleiten, bevor ich wieder so unschuldig wie möglich zu ihr hinübersehe.

»Nee, nicht ganz. Keine bunten Tattoos«, witzele ich und halte ihr meine Unterarme hin. Mein Spruch lässt kurz ihre Mundwinkel zucken.

»Verdammt, jetzt spann mich nicht länger auf die Folter«, bricht es aus ihr heraus, und ich muss schallend lachen. Sie lächelt zwar auch – scheint amüsiert –, doch ihr verkniffener Gesichtsausdruck lässt sich nicht ganz wegwischen. »Ich will jetzt wissen, in was für einen Fummel du mich stecken willst.« Ich gebe nach und gehe zurück in meinen Kleiderschrank.

»Fummel, ja?«, rufe ich nach draußen, während ich den feinen weißen Spitzenbody und einen dazu passenden federleichten Chiffonrock aus dem Regal ziehe.

Ich gehe zurück zu ihr und halte ihr die Teile hin. Mein Herz pumpt auf Anschlag. Jetzt gilt es. Ihre Reaktionen beobachte ich genauestens. Natürlich ist das eine Provokation, keine Frage, doch wenn alles perfekt sein soll, müssen wir die Nummer auch so detailgetreu wie möglich gestalten. Jetzt muss ich nur noch meine Süße davon überzeugen, wie hammergeil sie darin aussehen wird.

»Das …« Sie faltet die Teile auseinander, legt sie neben sich aufs Bett und betrachtet jedes für sich. »Also, das …« Sie steht auf und schaut von oben auf den Body herab. Ganz langsam gehe ich auf sie zu und umfasse sie von hinten. Dabei drücke ich ihr einen sanften Kuss auf den Hals.

»Du wirst wunderbar darin aussehen. Glaube mir«, beginne ich meine Mission.

»Das mag vielleicht sein … Die Wäsche sieht auch wirklich bezaubernd aus, aber …«

»Kein Aber, Lea. Es gibt kein Aber. Die Sachen sind hübsch und du wirst atemberaubend geil darin aussehen. Das steht fest.« Nach wie vor in meinen Armen dreht sie sich zu mir um und schaut mir fest in die Augen. Ihre Hände verschränkt sie in meinem Nacken. Meine Hände fahren ihre Taille hinab und streichen über ihren Po. Meine Hose sitzt mit einem Mal so verdammt eng. Sie fühlt sich so verflucht gut an.

»Aidan.«

»Ja.«

»Du hast mir Unterwäsche gekauft.« Wieder muss ich lachen. Doch dieses Mal bleibt sie ganz ernst.

»Ja, aber der Body ist blickdicht. Hier sieh.« Um ihr zu zeigen, was ich meine, lasse ich von ihr ab und führe ihr vor, wie meine Hand hinter dem Stoff des weißen Spitzenbodys verschwindet.

»Ja, okay. Das stimmt«, gibt sie zu. »Aber das kann ich unmöglich anziehen.«

»Wieso nicht? Du hast eine hammermäßige Figur. Die kannst du ruhig zeigen. Außerdem können wir von den Leuten nicht erwarten, uns ernst zu nehmen, wenn wir selbst nur halbe Sachen bringen.« Ich hatte mir das alles so schön in meinem Kopf zurechtgelegt. Hatte mir überlegt, mit welchen Argumenten ich ihr am besten kommen könnte. Jetzt bin ich gespannt, ob meine Strategie funktioniert. Schließlich scheint in Lea eine kleine Perfektionistin zu schlummern. Die müsste mir jetzt eigentlich in allem recht geben. Aber Lea ist schwieriger zu knacken als gedacht. Sie hadert wirklich mit sich.

»Probier es doch erst einmal an, bevor du Nein sagst«, gehe ich noch einen Schritt weiter.

Ihre Skepsis überwiegt noch, als sie sich von mir die Teile in die Hand drücken lässt und im Bad verschwindet, um sich umzuziehen.

Als sie fünf Minuten später wieder herauskommt, dauert es nur ein paar wenige Augenaufschläge und ich werde sofort hart. Auf mein Vorstellungsvermögen bin ich direkt stolz. Sie sieht in dem Teil wirklich so sexy aus, wie ich es mir gedacht habe.

»Fuck, das sieht so heiß aus«, entfährt es mir, bevor ich mich bremsen kann. Lea kommt ganz lasziv ein paar Schritte auf mich zu, ähnlich wie die Frau in dem Video, und dreht dann gekonnt eine ihrer Pirouetten.

»Und? Hast du es dir so vorgestellt?«, raunt sie mir entgegen.

»So in der Art, ja«, gebe ich gerne zu. Sie streicht sich mit den Händen von der Taille an abwärts zu beiden Seiten über die Hüfte. Das macht mich total an.

»Ist es bequem? Ich meine … kannst du darin tanzen?« Sofort fängt sie an, ein paar Schritte aus unserer Choreo zu probieren.

»Scheint okay zu sein. Lass uns eine Hebefigur versuchen«, schlägt sie mir vor.

Und dann tanzen wir. Hier in meinem Zimmer. Ohne Musik, ohne Zuschauer. Nur wir, und die ganze Zeit über kann ich den Blick kaum von ihr abwenden. Sie sieht so unfassbar sexy aus, wenn sie sich bewegt. Der zarte Stoff des Rockes zieht einen in seinen Bann, wenn er um ihre Beine schwebt, während sie sich dreht. Muss mich direkt zusammenreißen, um nicht jetzt schon vor Eifersucht auszuticken. Wenn ich daran denke, wie viele Leute sie morgen zu sehen bekommen werden …

»Ganz ehrlich, Süße«, keuche ich atemlos, als ich sie fest an mich drücke, »wenn du das morgen anziehst, dann werden sie vor lauter Staunen vergessen, uns auszulachen.«

Lea

Er hat mir Unterwäsche gekauft! Die Vorstellung, darin aufzutreten, fällt mir äußerst schwer. Nichtsdestotrotz muss ich zugeben: Er hat ein gutes Händchen bewiesen. Angefangen von der Idee über die Ausführung. Die Kleidung passt wie angegossen und die Qualität der Spitze ist unfassbar gut.

»Und warum werden sie staunen?«, frage ich. Dabei schmiege ich mich genussvoll ganz eng an ihn und lege ihm meine Hände auf die Taille. Unter meiner Berührung wird er ganz verschmust.

»Weil du rattenscharf bist, Süße. Deshalb«, raunt er mir ins Ohr. Mit geschlossenen Augen lehne ich mich zurück und genieße seine Küsse, die er meinen Hals entlang platziert.

Ein Tanz bringt Emotionen mit sich. Das habe ich schon immer gewusst. Doch niemals habe ich es selbst so gespürt wie gerade eben, als wir stumm ein paar Partien unserer Choreo tanzten und uns dabei mit den Blicken beinahe verschlangen. Seine Hände sind überall. Mit zittrigen Fingern öffne ich, so schnell es geht, sein Hemd und ziehe es ihm mitsamt der offenen Weste aus. Fordernd fahre ich mit einer Hand über seinen Schritt. Was ich unter meiner Handfläche fühle, erregt mich bis in die Haarspitzen. Mir entkommt ein Seufzen und auch Aidan hat sich kaum noch unter Kontrolle.

»Wenn ich das morgen tatsächlich für dich tun soll …«, beginne ich, während ich nun seinen Oberkörper mit meinen Lippen entlangfahre und ihn hier und da küsse und mit meiner Zunge über seine Haut lecke. Aidans Reaktion auf mein Handeln bringt mich auf Hochtouren.

»Ja, was dann?«, keucht er.

»Dann habe ich einen Wunsch frei«, beende ich meinen Satz. Dabei öffne ich seine Hose und fahre mit meiner Hand hinein. Anstatt auf meine Worte einzugehen küsst er mich. Leidenschaftlich wie nie zuvor verlieren wir uns in diesem Kuss, während ich Aidan zum ersten Mal in meinem Leben berühre wie keinen Mann zuvor. Fasziniert verinnerliche ich jede Regung und jede Empfindung seines Körpers auf meine Zärtlichkeiten. Mir war nicht klar, wie sehr es mich antörnen würde, jemanden auf diese Art und Weise anzufassen. Es bereitet mir selbst unglaubliche Lust, dies zu tun, und ich bin von meiner eigenen Courage ganz überrascht, als ich Aidan entschieden zu seinem Bett hinüberdrängele und wir eng umschlungen zwischen den Kissen zum Liegen kommen.

»Was immer du willst«, raunt er mir schließlich ins Ohr. Entschlossen ziehe ich an seinen Hosen. Gemeinsam schaffen wir es, sie auszuziehen. »Ich tue alles, was du willst!«, verspricht er mir.

Ich richte mich auf. Betrachte seinen nackten Körper, der vor mir liegt. Er ist so schön!

»Komm, zieh dich aus«, flüstert er mir zu. In seinem Blick liegt so viel Zuneigung und Ehrlichkeit. Das zwischen uns wirkt so vollkommen, so richtig. Mit langsamen Bewegungen schäle ich mich aus der Wäsche. Dabei ruhen seine Augen unentwegt auf mir. Sie folgen meinen Bewegungen und bewundern meinen Körper, den ich nach und nach freilege. Er liegt vor mir auf dem Rücken auf der Matratze, schaut zu mir auf und streicht mit seiner Hand über meinen Körper. Dafür lässt er sich unglaublich viel Zeit.

»Dein Körper ist so traumhaft schön.« Genussvoll stöhne ich kurz auf, als er über meinen Busen streicht und meinen Hals entlangfährt. »Kann mich gar nicht an dir sattsehen.« Ich lasse mich neben ihn in die Kissen sinken und küsse ihn. Unsere Küsse werden immer drängender. Dabei gleitet meine Hand hinab zu seinem harten Penis. Meine Berührungen sind am Anfang noch recht unsicher. Ich habe keine Ahnung, ob ihm gefällt, was ich hier mache. Mit der Zeit werde ich sicherer, denn Aidans Reaktionen auf mein Tun sprechen Bände.

»Shit, Süße. Wenn du nicht langsam machst, dann komm ich gleich.« Ich ignoriere seine Worte und mache weiter. Ganz fasziniert von dem, was hier gerade geschieht, schalte ich meinen Kopf aus und lasse den Dingen freien Lauf. Ich will das Gleiche für ihn tun, was er in der letzten Nacht für mich getan hat, entschließe ich mich. Immer keuchender wird sein Atem. Sein Arm hält mich fest an sich gedrückt, als er beginnt, sich unter meinen Händen zu winden. Durch seinen Körper geht ein Zittern. Mir stockt der Atem. Ihn so zu sehen ist das Schärfste, was es auf Erden geben kann! Stumm begehrt er auf. Stoßweise durchfährt es ihn mit einem Mal so heftig, dass ich reflexartig kurz innehalte.

»Hör nicht auf, Süße«, fleht er. »Nicht jetzt.«

Also mache ich weiter, bis er nicht mehr an sich halten kann und von einem leisen Stöhnen begleitet kommt. Eng an ihn gedrückt bin ich selbst noch ganz berauscht von dem, was zwischen uns passiert.

* * *

»Sag! Was wünschst du dir?«, will Aidan wissen, während wir uns wieder anziehen und die ganze Zeit über verliebt anhimmeln. Das zwischen uns ist perfekt.

»Dein Abi«, spreche ich es direkt an. »Ich will, dass du dir das mit dem Abi noch mal überlegst.« Er erstarrt in der Bewegung und schaut mich ganz entgeistert an.

»Fuck! Also … ich habe ja mit allem gerechnet, doch damit …« Er stemmt die Hände in die Hüften und scheint direkt aus der Fassung zu geraten. Beschwichtigend lege ich ihm meine Arme um die Schultern und küsse ihn auf die Wange.

»Nach dem, was du mir gestern bei uns im Esszimmer erzählt hast, werde ich das Gefühl nicht los, dass du eigentlich mehr aus Trotz deinem Vater gegenüber abbrechen willst, und nicht, weil du keinen Bock auf Schule hast.«

Aidan überlegt. Überlegt ganz genau und wirkt richtiggehend aufgewühlt. Ich glaube, ich habe da einen wunden Punkt angesprochen und stochere gerade fürchterlich darin herum.

»Sag deinem Gefühl, dass ich es jetzt schon zum Kotzen finde. Vor allem, wenn es auch noch recht hat.« Erleichtert atme ich auf. Ich bin mir sicher, er würde einen Abbruch später bereuen. Nachdem wir uns angezogen haben, gehen wir zur Party zurück.

Kapitel 26

Lea

»Erzähl«, drängelt Kiki, sobald ich wieder neben ihr stehe und wir alleine sind. »Was habt ihr da oben getrieben?« Ihr verschmitztes Grinsen lässt mich darauf schließen, dass sie sowieso weiß, was wir getan haben. Also belasse ich es dabei, sie kurz selig anzulächeln.

Kikis Blick geht nach rechts. »Oh, oh. Vorsicht. Tessa ist im Anmarsch.« In der Tat rauscht sie auf uns zu. Wie so oft flankiert von zwei Freundinnen. Vermutlich traut sie sich alleine nicht, kommt mir zum ersten Mal in den Sinn. Dicht vor mir bleibt sie stehen und baut sich vor mir auf.

»Was zur Hölle ist dein Problem?«, fährt sie mich forsch an. Sie scheint direkt überrascht, dass ich nicht zurückweiche, sondern ganz ruhig noch einen Schritt auf sie zu komme. Mir fällt Aidans Spruch von vorhin wieder ein. *Opfer wird man nur, wenn man sich zum Opfer machen lässt. Scheiße, Mann. Die können uns doch alle mal!*

»Willst du es nicht langsam mal gut sein lassen?«, frage ich. Von meiner Reaktion ist sie vollkommen überrascht. Ich nutze ihre Perplexität aus und setze noch einen drauf. »Ehrlich, Tessa. Du machst dich allmählich lächerlich. Egal was du tust oder dir ausdenkst, es wird Aidan und mich nicht wieder auseinanderbringen. Da kannst du mir noch tausendmal 'nen Eimer voll Eiswasser über den Kopf schütten!«

»Bitte?!«, hören wir Aidan entgeistert in ein, zwei Metern Entfernung rufen. Dass er sich uns wieder genähert hat, habe ich nicht mitbekommen. So war das jetzt nicht geplant. Ehrlich. Aber Tessa funkelt mich böse an, ganz so, als hätte ich es nur drauf angesetzt, sie vorzuführen. Dann rauscht sie wortlos ab. Mir ist, als glänzten ihre Augen feucht. Aidan läuft ihr nach. Als er an mir vorbeikommt, halte ich ihn am Arm zurück.

»Mach da jetzt kein Drama draus«, fordere ich, denn ich kann mir schon denken, wie aufgebracht er ist. Er war damals schon so außer sich, als er mich durchnässt aufgabelte.

»Nee, nee«, bekomme ich als Antwort. »Bin ganz ruhig. Aber trotzdem muss sie wissen, dass sie mit so was nicht durchkommt.« Er drückt mir noch schnell einen Kuss auf, dann geht er ihr entschlossen nach. Kiki und ich wechseln einen vielsagenden Blick.

»Das gibt bestimmt mächtig Ärger«, meint Kiki. Ich kann ihr da nur wortlos zustimmen. Ole kommt auf uns zu und will wissen, was da eben los war. Wir erklären es ihm, während Leon sich ebenfalls zu uns gesellt, gemeinsam mit Aidans Schwester Pat.

»Was stehen wir dann noch alle hier rum? Los, hinterher«, befiehlt Ole.

Als wir der großen Eingangshalle näherkommen, können wir Aidans und Tessas Stimmen schon von Weitem hören.

»Natürlich wehre ich mich, wenn so eine dahergelaufene Schlampe sich meinen Freund krallen will«, hören wir Tessa rufen. Eigentlich schreit sie sogar, wenn man es recht bedenkt.

»Was geht nur in deinem Kopf ab?«, brüllt Aidan zurück. Hinter der halboffenen Tür, die in die Eingangshalle führt, bleiben wir stehen und lauschen. »Wir waren nie so etwas wie ein Paar, Tessa.«

»Warum streitest du es ab? Was wir haben …«

»Was wir hatten, war Sex. Weiter nichts.«

»Willst du jetzt etwa behaupten, du hättest dich in sie verliebt? Ist es das, was du mir mitteilen willst?« Tessas Stimme überschlägt sich, so verzweifelt scheint sie. Sie tut mir direkt leid. Gespannt warten wir darauf, was Aidan ihr antwortet. Ich wechsele einen Blick mit Leon, der mich ganz groß anschaut.

»Wenn du es unbedingt auf die harte Tour willst: ja, Tessa. Ich liebe Lea. Und es tut mir leid, falls du dachtest, zwischen uns beiden wäre mehr. Von meiner Seite aus war es das nie.«

Im nächsten Moment hören wir Tessas Hand vermutlich auf Aidans Wange niederschnellen. Es klatscht so laut, dass alle kurz zusammenzucken und Ole ein »Uuuhhh, das hat bestimmt mächtig weh getan« entfährt. Nur ich schrecke kein bisschen zusammen. Aidans Worte hallen noch in mir wider. Ich gehe einen Schritt vor und betrete die Eingangshalle. Tessa ringt um Fassung. Als Aidan mich sieht, streckt er seine Hand nach mir aus. Ich ergreife sie, und im nächsten Moment legt er mir den Arm um die Schulter und zieht mich in eine Umarmung.

»Wenn du unbedingt auf jemanden sauer sein musst, dann bitte auf mich. Sie kann nichts dafür«, spricht Aidan in einem deutlich gefassteren Ton mit Tessa, als ich ihm zugetraut hätte. In Tränen aufgelöst steht sie vor uns.

»Es tut mir leid«, lasse ich sie wissen. Ich kann mir zwar vorstellen, wie wenig sie das in ihrer Situation gerade von mir hören will, doch ich finde, ich sollte es trotzdem sagen.

»Ach, ihr könnt mich mal!«, fährt sie mir forsch über den Mund. Hektisch reißt sie ihre Jacke vom Kleiderhaken und stampft zur Haustür. Bevor sie hindurchschlüpft, dreht sie sich noch einmal zu uns um und fixiert Aidan mit einem bitterbösen Blick. »Brauchst dich bei mir nicht mehr melden. Ich bin fertig mit dir.« Mit einem ohrenbetäubenden Knall wirft sie die Tür zu und wir stehen alleine da. Aidan nimmt mich fest in den Arm und ich schmiege mich an ihn.

»Ich gehe ihr besser mal nach«, höre ich seine Schwester Pat hinter mir sagen.

»Ja, tu das«, sagt Aidan. »Sicher nicht verkehrt, wenn jetzt jemand bei ihr ist.«

»Du liebst mich?«, flüstere ich dicht an seinem Hals. Tief atmet er durch, während wir uns weiter im Arm halten.

»Ja«, flüstert er zurück. Über mein Gesicht legt sich ein befreiendes Lächeln. So oft habe ich in den letzten Jahren von diesem Moment geträumt. Mir ausgemalt, wie es sein könnte, wenn Aidan mir erzählt, wie sehr er mich liebt. Bisher war es nur eine Träumerei, eine Phantasie. Mir war immer bewusst, dass es nicht echt war. Doch das hier ist echt, und dieses eine geflüsterte Wort aus seinem Mund macht mich unendlich glücklich.

»Ich liebe dich auch«, flüstere ich zurück. Im nächsten Moment werde ich noch fester in die Arme geschlossen.

Aidan

Normalerweise bin ich immer einer der Letzten, der die Party verlässt. Dieses Mal ist mir die Feier total egal. Kann es kaum erwarten, wieder mit Lea alleine zu sein. Ungefähr eine Stunde haben wir noch durchgehalten. Haben gemeinsam getanzt, was getrunken und uns mit unseren Freunden unterhalten. Zum Glück fand Kiki recht schnell Anschluss, und auch Ole und Leon sind bald schon wieder abgezogen. Also haben wir uns davongeschlichen.

»Ich müsste mal kurz ins Bad«, sagt Lea, während ich die Tür hinter mir abschließe.

»Bitte. Nur zu. Es gehört dir.« Sie lässt meine Hand los, doch ich ziehe sie noch einmal zurück. »Warte.«

»Worauf?«

»Darauf.« Ich presse meine Lippen auf ihre und küsse sie einnehmend. Sofort öffnet sich ihr Mund für mich und unsere Zungen finden zueinander. Für ein paar Sekunden geht sie auf diesen Kuss ein, bevor sie ihn beendet.

»Heb dir noch was für gleich auf«, schlägt sie vor.

»Okay, beeil dich«, murmele ich ihr zu.

Ich ziehe mich bis auf die Unterhose aus und setze mich aufs Bett. Nervös wippe ich mit einem Bein ganz leicht auf und ab. Wie aufgeregt ich doch bin. Und das, obwohl mir diese Situation eigentlich alles andere als unbekannt ist. Es liegt an Lea, eindeutig. Als sie die Tür öffnet und sich mir langsam und nur in Unterwäsche bekleidet nähert, stockt mir der Atem.

»Wow«, bringe ich gerade noch hervor. Sie kommt weiter auf mich zu und mustert mich.

»Bist du etwa nervös?«, fragt sie. Mein zittriges Bein scheint mich verraten zu haben.

»Du nicht?«, stelle ich die Gegenfrage.

Dicht bleibt sie vor mir stehen und schaut auf mich herab. Ihre Fingerkuppen fahren mir durchs Haar. Ich lege ihr meine Hände an die Hüfte und ziehe sie noch näher zu mir heran. Dicht an ihren Bauch gepresst atme ich wohlig auf. Sie duftet herrlich. Mit geschlossenen Augen verteile ich unzählige, zarte Küsse auf ihrem Bauch. Sie erschauert. »Ehrlich gesagt fühle ich mich gerade, als wäre es für mich das erste Mal, so nervös bin ich«, gebe ich zu. Sie lässt sich auf meinen Schoß nieder und nimmt mein Gesicht in ihre Hände. Mein Ständer reibt bereits an ihren Schenkeln. Ganz vorsichtig fährt sie mir über die Wange, die sich vorhin eine Ohrfeige von Tessa eingefangen hat. Liebevoll streicht sie drüber.

»Ist okay. Ich hatte es verdient«, komme ich ihr zuvor.

»Danke für deine Loyalität.«

»Du hättest mir ruhig sagen können, dass Tessa es war, die dich mit Wasser überschüttet hat. Ich hätte es sofort geklärt.«

»Ich bin nicht der Typ, der andere in die Pfanne haut.«

»Nein. Das bist du nicht«, gebe ich ihr recht. »Du bist einfach wundervoll. Und ich liebe dich.« Ich muss direkt grinsen. »Ehrlich, Mann. Das geht mir so leicht von den Lippen. Ich bin zum ersten Mal in meinem Leben verliebt, Lea. In dich! Könnte es dir die ganze Zeit sagen.«

Sie küsst mich.

»Und ich liebe dich. Seit ich dich das erste Mal gesehen habe.«

»Oh, fuck! Ehrlich, Mann? Wie lange ist das denn schon her?«

»Ein paar Jahre«, raunt sie, während mir ihr Atem über den Hals jagt und ich ihren BH öffne.

»Das ist lang«, gebe ich zu.

»Ja, sehr lang«, pflichtet sie mir bei. Ihr Körper auf mir beginnt sich zu bewegen. Wir beide sind furchtbar scharf aufeinander.

»Ich will dich, Lea«, flüstere ich jetzt wieder. Sie löst sich ein Stück weit von mir und lässt ihren BH hinuntergleiten. »Wenn du dich weiter so auf mir bewegst, kann ich mich gleich nicht mehr zusammenreißen.« Mit ihrer rechten Hand greift sie seitlich in ihren Slip und zieht ein Kondom hervor.

»Wer sagt denn, dass du dich zusammenreißen sollst?« Verschmitzt lächele ich ihr ins Gesicht. Ich nehme ihr das Kondom ab.

»Und du bist dir sicher?« Mein Schwanz drängt sich schmerzhaft gegen die Unterhose.

»Ja, ich will es. Wenn du es auch willst.«

»Da fragst du noch?«, sprudelt es aus mir heraus. Im nächsten Moment greife ich fest ihre Taille und packe sie. Mit ihr in meinen Armen stehe ich auf. Ihre Beine schlingen sich um meinen Körper und ihre Arme kreuzt sie in meinem Nacken. Ich küsse ihr Dekolleté, das sich so einladend vor meinem Gesicht befindet. Behutsam fahre ich mit meinen Lippen über ihre Haut und bringe sie damit noch weiter auf Touren.

Langsam lege ich Lea auf meinem Bett ab. Ganz gemächlich streife ich ihr den Slip vom Körper. Ohne lange darüber nachzudenken küsse ich sie zwischen ihren Schenkeln. Es macht mich total an, wie Lea auf meine Berührungen reagiert, und ich werde so hart wie nie zuvor. Während ich meine Zunge kreisen lasse, windet sich ihr ganzer Körper unter mir und passt sich den Bewegungen an. Sie stöhnt auf. Ihre Hände graben sich tief in mein Haar. Ganz vorsichtig lasse ich einen Finger in sie gleiten und ernte dafür ein Aufbegehren. Lustvoll stöhnt sie erneut auf.

»Oh shit!«

Von ihren Worten angespornt mache ich weiter. Je intensiver ich sie berühre, desto wilder wird sie. Ihr Körper beginnt zu zucken. Ich mache weiter. Lasse nicht von ihr ab, bis schließlich ein Schauer durch ihren Körper fährt, der nicht nur sie, sondern irgendwie auch mich glücklich macht. Ganz behutsam streichele und küsse ich sie ein letztes Mal, während ihr Körper erschlafft in die Kissen zurücksinkt.

Ich krabbele zu ihr nach oben an ihre Seite und drehe ihr Gesicht in meine Richtung. Sie lächelt zufrieden. Ihre Augen schimmern vor Glück.

»Das war der Wahnsinn!«, flüstert sie mir zu.

»*Du* bist der Wahnsinn, Süße. Das grade war so heiß. Das will ich von jetzt an jeden Tag machen.« Noch ein-, zweimal atmet sie tief durch, dann zieht sie mich an sich.

»Ich habe absolut nichts dagegen. Wenn es das ist, was du willst, werde ich dich nicht aufhalten.« Wir müssen kurz lachen. Dann sagt sie es. »Komm, schlaf mit mir.« Sie knabbert mir den Hals entlang.

»Okay, aber ich bin echt nervös gerade«, gebe ich zu.

»Wieso? Ich denke, du kennst dich aus«, murmelt sie an meinem Ohr.

»Ja, eigentlich schon, aber …« Ich breche ab. Keine Ahnung, wie ich ihr das jetzt sagen soll, ohne dass sie es in den falschen Hals bekommt. Entschieden greift sie neben sich und angelt sich das Kondom, das ich vor ein paar Minuten dort zwischengeparkt habe. Sie dreht mich auf den Rücken und zieht mir die Hose aus. Der Blick von hier aus ist atemberaubend, als sie erst meinen Bauch mit vielen kleinen Küssen übersät, und sich dann meinem Schwanz widmet. Scharf ziehe ich die Luft zwischen den Zähnen ein, denn was sie dort macht, bringt mich fast sofort zum Höhepunkt. So unfassbar gefühlvoll wurde ich auf diese Weise noch nie berührt. Es ist so viel besser als der ganze andere Sex, den ich hatte, bevor ich sie kennen- und lieben lernte. Bevor es mit mir durchgehen kann, streift sie mir das Kondom über. Zwar zittern ihre Hände dabei ein wenig, doch das tut der Stimmung keinen Abbruch. Überhaupt habe ich das Gefühl, wir erleben und genießen das Ganze hier gemeinsam und nicht jeder für sich. Ich überprüfe selbst noch einmal den Sitz des Kondoms, bevor ich Lea packe, sie küsse und mit dem Rücken in die Kissen drücke. Ganz langsam rutsche ich mit den Knien zwischen ihre Schenkel. Ich beuge mich über sie und schaue ihr in die Augen. Sie ist so unfassbar schön, wie sie so unter mir liegt und mich anblickt. Ich kann kaum glauben, dass das jetzt mein Mädchen ist. Ganz behutsam küsse ich sie auf die Unterlippe, necke sie, indem ich diese sanft zwischen die Zähne ziehe, während ich ganz langsam ein kleines Stück in sie gleite. Sie atmet auf. Ihre Augenlider schließen sich für eine Sekunde, bevor sie mir wieder mitten in meine Seele schaut. Dieses Mal lasse ich es geschehen. Keine Mauern mehr zwischen uns, die ich aufrechtzuerhalten versuche. Ich will selbst, dass wir eins werden. So vorsichtig wie möglich dringe ich etwas weiter in sie. Sie fühlt sich unglaublich an. Ich presse mein Gesicht in ihre Halsbeuge, als ich mich ein Stück zurückziehe und ganz langsam wieder in sie stoße. Bewusst halte ich mich zurück. Schließlich will ich ihr nicht weh tun. Lea ist es dann, die mich am Hintern packt und mich fest an sich drückt, während sie sich mir mit ihrem Becken entgegenschiebt. Mir entfährt ein Keuchen, als ich tief in ihr bin.

»Ich hoffe, ich tue dir nicht weh«, flüstere ich, während wir uns ganz langsam gemeinsam bewegen und unseren Rhythmus finden.

»Ich bin Jungfrau, nicht aus Porzellan«, bekomme ich zu hören. »Du darfst also ruhig ein wenig mehr rangehen.« Gemeinsam atmen wir tief durch. Ihre Worte heizen mir ordentlich ein. Sie entfachen in mir ein Feuerwerk nie geahnten Ausmaßes. Ich liebe sie so sehr. Immer wieder jagt mir diese Erkenntnis durch den Kopf, während ich mich rhythmisch in ihr bewege. Die ganze Zeit geht sie mit meinen Bewegungen mit. Presst sich an mich, schiebt sich mir entgegen oder zieht ihren Unterleib genau in den richtigen Momenten zusammen und treibt mich damit nur noch weiter in den Wahnsinn.

»Du fühlst dich so unglaublich gut an«, lasse ich sie wissen. »Wenn wir so weitermachen, dann komme ich gleich, Süße.«

»Ja, mach weiter. Hör nicht auf.« Sie selbst bäumt sich in dem Moment auf, in dem ich noch einmal fest in sie dringe und mich ein gigantischer Orgasmus überrollt. Sie krallt ihre Hände in meinen Po und holt mich tief in sich. Ich folge ihren Bewegungen, während die Welle über mir niedergeht und ich doch tatsächlich unkontrollierbar aufstöhnen muss. Im nächsten Augenblick fährt es wie ein Blitz durch ihren Körper und sie folgt mir.

Erschöpft aber glücklich lasse ich mich kurz darauf neben sie fallen. Ich keuche. Ganz fest drücke ich meine Lea an mich und ziehe die Bettdecke über uns. Normalerweise würde ich jetzt aufstehen, duschen gehen und hoffen, dass das Mädel den Wink irgendwie versteht, doch das ist jetzt das Letzte, was ich will. Ich will nichts weiter als mit ihr in meinen Armen hier liegen und genießen, dass wir zusammen sind. Und das auf jede Weise, die man sich nur vorstellen kann. Ich muss innerlich grinsen. Wann bitteschön bin ich denn zu so einem Softie geworden? Aber egal. Ich fühle mich absolut phantastisch dabei.

Kapitel 27

Aidan

»Und wenn du mich nicht liebst, lass sie mich hier finden. Mein Leben würde besser durch ihren Hass beendet als der Tod aufgeschoben, wenn mir deine Liebe fehlt«, hauche ich. »Seit ich dich kenne, weiß ich erst so richtig, was diese Zeilen bedeuten.«

»Wie oft hast du es gelesen, dass du ihn so unglaublich gut zitieren kannst?«, fragt sie mich und legt mir ihre Hand auf den Bauch.

»Keine Ahnung. Oft, nehme ich an. Ich hole es mir immer mal wieder hervor, wenn mir danach ist. Wenn ich das Gefühl bekomme, ich brauche etwas Echtes in meinem Leben, zum Beispiel. Denn manchmal geht mir das ganze Getue meiner Familie gehörig auf den Sack.«

»Du bist echt, Aidan. Du bist ein unglaublich authentischer Mensch, der es überhaupt nicht nötig hat, irgendeine Rolle zu spielen.« Wir schauen uns in die Augen.

»Das sag mal meinem Vater. Der lacht dich aus.« Die Bitterkeit, die in meinen Worten mitschwingt, kann ich nicht unterdrücken. Mir wird gerade klar, das will ich auch gar nicht mehr. Lea soll ruhig alles von mir wissen.

»Er setzt dir stark zu, oder?«

»Ja, ich denke, so kann man es ausdrücken. In der Tat.«

»Was ist denn das für ein Unternehmen, in das du mit einsteigen sollst?«

»Mein Großvater hat die Firma vor circa dreißig Jahren gegründet. Als Dad dann später meine Mum in Amerika kennengelernt und geheiratet hat, haben sie die Mitgift ins Geschäft gesteckt und ein Imperium aus dem Boden gestampft«, setze ich sie ins Bild. »Mit ihrer Finanzvertriebsgesellschaft unterstützen sie neu gegründete Firmen aus den verschiedensten Branchen und sind dann dafür ordentlich am Umsatz beteiligt. Da werden im Jahr Millionen gescheffelt. Zurzeit ist mein Vater Geschäftsführer eines der erfolgreichsten Unternehmen in ganz Hamburg. Meine Familie wurde in den letzten Jahren unfassbar reich dadurch.« Ich beende meinen Satz und lege eine Pause ein. Lea an meiner Seite ist ganz still und hört mir zu. Ruhig und andächtig streicht sie mir über den Bauch und die Hüfte. »Das alles interessiert mich aber nicht. Ich will nicht mein Leben lang an Profit denken müssen. Unternehmensgründungen und wie man mit ihnen Gewinne erzielen kann, interessieren mich null.«

»Was interessiert dich denn?«, hakt sie sofort nach. Und dieses bedingungslose Interesse an dem, was ich eigentlich will, tut so gut.

»Wenn es nach mir ginge, würde ich nach dem Abitur Literaturwissenschaften studieren. Das wäre schon was.«

»Und wer hat behauptet, du könntest genau das nicht machen?«

»Na ja, so direkt hat das niemand gesagt. Denn schließlich habe ich es bislang niemandem erzählt.«

»Das solltest du. Wenn du deine Familie davon überzeugen willst, dass das Finanzwesen nichts für dich ist, solltest du ihnen von deinen eigenen Plänen erzählen, wenn sie dich verstehen sollen.«

»Hast du eine Ahnung, wie schwierig es ist, gegen meinen Vater anzureden?«

»Mir hat vor Kurzem jemand gesagt: Opfer wird man nur, wenn man sich zum Opfer machen lässt.«

»Wer war das bloß?«, witzele ich.

»Sprich mit ihm. Sobald sich die Gelegenheit bietet. Er kann dir nicht vorschreiben, was du tun oder lassen sollst.«

»Aber er kann mich rausschmeißen«, werfe ich ein.

»Das stimmt. Aber das wäre nicht das Ende. Ich warte jeden Tag darauf, dass mein Alter mich vor die Tür setzt. Er droht mir fast täglich damit.«

»Und du hast keine Angst vor dem, was dann kommt?«, will ich wissen.

»Nein. Und das solltest du auch nicht haben. Wenn unsere Familien nicht damit klarkommen, dass wir unseren eigenen Weg gehen, dann kann ich gut auf sie verzichten. Familie sollte einen normalerweise unterstützen und einem keine Steine in den Weg legen.«

»Du bist wirklich verdammt klug. Weißt du das? Von dir kann ich noch was lernen.«

»Wir sind ja jetzt auch nicht mehr alleine«, flüstert sie mir zu.

»Nein, sind wir nicht. Und soll ich dir was sagen? Mit dir an meiner Seite könnte ich es vielleicht sogar schaffen, meinem Alten endlich Paroli zu bieten.«

* * *

Und plötzlich ist der Sonntag da. Die Nacht mit Lea in meinen Armen verging viel zu schnell. Gerade eben habe ich sie heimgefahren, nachdem wir gemeinsam noch schnell etwas gefrühstückt haben. Von meiner Familie war weit und breit nichts zu sehen. Lea hat das gewundert. Daran wird sie sich gewöhnen müssen, wenn sie bei mir ist. Zusammenhalt findet man bei uns eher weniger. Nur wenn es dem Image dient, dann könnte das vielleicht stundenweise etwas werden.

Als ich wieder heimkomme, laufe ich meinem Vater direkt in die Arme.

»Gut, dass du da bist, ich habe mit dir zu reden«, kommt er direkt zur Sache.

»Guten Morgen«, grummele ich zurück. »Hat das nicht Zeit? Ich will mich noch mal aufs Ohr hauen.«

»Deine Schuld, wenn du die halbe Nacht Party machst. Komm bitte mit in mein Büro.«

Widerstand bringt nichts. Das weiß ich. Mein Erzeuger hat sich nun einmal in den Kopf gesetzt, mich zu sprechen. Wie ein Angestellter nehme ich also brav gegenüber seinem Schreibtisch Platz und schaue gelangweilt.

»Wir müssen noch mal über die freien Monate nach dem Abi reden, bis dein Studium im Herbst beginnt. So wie sich die Sachlage gerade präsentiert, könnte ich dich gut schon früher in der Firma gebrauchen«, sagt er und lässt sich in seinen Schreibtischstuhl fallen.

»Nein, darüber müssen wir nicht reden«, gehe ich direkt gegen an. Denn Lea hat recht. Ich muss ihm sagen, was ich vorhabe. Auch auf die Gefahr hin, dass er mich auslacht und vor die Tür setzt. »Ich weiß jetzt genau, was ich nach dem Abi tun werde.«

»Das steht außer Frage. Du studierst BWL und kommst in die Firma.«

»Ich habe andere Pläne.« Mein Herz rast, doch ich nehme mir fest vor, es durchzuziehen. Mit einer Revolte hat mein Vater nicht gerechnet. Er läuft rot an und ringt um Fassung.

»Und was hast du stattdessen vor? Mal davon abgesehen, dass es nicht zur Diskussion steht«, macht er seinen Standpunkt mehr als deutlich.

»Ich werde studieren. Aber Literaturwissenschaften, wenn du es genau wissen willst.« Es wird still um uns. Mit hochrotem Kopf sitzt mein Vater mir gegenüber und ich beginne mir direkt Sorgen um ihn zu machen, weil er im ersten Moment so gar nichts dazu sagt.

»Du möchtest bitte *was* studieren? Wo kommt das mit einem Mal her?«

»Literaturwissenschaften. Ach komm, jetzt tu nicht so, als

hättest du es gerade nicht verstanden. Du verstehst sehr gut. Und jeder Versuch, es mir auszureden, ist zwecklos. Such dir für die Firma jemand anderen, der dir zur Seite steht. Vielleicht hat Pat ja Bock auf den Quatsch, ansonsten gibt es sicherlich genügend Leute, die scharf auf so einen Posten wären und die dir deine Millionen viel schneller vervielfachen als ich.« Ich stehe auf, lasse meinen Vater links liegen und gehe zur Tür.

»Dabei werde ich dich nicht unterstützen«, bekomme ich noch zu hören. Ich bleibe stehen. Drehe mich langsam wieder zu ihm um und mache zwei Schritte auf ihn zu.

»Ehrlich gesagt ist mir das scheißegal. Ich lass mich nicht länger von dir erpressen.«

»Ihr jungen Leute heute ... Frag mich mal, ob ich mir meinen beruflichen Werdegang aussuchen durfte. Nein, durfte ich nicht. Und? Hat es mir geschadet? Sieh mich an, was aus mir geworden ist.« Mit beiden Händen zeigt er auf sich, während er sich tief in den Sitz zurücklehnt.

»Ein alter, verbitterter Mann ist aus dir geworden, den es einen Scheiß interessiert, was seine Kinder denken oder sich wünschen. Das ist aus dir geworden.« Ihm entgleiten die Gesichtszüge. Ich habe ihn vermutlich härter getroffen als erwartet. »Ich gehe jetzt«, lasse ich ihn wissen. »Heute Abend trete ich übrigens im Gymnasium beim Schulfest auf. Kann mir zwar nicht vorstellen, dass es euch interessiert, aber falls doch, seid ihr hiermit herzlich eingeladen.« Dann gehe ich – erhobenen Hauptes – und fühle mich unsagbar gut dabei.

Kapitel 28

Lea

Als wir das Haus verlassen, fallen dicke Flocken vom Himmel. Dank meiner neuen Handschuhe friere ich zumindest an den Händen nicht mehr ganz so sehr.

»Ich kann das nicht«, kommt mir über die Lippen, während wir an der Straße auf Aidan warten.

»Natürlich kannst du«, widerspricht Kiki mir. »Du solltest dir wirklich angewöhnen, in solchen Situationen den Kopf auszuschalten.«

»Das sagt sich so leicht. Du musst ja auch nicht in weniger als zwei Stunden vor der versammelten Schule in Unterwäsche auftreten.« Kiki muss lachen und mir selbst huscht ein Lächeln übers Gesicht.

»Wirst sehen, das wird toll. Ich bin sowieso megastolz auf dich, wie du dich durchkämpfst. Und das hier wirst du auch noch schaffen. Außerdem hast du einen tollen Mann an deiner Seite. Da kann gar nichts mehr schiefgehen.«

»Ja, da hast du recht. Aidan ist wunderbar.« Beim Gedanken an ihn schwelge ich in Erinnerungen. Die letzte Nacht ist noch so allgegenwärtig und die Sehnsucht nach ihm wird mit jedem Mal, wenn wir uns trennen müssen, größer.

In der Ferne sehe ich Aidans zitronengelben Ford Granada auf uns zukommen. Er hält direkt vor uns und Aidan steigt aus, um Kiki auf den Hintersitz zu lassen.

»Na, Mädels, alles klar?« Während Kiki bejaht, quäle ich mir wieder ein Lächeln ab.

»Was los?«, fragt er mich.

»Ich hab Lampenfieber«, gebe ich zu. Er lässt den Fahrersitz zurückschnellen und nimmt mich in den Arm.

»Aber warum denn bloß? Der Einzige, den sie auslachen werden, bin ich, und jetzt komm. Wir sind spät dran.«

Bevor ich darauf antworten kann, fühle ich schon seinen Mund, der mir einen innigen Kuss aufdrückt. Als unsere Lippen sich voneinander trennen, dreht er mir den Rücken zu und steigt wieder in den Wagen. Etwas verdattert laufe ich um das Auto herum und tue es ihm gleich. Dann fahren wir auch schon los. Ob ich das will oder nicht scheint für den Moment egal zu sein.

* * *

Ich bin überrascht, als ich meine Mutter und Denise im Publikum entdecke. Ich gehe rasch zu ihnen hinüber und begrüße sie. Aidan an meiner Seite lässt den Blick schweifen und entdeckt seine Eltern weiter hinten. Da er ihnen aber nicht Hallo sagen möchte, gehen wir wieder hinter die Bühne.

»Kaum zu glauben, sie sind wirklich gekommen«, höre ich Aidan neben mir leise murmeln, während die Theatergruppe ihr Stück aufführt.

»Hast du ihnen von der Aufführung erzählt?«

»Ja, heute Morgen. Nachdem ich dich heimgefahren habe, hatte ich ein Gespräch mit meinem Vater.«

»Und?« Ich bin gespannt.

»Hab ihm alles erzählt. Er war nicht besonders begeistert. Hat mir damit gedroht, mich nicht zu unterstützen, falls ich tatsächlich ein Literaturstudium durchziehen sollte. Und trotzdem sitzt er jetzt hier. Das verstehe ich nicht.«

»Aber das ist doch gut. Wenn er jetzt hier sitzt und deinen

Auftritt sehen will, kann das doch nur bedeuten, dass du ihm wichtig bist und dass er dich ernst nimmt.«

»Meinst du? Na, ich weiß nicht. Aber cool, dass deine Mum da ist – sogar Denise hat sie mit hergeschleppt. Aber dein Vater …«

»Den lass mal besser da, wo er ist«, sage ich schnell. »Der würde uns hier nur den ganzen Laden aufmischen.« Aidan zieht mich liebevoll in eine Umarmung. Nur zu gerne lasse ich mich in seine Arme fallen und atme den von mir so überaus geliebten Duft ein, den er versprüht. Und es stimmt: Ich bin definitiv süchtig nach ihm. Von der ersten Sekunde an bis in alle Zeit.

»Komm. Wir sollten uns so langsam mal umziehen. Wir sind nämlich die Nächsten.« Wie erwartet wird mir augenblicklich schwindelig. Doch anstatt in meine gewohnte Starre zu verfallen, lasse ich mich von Aidan in einen kleinen Nebenraum ziehen, wo unsere Kostüme auf uns warten.

* * *

Das Herz klopft mir bis zum Hals, als ich in dem weißen Ensemble, das weiter nichts als Unterwäsche mit einem Chiffonrock ist, dicht neben Aidan hinter der Bühne stehe. Das Theaterstück erntet gerade seinen Applaus.

»Aidan!«

»Ja.« Er drückt meine Hand. Wirkt selbst aufgeregt.

»Noch können wir es abblasen.«

Sein Blick trifft mich von der Seite messerscharf.

»Nein, können wir nicht. Denk an dein Vortanzen morgen und dass du Tänzerin werden willst. Du willst tanzen – vor Publikum. Du möchtest das beruflich machen.«

»Ja, aber ich brauche noch Zeit dafür. Ich kann das jetzt nicht. Tut mir leid.« Die Theaterleute gehen von der Bühne und der Moderator kündigt uns bereits an. Der ganze Saal ist mit einem Mal wieder so still. Der Applaus ist verstummt. In diese Stille hinein höre ich Aidan etwas sagen, während er mich fest um die Hüfte packt und gemeinsam mit mir zwei Stufen zur Bühne hinaufgeht.

»*Was Liebe kann, das wagt Liebe zu versuchen.*« Fest drücke ich seine Hand, als ich seine Worte in mich aufnehme. Sie tun mir gut und lassen mich durchatmen. Genau das habe ich gebraucht.

»Warum tust du das für mich?«, flüstere ich ihm zu. Ganz fest hält er meine Hand. Unsere Finger sind eng miteinander verwoben.

»Weil nicht ich es war, der dich damals vor dem Volksparkstadion gerettet hat, sondern du mich. Und du tust es noch heute. Jeden Tag. Dafür liebe ich dich.« Meine Augen werden feucht, so sehr ergreifen mich seine Worte.

»Ich liebe dich«, flüstere ich.

»Und ich liebe dich. Und jetzt tanz mit mir.« Tief hole ich Luft, als Aidan meine Hand loslässt und ganz entspannt über die Bühne schlendert, um auf der anderen Seite seine Position einzunehmen. Ein Raunen geht bereits durch den Saal. Mir wird bewusst: Es gibt jetzt kein Zurück mehr.

Als die ersten Takte von *Thinking Out Loud* einsetzen, zwinge ich mich, meinen Kopf auszuschalten und zu vergessen, dass dort im Publikum die gesamte Schule sitzt, die mich jahrelang nicht beachtet hat. Ich konzentriere mich nur noch auf Aidan und unsere einstudierte Choreographie. Zum Glück empfinde ich sie als leicht. Das hilft mir ein wenig, denn ich muss mich weniger anstrengen als wäre ich beim Vortanzen. Das ist gut. Ganz fasziniert beobachte ich Aidan. Er hat nicht eine Schrittfolge vergessen. Wie ein Profi tanzt er an meiner Seite und konzentriert sich völlig auf mich.

Am Anfang habe ich noch eine leichte Unruhe im Publikum gespürt und jeden Moment damit gerechnet, dass schallendes Gelächter losbricht. Doch als wir ungefähr im Mittelteil des Auftritts ankommen, ernten wir anstatt des Gelächters hier und da ein Klatschen oder jubelnde Pfiffe, insbesondere, wenn eine unserer Hebefiguren besonders gut gelungen ist. Ich fange langsam an, diesen Auftritt zu genießen. Ein Lächeln legt sich mir aufs Gesicht, und auch Aidan scheint tatsächlich Spaß zu haben. Dank der vielen Scheinwerfer, die auf uns gerichtet sind, komme ich gar nicht erst in Versuchung, ins Publikum zu blicken. Doch mir ist zu jeder Zeit bewusst, dass mich Hunderte von Augenpaaren anstarren. Zu meinem Erstaunen macht es mir aber im letzten Teil des Tanzes überhaupt nichts mehr aus. Vollkommen außer Atem kommen Aidan und ich zum Schluss und liegen schließlich eng aneinandergekuschelt auf dem Boden der Bühne. Die Musik verstummt. Stille legt sich bleiern um uns und verursacht mir Herzklopfen. Wir beide schnaufen noch schwer von der Darbietung, als ein Sturm über uns hereinbricht und die Menge anfängt zu toben und zu applaudieren. Erleichtert atme ich auf.

»Danke«, sage ich und versuche entschieden, die Tränen zurückzuhalten.

Aidan erhebt sich und hilft mir auf. Dabei schaut er mich überaus liebevoll an. »Ich danke dir. Für alles.« Und dann tut er es. Er küsst mich. Einfach so. Mitten auf der Bühne, und alle sehen es. Der Jubel wird noch um ein Vielfaches größer.

»Du bist verrückt«, rufe ich, während ich anfange, den Jubel zu genießen.

»Ja, nach dir.«

Ich betrachte ihn von der Seite im Licht der Scheinwerfer, während wir uns wieder unserem Publikum zuwenden und uns verbeugen. Seine Wangen von der Anstrengung des Tanzes gerötet, blickt er voller Zuversicht in die Zukunft. Ich halte seine Hand und schwöre bei Gott, sie nie wieder loszulassen. Mir wird klar, gemeinsam können wir alles wagen. Die Welt gehört uns. Wir müssen nur nach ihr greifen.

Epilog

Lea

Noch vollkommen außer Atem finde ich langsam in die Realität zurück.

»Aidan. Ich kann nicht mehr«, stöhne ich. »Ich brauche eine Pause.« Ganz langsam krabbelt er unter meiner Decke zu mir hoch und lugt aus ihr hervor.

»Okay, Süße. Dreh dich um. Ich massiere dich. Das hast du dir verdient.« Genüsslich lege ich mich auf den Bauch und lasse ihn machen. Er ist ein Naturtalent. Mit genau dem richtigen Druck lockert er meine Muskeln, die noch vom Vortanzen heute Nachmittag etwas verspannt und beansprucht sind.

»Mmh, das tut gut«, spreche ich ins Kissen hinein. »Du bist sogar besser als Leon.«

»Das will ich meinen«, bricht es aus ihm heraus. Der Funken Eifersucht in seiner Stimme, der mitschwingt, amüsiert mich. »Leon wird sich jemand anderen suchen müssen, den er massieren kann.«

Ich schmunzele in mich hinein.

»Du hast wirklich keine Ahnung, oder?« Er hält einen Moment inne. Seine Hände ruhen zwischen meinen Schulterblättern.

Noch bevor er mir auf meine Frage antworten kann, wird aus dem Nichts heraus meine Zimmertür aufgerissen und Denise steht mal wieder im Türrahmen. Als sie uns auf dem

Bett findet und registriert, dass wir beide nackt sind, schießt ihr die Schamesröte ins Gesicht. Wegsehen kann sie aber trotzdem nicht. Ich stütze mich genüsslich auf einen Ellbogen und schmunzele.

»Denise, vielleicht solltest du dir langsam mal angewöhnen anzuklopfen. Was meinst du? Dann können wir uns so etwas in Zukunft ersparen«, schlage ich vor und deute mit meiner anderen Hand auf mich und Aidan. Meine Schwester braucht nur zwei Augenaufschläge, dann ist sie wieder ganz die Alte.

»Ich könnte Paps rufen.«

Mir steht der Mund offen. Glaubt sie allen Ernstes, dass mich das jetzt noch interessiert? Ich habe die Liebe meines Lebens für mich erobert und vor ein paar Stunden erfolgreich ein Vortanzen absolviert. Da droht sie mir jetzt mit unserem versoffenen Vater?

»Nur zu«, sage ich. Doch Aidan hat andere Pläne. Verschlagen steht er auf. Jedoch ohne sich zu bedecken. Vollkommen nackt geht er rüber zum Schreibtisch, greift sich seine Hose und zückt sein Portemonnaie. Ich beobachte meine Schwester genau. Ihre Augen brennen sich auf seinem Körper förmlich ein. In diesem Moment merkt man dann doch, dass sie noch ein vierzehnjähriges Kind ist, so sehr wie sie um Fassung ringt und puterrot anläuft.

»Sag, wie viel, damit du uns für alle Zeiten in Ruhe lässt? 200? Oder besser 300?« Er macht ein paar Schritte auf Denise zu, die gar nicht weiß, wo sie hinsehen soll, und hält ihr ein paar Scheine entgegen. Plötzlich macht sie ohne ein Wort kehrt und rennt davon. Aidan schließt die Tür und dreht sich zu mir um. Ich muss lachen.

»Sie will mein Geld nicht. Ist das zu glauben? Deine Schwester hat gerade 300 Euro abgelehnt«, witzelt er.

»Du hast sie überfordert«, versuche ich ihm eine Erklärung zu geben.

»Willst du mein Geld haben?«, spaßt er weiter.

Ich schüttele den Kopf. »Nein. Was soll ich damit? Ich brauche nur dich. Und zwar sofort.«

Achtlos lässt er die Scheine auf den Schreibtisch fallen und klettert zurück zu mir ins Bett.

ENDE

Danksagung

Meine lieben Leserinnen und Leser,
jede Geschichte ist anders.

Als ich die ersten Zeilen zu *Just one dance. Lea & Aidan* schrieb, war mir überhaupt nicht klar in welche Richtung sich die Story entwickeln würde. Das Ganze war ja auch mehr so *just for fun* gedacht. Als Schreibübung quasi. Tja, denkste!

Während des Schreibens haben die beiden mich dann vor so manche Herausforderung gestellt. Vorsichtig haben wir uns über Monate hinweg angenähert, so machen Hürde gemeistert und schlussendlich diese Lovestory mit all ihren Emotionen entstehen lassen.

Ich hoffe, es hat euch gefallen und ihr konntet für ein paar Stunden mit Lea und Aidan mitfiebern, mitleiden und vor allem mitlieben.

DANKE, dass ihr euch für *Just one dance. Lea & Aidan* entschieden habt!

DANKE auch, dem Team von Forever und besonders auch meiner Lektorin Louisa, denn ohne sie wäre die Story vermutlich noch immer längst nicht fertig. Aber das ist eine andere Geschichte.

Und DANKE auch, meinen vielen tollen Mädels, die mich in jeder Phase der Entstehung unterstützt haben und einfach nur wundervoll sind! Nur ihnen ist es zu verdanken, dass ich das Skript überhaupt meinem Verlag angeboten habe, denn eine Veröffentlichung war eigentlich nie geplant.

DANKE, meiner Familie und vor allem auch meinem Mann, der es mit Fassung trägt und mit unendlich viel Humor nimmt, wenn ich mal wieder in meine Welten abtauche, und vergesse wichtige Termine einzuhalten oder gar einzukaufen. Henry, du bist wunderbar! Und ich liebe dich!

Ihr möchtet gerne wissen, was als nächstes kommt? Dann findet mich doch einfach bei

www.iris-fox.de
https://www.facebook.com/iris.fox.Autorin/
https://twitter.com/IrisFox_Autorin
https://de.pinterest.com/irisfoxy/
https://www.lovelybooks.de/mitglied/Iris_Fox/

oder

https://www.instagram.com/iris_fox_autorin/

Ich freue mich auf euch!